LA TRILLIONNAIRE

RÉMY GIEMZA

À ma mère, un être fragile et malade délivré de ses fers alors que je terminais la rédaction de cet ouvrage.

« Le plus gros avantage de la richesse, c'est qu'elle permet de faire des dettes. »

Oscar Wilde

INTRODUCTION

Mes fesses sont en peau de silicone. Mes seins ont été dessinés par le plus brillant des plasticiens brésiliens et ma chevelure est colorée par un subtil mélange d'ammoniac et d'or à quatre mille dollars la bouteille. Ce jour n'est pas un jour comme les autres et je souris au volant de mon nouveau coupé cabriolet Bentley Continental GT, bien que mon visage se crispe légèrement sous l'effet du vent déjà chaud de cette matinée de juillet.

Le soleil s'est à peine levé et quelques surfeurs apparaissent au loin sur la jetée alors que mes pneus crissent sur les virages serrés de Sunset Boulevard.

Oui, ce jour s'annonce exceptionnel, car j'ai rendez-vous chez maître Mitchel, le notaire le plus puissant de la côte Ouest, afin de finaliser l'acquisition de ma nouvelle demeure. Il s'agit d'une magnifique villa retirée sur les hauteurs d'Hollywood. Elle a été dessinée par un élève de Mies van der Rohe.

Je m'apprête à extorquer ce petit bijou à la municipalité de Los Angeles pour un dollar symbolique, car la ville n'arrive plus à financer l'entretien de cette demeure-musée bâtie au

7

sommet d'une montagne elle-même rasée de toutes parts dans l'unique but d'améliorer la vue depuis le salon.

Je ne me définis pas comme une timide de la verge et mon entourage me décrit volontiers comme une femme ayant les moyens de son caractère. Je m'appelle Victoria Freney et je vais vous raconter comment je suis devenue la veuve la plus riche des États-Unis.

CHAPITRE 1 - Forcer le destin

Comme bon nombre de femmes ambitieuses, j'ai commencé ma vie dans l'ombre. Je suis née le quatre juillet 1953 dans la petite ville d'Ocean Grove dans le New Jersey. Mon père était croupier au casino d'Asbury Park, une ancienne station balnéaire huppée des bords de l'Atlantique, et ma mère passait la plupart de son temps entre des boulots minables et de nombreux amants, parfois jolis et souvent bons payeurs.

L'alcool et la précarité régnaient dans notre maison. Mon père négligeait sa famille et préférait côtoyer la petite mafia des salons privés du casino qui l'employait. Son activité principale, fort réjouissante, consistait à recruter des jeunes femmes rêvant de grande fortune pour les envoyer travailler dans des maisons closes loin des États-Unis, détruisant ainsi leur identité et leur avenir.

Un jour, alors qu'il rentrait particulièrement éméché, il s'en prit à un huissier qui venait réclamer un arriéré de loyer. Il sortit de sa poche un revolver et le pointa sur la tempe de l'officier de justice devant ma mère et moi. Le pauvre homme

9

quitta la maison avec une balle dans le pied, ce qui m'autorisait à penser que de graves ennuis nous attendaient.

C'est aussi ce même jour que la sévérité de mon père à l'égard de ma mère est allée trop loin. J'assistai à une scène de ménage qui me dicterait plus tard la bonne conduite à adopter envers les hommes violents.

Je me souviens de cet instant où il marchait lentement en titubant jusqu'à une chaise et en meuglant, de son visage épais, de cette gueule béante qui crachait des relents alcoolisés.

« Sale traînée. Qu'as-tu fait de l'argent des loyers ?

— Mais, Roger, c'est toi qui gères le loyer et c'est moi qui paie le reste, tu sais bien !

— Espèce de vieille hypocrite ! Tu préfères bouffer notre fric dans tes jolies tenues et tes parfums à cinquante dollars la bouteille pour aller aguicher les petits jeunes qui traînent sur la jetée. Tu crois que je n't'ai pas vu faire, hein ? Tout le village sait que tu n'es qu'une catin. Tu nous fais honte et tu nous as mis dans la merde !

— Roger. Calme-toi un peu. Nous avons toujours divisé les charges et c'est plutôt moi qui devrais être surprise. Tu n'as pas payé le loyer depuis six mois ! Tu te rends compte ? Comment allons-nous trouver cinq mille dollars ?

— Tu n'as qu'à te faire payer quand tu couches, sale garce !

— Je ne te permets pas ! Je suis prête à parier que tu as dépensé l'argent au jeu. Et puis, que veux-tu à la fin, c'est pas moi qui suis à blâmer ici. Tu as vu ce que tu es devenu ? Une vraie loque ! Ne t'étonne pas alors si je suis tentée d'aller voir ailleurs.

— C'est toi qui t'es tirée la première avec un type. Tu as ruiné notre mariage et tu es la seule responsable de mon état.

— Mensonges ! Tu ne m'as pas attendue pour aller coucher avec la receveuse des Postes, et la fille du maire, et j'en passe encore ! Nous sommes tous les deux responsables de l'échec de notre mariage et d'ailleurs, nous avons convenu de reprendre nos vies privées tout en gardant un toit commun afin d'élever notre fille. Voilà tout !

— Arrête de raconter des histoires et va te faire foutre avec ton mariage. Tu vas payer les loyers, crois-moi, sinon tu vas avoir affaire à moi.

— Mais bon sang ! Roger, calme-toi ! Tu as vu le spectacle que tu infliges à notre fille ! Arrête ! Non, arrête ! »

Mon père roua ma mère de coups. Un homme qui bat sa femme, cela peut avoir quelque chose de banal dans certaines couches de la société, mais cette vision est radicale pour une enfant de douze ans qui assiste à une telle injustice.

J'aidai ma mère à se relever lorsque son bourreau eut claqué la porte, puis je m'absentai un moment pour chercher un kit de survie dans l'armoire à pharmacie. Je cautérisai ses plaies avec tendresse pendant qu'elle tentait de me réconforter. Je me jurai de faire payer à mon père le prix de ses méfaits et je me rendis à la police le soir même.

Mon témoignage émut tout le comté et mon géniteur fut enfermé pour violences conjugales et trafic d'êtres humains.

Ce splendide tableau aurait dû heurter mon esprit de jeune fille. Il en faudrait pourtant bien davantage pour ébranler mon caractère, et cela tombait bien, car le pire était encore à venir.

C'est aussi durant cette période que je découvris New York, la ville où ma mère décida de nous installer pour mener une nouvelle vie, du moins l'espérait-elle.

Cette ville m'enchanta immédiatement. Je la découvris le soir, étincelante et infinie, au travers des fenêtres d'un deux pièces modeste, entre l'avenue A et la sixième rue. Nous étions situés juste à côté du Creative Little Garden, dans le Lower East Side, un quartier alors rempli de drogués, de musiciens et de prostituées, mais qui constituait pour moi le plus féerique des terrains de jeu.

La stabilité gagnée par le déménagement fut pourtant de courte durée, car ma mère ne résista pas longtemps à ses mauvais penchants. La marginalité nous gagnait de nouveau et, survivant grâce à des petits boulots en tout genre ainsi que des allées et venues régulières dans des cafés qu'elle partageait entre amants et cigarettes, ma mère fut finalement emportée par un cancer des poumons au cours de ma seizième année.

On m'annonça sa mort à hôpital – un centre gratuit pour drogués et alcooliques dépourvus de sécurité sociale. Ce jour constitua un nouvel événement qui me marquerait et qui forgerait plus tard mon caractère. « C'est fini. Ta mère est morte. Tu peux récupérer ses affaires et partir », m'avait annoncé l'infirmière avec une banalité déconcertante.

Une fois rentrée chez nous, je réalisai combien notre appartement était sale et vétuste et je m'effondrai. J'étais seule devant mon destin, livrée à moi-même dans un appartement lugubre au beau milieu de cet endroit que l'on appelait alors *Alphabet City*.

*

****

*

J'aurais pu déprimer. J'aurais pu errer entre mélancolie et nostalgie, mais pourtant je n'ai pas sombré, loin de là. Je réalisais chaque jour la chance que j'avais d'être enfin seule et libre.

S'agissait-il de superficialité, d'obstination ou bien encore de bêtise, je l'ignorais, mais je découvris non sans une certaine satisfaction une force de caractère qui me servirait des années plus tard.

Je vécus pourtant quelques semaines léthargiques après le départ anticipé de ma mère, et les journées furent parfois longues. Mais, très vite, je décidai de forcer le destin et de réagir. La fatalité de ma situation ne m'offrait guère de choix. Je pouvais abandonner mon existence aux services sociaux pour suivre le même cours que mes parents. J'aurais alors bénéficié de toutes les circonstances pour avoir un tuteur et peut-être même une scolarité gratuite et, ainsi, accéder un jour au statut suprême de femme ordinaire, mariée avec deux enfants et sans histoire. Mais cette idée me répugnait. Il restait encore la solution ultime. Mettre fin à mes jours pour rejoindre ma tendre mère dans le paradis présupposé de l'au-delà. Cette dernière solution semblait s'imposer à moi. Elle nécessitait cependant un dégoût de la vie qui était en tout point opposé à mon désir intime de vivre une existence riche et trépidante.

Trop d'épreuves avaient entaché mon adolescence pour que je disparaisse si vite. Il était, bien au contraire, grand temps de flamber !

Mon existence resta ainsi en suspens quelques moments encore, jusqu'à ce qu'Oscar, le gardien de l'immeuble, vienne sonner à ma porte pour collecter un loyer que je ne pouvais pas payer. Et, comme pour tout un chacun, c'est l'argent – ou plutôt son manque cruel – qui devint rapidement le moteur de mes motivations.

Je demandai à Oscar de patienter encore un peu, sans avoir de solution véritable, et je refermai la porte pour aller me peigner. Les va-et-vient mécaniques que j'effectuais sur ma chevelure me permirent de réfléchir, encore et encore.

Un lundi matin, alors que je regardais fixement mon visage dans le miroir, mes lèvres formèrent un sourire, le premier depuis longtemps. Ce lundi matin, dont j'aime à me rappeler qu'il était ensoleillé quelles que fussent les réalités météorologiques, une idée folle venait tout juste de me traverser l'esprit.

Je voulais devenir riche, immensément riche. Je voulais réaliser tous les rêves de ma mère, prendre l'avion, visiter Paris et la Tour Eiffel et tomber amoureuse en Italie. Je voulais épuiser les vendeuses de chez Louis Vuitton et devenir, moi aussi, une accro du shopping.

J'étais là, dans le quartier le plus minable de la ville de New York, sans eau chaude ni électricité, ni même de quoi me vêtir décemment, et j'avais un mal fou à me nourrir, mais il fallait que tout cela change. Il fallait que je surmonte le triste cours de ma destinée pour le métamorphoser. C'est ainsi que l'idée de devenir une autre personne s'ancra en moi pour se répandre dans mon esprit comme une tache de sang chaud sur un vêtement de soie.

Vivre ou mourir, mon choix était désormais fait. Dans un ultime élan, extraordinaire et jubilatoire, comme le connaissent tous les jeunes gens un peu rêveurs, je souhaitais ainsi plus que tout devenir, sinon la plus grande, tout au moins l'une des femmes les plus influentes des États-Unis. Je ne le savais pas encore, et le parcours serait sinueux, mais j'y parviendrais.

La naïveté, force colossale mais hélas trop éphémère, aurait finalement raison du schéma morbide que la vie semblait m'imposer.

C'est en repensant à ce profond changement qui s'opéra en moi ce jour-là que je regretterais plus tard de vieillir. Aujourd'hui encore, je reste convaincue que la maturité est le plus grand dommage causé à l'homme. Ce que beaucoup appellent « l'expérience » n'est que l'accumulation de coups et de difficultés plus ou moins difficilement contournables.

Outre un caractère très aiguisé et farouche ainsi qu'un ego déjà bien prononcé, une autre raison me guida vers ce choix improbable. Le petit miroir au reflet duquel je m'étais admirée en me peignant m'avait été offert par ma mère et c'est elle qui me donna la réponse. Au-delà de toute la misère qui nous entourait à l'époque, s'il y avait une chose dont ma mère m'avait interdit de douter, c'était de ma grande beauté.

Les souvenirs resurgirent alors comme une évidence. Lorsque j'étais enfant, je pensais qu'avoir de longues jambes et des cheveux frisés était un handicap. Qu'il s'agisse de l'école, du supermarché et même encore des cours de danse, on se moquait de moi en me collant le doux surnom de white giraffe[1] à cause d'un teint trop clair et de ces interminables jambes qui me déformaient le corps. Je m'employais à masquer les excroissances de tous mes maux en imaginant les pires artifices. Les robes de ma mère, et parfois même les rideaux, finissaient souvent sur une machine à coudre. Je suais de tout mon front des heures durant en découpant tissus et étoffes afin de fabriquer les vêtements qui me donneraient une apparence

---

[1] La girafe blanche, jeu de mot avec la célèbre association d'auto-défense The Black Panthers, Les Panthères noires (N.D.T.)

moins grande.

Une déception amoureuse plus tard, alors que j'observais mon père reluquer ma poitrine à de nombreuses reprises, je compris que ce que je cachais devait être exposé au grand public. J'avais grandi, mes cheveux s'étaient légèrement assouplis et ma mère ayant œuvré pour la disparition de mes cardigans rembourrés et autres duffel-coats immondes, je passai mon premier été en petites jupes à franges légères, très légères même.

Le résultat fut sans appel. Je fis succomber trois générations d'hommes en une année et remportai mon premier succès commercial. Pères et fils vinrent en effet en grand nombre remplir le magasin de fleurs dans lequel je travaillais et achetèrent tout et n'importe quoi en prétendant qu'ils aimaient les intérieurs fleuris.

C'est ainsi que mes interminables jambes m'apportèrent une prime équivalant à deux fois mon salaire alors que la clientèle du magasin avait décuplé. J'aurais probablement été beaucoup plus loin dans le commerce des fleurs si le propriétaire du magasin n'eut pas lui-même tenté de profiter de mes charmes.

« Mais aujourd'hui, pensai-je encore, c'est la même chose ! Te voilà enfermée, face au mur, dans une embrouille indescriptible alors que tu devrais être dehors à montrer tes jolies jambes ! »

Animée par la perspective subite d'une vie meilleure, j'entrepris de rassembler tout ce qui touchait à ma vie présente pour le brûler. Papiers d'identité, acte de naissance et autre carnet de santé, mais aussi photos et documents sur lesquels mon nom ou mon visage apparaissait, tout devait disparaître pour que ma nouvelle vie puisse commencer.

Un état d'esprit optimiste véhicule bien d'autres bons événements et, alors que je fouillais frénétiquement chaque recoin de ma piaule, une heureuse surprise, la première véritable de ma vie, se présenta à moi. Je trouvai une enveloppe cachée dans les sous-vêtements de ma mère. Elle contenait la clé d'un coffre, un morceau de papier sur lequel était griffonnée l'adresse d'une banque de Manhattan ainsi qu'un relevé de compte sur lequel apparaissait le montant astronomique de trois mille sept cents dollars.

Oubliant toute timidité, je m'habillai avec précipitation et me maquillai pour tenter de prendre un air adulte, puis je me rendis immédiatement à la banque pour essayer de retirer l'argent.

Vêtue d'une longue robe de soie blanche plissée et rehaussée d'une ceinture en croco, j'affrontai fièrement la rue. Mes chaussures de cuir rutilant étaient assorties à un rouge à lèvres sanguin, et mon sac à main de luxe à damiers était du plus bel effet. Je découvris avec une immense joie que l'on m'admirait et, à seize ans à peine, jouais déjà aux grandes dames avec enthousiasme.

Mais le fait que je récupère cet argent était tout aussi crucial que compliqué à cause de mon jeune âge. Il fallait absolument que je tombe sur l'un de ces employés typiques des banques – petit, un peu niais et à grosses lunettes – pour que mes charmes agissent avec leur meilleur potentiel.

Je n'eus aucune difficulté à trouver ma cible. L'acte de décès de ma mère et quelques larmes renforcèrent l'effet de mon décolleté sur celui que je nommerai un quinquagénaire de guichet bancaire.

Le banquier accepta de me donner l'argent déposé sur le compte, mais refusa catégoriquement d'ouvrir le coffre.

« Ce coffre appartient conjointement à feu votre mère ainsi qu'à un certain Monsieur Roger Prizzio, Mademoiselle. J'ai besoin de son consentement écrit ainsi que de sa pièce d'identité pour l'ouvrir. »

Mon père n'avait pas suffisamment fait de mal à notre famille ! Il fallait encore qu'il me poursuive jusqu'ici. Je ne pouvais pas compter sur lui, car je ne l'avais pas revu depuis son emprisonnement et j'avais peur que la police ne vienne vérifier l'intérieur du coffre et saisir le trésor potentiel, fusse-t-il modeste. J'oubliai donc le pactole pour concentrer mes efforts sur la façon dont j'allais devoir gérer mon premier budget.

En regardant brûler les traces de mon existence, de retour à ma geôle devenue subitement plus éclairée, je versai une dernière larme sur une photo représentant le visage de ma mère sous un parasol en été. Je la voyais ainsi pour la toute dernière fois.

Laissant les flammes faire leur magnifique travail de destruction, je regardais l'horizon à travers la fenêtre de la cuisine. Les gratte-ciel de Manhattan semblaient attendre patiemment ma réussite.

« Au revoir, petite Louise Prizzio !, songeai-je alors. Je m'appelle désormais Victoria Martin et j'ai des origines françaises, ça fait plus chic. »

Trop occupée à réfléchir aux subtilités de ma nouvelle identité, je n'avais pas remarqué que le feu que j'avais allumé dans l'évier s'était propagé dans toute la cuisine et, alors que les flammes attaquaient le reste de l'appartement, je fus contrainte à fuir.

J'étais profondément dégoûtée mais rien ne pourrait altérer ma détermination.

De nouveau seule, apeurée, ma valise à la main, j'errai un

long moment dans les rues de mon quartier avant de trouver un petit hôtel dont le réceptionniste me sembla hospitalier.

« Bonsoir, lui dis-je en empruntant un ton des plus assurés, je cherche une chambre pour quelques jours, peut-être plus. Auriez-vous des disponibilités, s'il vous plaît ?

— Bonsoir, jolie demoiselle. Attendez un instant que je consulte le tableau des réservations.

— Très bien, Monsieur.

Je patientai un moment dans le hall de l'hôtel, un endroit lugubre peint d'un bleu noirci par le temps. La maison offrait, en guise de coupe-faim, des beignets défraîchis entassés dans une boîte en carton maculée de graisse.

— Oui, j'ai une chambre, mais c'est au dernier étage.

— C'est combien pour une semaine ?

— Nous sommes à soixante-quinze dollars, mais je peux vous l'offrir pour cinquante si vous payez en liquide.

— C'est un peu cher, mais je n'ai pas le choix. Je la prends.

— OK. Merci de remplir le formulaire et de me donner une pièce d'identité.

— Oh, mais c'est que... je n'ai pas mes papiers sur moi, Monsieur.

L'homme me regarda fixement dans les yeux. Il était comme victime de ce pouvoir secret qui anime un regard irrigué par la nécessité et il acquiesça.

— OK. Je vois. On a plein de gens sans papiers ici de toute façon. Voici votre clé, jeune fille. Remplissez quand même votre réservation et faites attention aux types qui rôdent ici.

— Oh, merci Monsieur ! Vraiment, mille mercis ! »

Le réceptionniste répondit à mon visage angoissé par un sourire lourd de compassion. Il deviendra plus tard mon plus fidèle ami et mon meilleur conseil.

C'est ainsi que je trouvai ma première maison, une petite chambre au décor triste mais propre qui bénéficiait d'une vue sans égale sur les tours de Wall Street. Je partageais mon palier avec une prostituée ne vivant que pour les rares instants où elle pouvait s'offrir une overdose ainsi qu'avec un musicien se faisant appeler Jimmy.

Il me fallut quelques semaines pour prendre mes repères parmi la faune locale et, très tôt, un nouvel impératif vint assombrir mes espoirs. Je fus vite à court d'argent. Je me mis alors à la quête d'un emploi, mais personne ne voulait faire travailler une fille mineure et sans papiers. Ma vie n'avait pas été assez triste et difficile jusqu'à présent, il fallait encore que je sois la victime de l'un des nombreux paradoxes des États-Unis. Les quelques blocs de mon quartier devaient générer à eux seuls plusieurs millions de dollars de chiffre d'affaires par an dans la prostitution et la drogue en toute sérénité, mais chaque petit commerce du coin faisait l'objet d'un contrôle social rigoureux. « Pas de contrat de travail pour les mineurs à moins d'un encadrement scolaire et parental strict », me répétait-on.

Une fois de plus, c'était sans compter sur mon obstination.

C'est un type surnommé Mister Max, un homme d'une cinquantaine d'années, rougi par l'alcool et tenancier du magasin d'alimentation du quartier, qui s'était aperçu le premier de mon manque d'argent. C'est lui aussi qui m'offrirait mon premier gagne-pain.

« Alors, la p'tite princesse, me dit-il un jour en se frottant le devant de son pantalon puant et taché, tu manques d'oseille hein ? Tout le monde se demandait de quoi tu vivais ici, mais il semblerait que ta source de revenus ne soit pas inépuisable, n'est-ce pas ?

— Qu'est-ce qui vous faire dire ça, mon vieux Max ?

— C'est pourtant pas compliqué. Tu viens presque tous les jours ici pour remplir ton panier et ton addition diminue de semaine en semaine. Tu crois que j't'ai pas vu faire ? À chaque fois que tu viens, tu arpentes les rayons de mon magasin pendant près d'une demi-heure et tu ne prends désormais que les produits les moins chers. Tu vas bientôt mendier à ma caisse, si ça continue et tu parais livrée à toi-même, ma pauvre gosse.

— Vous vous trompez, Max. J'attends l'argent de ma mère. Il est un peu long à venir ce mois-ci, c'est tout.

— Me raconte pas de salades, veux-tu ? Ta garce de voisine m'a tout lâché contre une bouteille de vin et du fromage. T'as plus de mère et t'es à la rue.

— Je... je ne vous permets pas de me parler comme ça, Monsieur. Les choses sont assez difficiles pour moi, c'est vrai, mais je n'ai pas envie d'être jugée par un vieux pervers comme vous !

— Allez, ne te fâche pas, ma petite fée. Tu sais, si tu as vraiment besoin d'un coup de main, je peux te trouver une petite place ici.

— Ah bon... vraiment ?

— Écoute. Figure-toi que je tiens un établissement très respectable dans le sous-sol de ce magasin. C'est un endroit très bien, particulièrement prisé par les riches banquiers de la ville. Je cherche une belle poupée dans ton genre pour animer notre *VIP Room.* »

L'horrible personnage sentit la colère monter en moi. Mais, alors que je ne pouvais trouver les mots, que mon envie de lui coller au travers du visage le plat de bœuf strogonoff qui cuisait sur le comptoir devenait de plus en plus irrésistible, il objecta un ultime argument qui me laissa de marbre.

« Avant que tu ne t'énerves, permets-moi de te préciser qu'il s'agit d'une activité propre. Tu restes derrière un miroir sans tain et il n'y a pas de contact avec la clientèle. On paie habituellement cinq dollars de l'heure, mais je suis prêt à t'en offrir le double. Comme ça, parce que c'est toi et parce que je veux t'aider, petite. »

L'air presque sympathique que prit finalement le commerçant me laissa sans voix et je pris la porte sans plus de commentaires.

L'horreur et la cruauté du monde étaient incarnées par Max. Son air hypocrite et malsain me hanta durant des nuits entières et l'idée de me dénuder devant des personnages qui devaient être sa copie conforme me révulsait.

Mais les faits étaient là et les relances de James, le réceptionniste de l'hôtel, quant à mes retards de loyer devinrent rapidement insupportables. Il me montrait une grande sympathie et m'avançait les loyers depuis plusieurs semaines déjà. J'aurais pu croire qu'il était amoureux de moi s'il ne passait ses journées à écouter *Liberace* tout en peignant sa longue queue-de-cheval. Je ne voulais pas lui causer plus d'ennuis et j'avais en même temps besoin de son avis.

« Ah, te voilà enfin !, lui dis-je en ouvrant la porte avec une bouteille de champagne à la main.

— Désolé pour le retard. Mon enfoiré de patron m'a demandé de faire deux heures de plus ce soir parce que ma remplaçante, un transsexuel du genre militant associatif, s'est cassé la cheville en coinçant son talon entre deux lattes de parquet en pleine représentation de *La Cage aux folles*. Mais bon, tu sais ce que c'est, je couvre toujours les copines. Mais, dis-moi, c'est quoi cette bouteille ? Je préférerais que tu me lâches les deux cents dollars que tu me dois !

— Ne fais pas l'hystérique, c'est Max qui me l'a donnée.

— Tu es copine avec ce vieux maquereau maintenant ?

— J'ai besoin d'un conseil éclairé, James.

— Qu'est-ce que c'est que cette petite mine ?

— La situation est simple, James. Je n'ai plus un rond.

— Ça, je m'en doutais un peu, me dit-il en allumant un joint. J'osais croire que tu avais quelques réserves cachées, mais l'illusion vient de disparaître en un instant. Tu sais, pour le fric, c'est pas grave. Tu me le rendras quand tu pourras. En revanche, il va falloir que tu travailles. Je ne peux plus t'aider, je le regrette.

— Ça tombe bien. Max me propose un job.

— Comment, ce vieux salaud ? Mais c'est fantastique !

— Non, c'est dans sa cave.

— Dans sa cave ? Mais tu es folle à lier, ma pauvre ! Jamais de la vie ! Tu peux trouver mieux que ça ici, voyons !

— Je suis mineure et sans papiers. Tout le monde m'envoie balader.

— Écoute, tu dois travailler, certes, mais ne fais pas n'importe quoi ! Je t'avancerai le mois prochain s'il le faut.

— Il s'agit simplement d'accueillir les clients avec les seins nus. Je serai derrière une vitre sans tain ; je ne les verrai même pas.

— C'est ça, mais oui bien sûr !

Il leva les yeux au ciel.

Regarde un peu ta voisine de palier, Rachel, où elle est tombée. Tu vas ruiner ta vie, petite ! N'accepte jamais ce genre de turbin.

— Je n'ai pas le choix, James et je ne veux pas finir à l'assistance publique. Cela me fait trop peur.

— Tu crois qu'il va rester sage longtemps avec toi, Max ? Que se passera-t-il au moment où il te donnera ton salaire ? Tu crois qu'il est du genre raisonnable et bon patron ?

— Il me propose dix dollars de l'heure.

— Dix dollars ! C'est presque deux fois mon salaire ! Vas-y tout de suite ! Enfin, je veux dire, non, sois raisonnable, mais quand même : dix dollars…

— Je crois qu'on se comprend mieux à présent et autant être claire, je n'ai pas envie de croupir dans ce sous-sol. Pas besoin non plus d'avoir les neurones de Einstein pour savoir que quelques mois suffiront à me remettre sur pied. De plus, je serai bientôt majeure et je compte bien commencer ma vie d'adulte autrement mieux que cette pitrerie que fut mon adolescence. Je serai plus forte que le système et je quitterai le clapier de Max avec des économies, tu verras !

— Oh, ma pauvre petite chérie ! Viens dans mes bras ! J'admire ton courage, tu ne le sais probablement pas, mais tu es un être exceptionnel. J'aimerais tellement pouvoir t'offrir plus ! Tu vas me faire pleurer.

— Laisse tomber les caprices de diva et roule-nous donc un autre joint, veux-tu ? »

Je passai une soirée mémorable avec James. Ses mélodrames passionnels me firent rire. Je l'observais gesticuler en pensant déjà au lendemain. La vie m'envoyait une nouvelle claque au visage, mais je devais y répondre avec fermeté et courage. Seul l'entêtement m'aiderait à m'échapper des bas-fonds de New York.

Je me rendis chez Max le lendemain pour lui faire part de ma décision. J'imposai quelques règles strictes qui, si elles n'étaient pas respectées, lui vaudraient un sérieux scandale ainsi que quelques dommages matériels, puis je rentrai me préparer pour ce que je m'efforçais de considérer comme mon premier show.

La nuit tomba plus vite que d'habitude ce soir-là et quand je sortis de l'hôtel, je reçus une nouvelle accolade amicale de James. Il faisait chaud et humide, comme un soir d'août à New York, et je marchais dans la rue avec la peur au ventre. Je tentais encore de me rassurer en considérant les événements sous un angle rationnel. Accepter cette activité à raison de quatre petites heures, six fois par semaine, me rapporterait neuf cent soixante dollars par mois. J'éprouvais alors une nouvelle succession de sentiments opposés, d'un côté apeurée et à la fois heureuse de découvrir combien la lutte contre le cours de mon existence allait être une longue et périlleuse aventure.

Je garde aujourd'hui encore des images précises de mon tout premier passage au Blue Moon Club. L'entrée du magasin de désirs avait quelque chose de banalement laid et miteux. Une série de marches obscures conduisait devant une porte grise. Quelques ordures détruites par les rats étaient abandonnées sur l'escalier à peine éclairé par une petite lumière rouge.

Il me fallut plusieurs minutes pour descendre dans cet enfer. Je humais avec horreur les relents de la cuisine confectionnée à la hâte par les petites mains de Max tout en tentant vainement d'éviter de tremper mes talons hauts dans les nombreuses flaques d'eau stagnante et noire. Je me demandais comment un gentleman de la haute finance pouvait accepter de descendre dans un tel cimetière à déchets.

Je frappai timidement à la porte et attendis un long moment avant qu'un visage humain se présente enfin.

Shirley, une grosse dame aux cheveux blonds et au sourire sympathique m'attendait. C'était la femme de Max et l'on pouvait presque apercevoir la marque du tiroir-caisse sur sa poitrine tellement elle semblait avoir passé sa vie dans ce clapier.

« Ah ! C'est toi la nouvelle ? Eh bien, pour une fois, on dirait que mon vieux poivrot de mari ne s'est pas mal débrouillé. Tu es bien jolie, ma fille, me lança-t-elle en me prenant gentiment par le bras. Ne t'inquiète pas. Avec moi, tu seras entre de bonnes mains. Je connais tous les flics de la ville et on ne te fera pas de mal, fais-moi confiance.

— Merci pour l'accueil. Tout ceci est un peu déroutant pour moi.

— Oh oui ! Je sais ce que tu ressens. Moi aussi je suis passée par là quand Max m'a demandé de mettre de l'ordre dans ce bordel, enfin pardon, dans cet établissement. C'est un peu dur la première fois et puis tu verras, on s'y fait. Mais, dis-moi, tu es venue ici comme si tu allais à la messe ? Allez ! Viens ! Je vais te montrer les loges et ton espace de travail.

— Très bien. Je vous suis. »

L'endroit était infiniment plus propre que ce à quoi je m'attendais. Une alcôve s'ouvrait sur un bar feutré dans lequel fumaient quelques clients. Les lustres à pampilles, les velours roses cousus au fil d'or, les banquettes de cuir en forme de cœur et ce doux parfum à la fleur d'oranger me rappelaient cette maison de poupée miniature que j'avais admirée tant de fois dans un magasin de jouets sans pouvoir l'acquérir. Madame Shirley, comme j'avais décidé de l'appeler, m'invita rapidement à passer par une porte étroite et surmontée d'une guirlande électrique et la visite commença.

« Comme tu peux le voir, les règles sont très strictes dans la maison. Les messieurs passent d'abord au bar pour se détendre, puis ils se dirigent jusqu'à un petit couloir où les attendent des cabines dans lesquelles ils peuvent faire leur affaire. Les filles se situent toujours de l'autre côté, derrière un miroir. Pas de contact physique chez moi. Si les clients le veulent, ils peuvent communiquer avec leur hôtesse à travers un hygiaphone. C'est toujours moi qui attribue les numéros de cabine en fonction des préférences de ces messieurs mais aussi de leur profil. Toi, par exemple, tu es nouvelle et timide et je ne te donnerai que des clients gentils et fidèles.

— Merci Madame. C'est pas vraiment le genre de job idéal à mon âge, mais j'apprécie votre sincérité.

— Tu ne finiras pas tes jours ici. Quelque chose me le dit. C'est temporaire et sache que tu as désormais une bonne fée pour s'occuper de toi, ici.

— Je le crois en effet.

— Bon, il est temps d'entrer dans la danse à présent. Va dans la loge et habille-toi. Je t'expliquerai après comment fonctionne la cabine. »

Une paire de bas résille à grosses mailles, des bottes de cuir noir à hauts talons ainsi qu'un tube de rouge à lèvres rose brillant m'attendaient dans le vestiaire. Curieusement, j'éprouvais un sentiment de satisfaction en enfilant ces frusques. C'était comme si la nouvelle femme que je voulais devenir trouvait là le vêtement de son caractère.

L'affrontement avec la cabine capitonnée dans laquelle je devais poser comme les filles de certains magazines de mon père était pourtant très brutal. Mon appréhension quant à ce petit espace exigu et sombre était égale aux tremblements de mon corps. Je fus rapidement prise de frissons à cause du froid et de la tension et je décidai de quitter les lieux rapidement.

Madame Shirley me retint pourtant et parvint à me

convaincre de rester avec un gros billet de banque. Elle se montra très aimable, m'offrit un thé chaud et monta la température de la pièce. Un client pas comme les autres, une sorte de dandy écrivain comique, accepta de se prêter au jeu de la formation en laissant Shirley venir avec moi dans la cabine. La voix de l'homme avait quelque chose de rassurant et je me décidai finalement à laisser tomber mon chemisier. Mes deux acolytes me montrèrent que je pouvais être fière de mon corps et que tout ceci était avant tout un grand moment de comédie. Je devais incarner une actrice et sortir de ma personnalité pour jouer.

Ainsi passa ma première nuit nue devant des inconnus. Loin, très loin de ce que devrait connaître une jeune fille de mon âge, je m'étais ainsi montrée à une dizaine d'hommes. Mais, encore une fois, ma détermination avait été la plus forte. Je pris suffisamment de distance pour ne considérer cet espace que sous l'angle d'une boîte à fric, surtout lorsque j'en sortis avec un petit bonus de bienvenue de deux cents dollars qui venaient à point pour effacer ma dette auprès de James.

Les mois défilèrent finalement aussi rapidement que les clients. J'avais même trouvé une certaine sérénité grâce à ce funeste commerce et je pus rapidement reconstruire ma santé financière.

James me sautait au cou chaque soir en pleurant bien que je lui expliquais que ce n'était pas si terrible, qu'il y avait des situations bien plus tristes et plus graves encore et que cette activité allait me conduire jusqu'à la majorité.

C'était ainsi, dans les caves de Manhattan, que je trouvai finalement un premier équilibre. Sans être véritablement heureuse, j'avais mes propres revenus et l'embryon d'une petite famille de substitution sur laquelle je pouvais compter.

Le mauvais esprit qui régissait ma vie allait pourtant me jouer encore un sale coup.

Tout avait mal commencé ce soir-là. Il pleuvait des cordes et l'eau qui s'infiltrait dans ma chambre avait abîmé mon costume alors que je lisais le courrier – une sommation de payer relative à une dette contractée par ma mère, comment avait-on fait pour me retrouver ici ? – et je ne parvenais pas à mettre la main sur mon salaire de la veille.

Lorsque j'arrivai au Blue Moon, Max était particulièrement irritable. Les services d'hygiène venaient de coller une fermeture administrative de deux semaines à son épicerie car certains des aliments étaient avariés. Il eut des mots très violents à mon égard.

« Alors la mioche, ça te plaît finalement de faire la pute dans un aquarium, hein ? Mademoiselle se trémousse devant les clients en vrai pro maintenant, n'est-ce pas ?

— Qu'est-ce qui vous prend de me parler comme ça, ce soir ? Les mouvements de mon bassin ont fait exploser votre comptabilité d'après ce que je sais.

— C'est pas le moment de me parler d'argent. Ou plutôt si ! Tu rapportes plus assez.

— Comment ? Mais il est plein à craquer, ce bordel. Les clients viennent même parfois me féliciter à la sortie !

— Justement. Les bonnes paroles, ça ne suffit plus et tu as assez chauffé la clientèle. Certains en veulent plus.

— Vous savez très bien que ce n'est pas dans notre contrat.

— Très bien. Alors il n'y a plus de contrat. Tire-toi. Tu ne bosses pas ce soir, pas plus que les autres soirs d'ailleurs. Tu es virée. J'ai eu assez d'emmerdes comme ça pour la journée. J'ai pas envie d'argumenter avec une gamine coincée comme toi.

— Mais qu'est-ce qui vous prend à la fin ? Et où est votre femme ? Je dois lui parler.

Il me prit par le bras avec violence.

— Tu te crois irrésistible et essentielle à mon commerce ? C'est ça ? Mais des filles comme toi, il y en a à la pelle par ici. Il suffit que j'aille au port pour m'acheter autant de gamines que je veux, figure-toi. L'avantage avec elles, c'est qu'elles ne sont pas compliquées. Je peux les sauter et leur donner leur salaire seulement si j'en ai envie. Regarde, elle, tu vois, c'est Alissa et c'est ta remplaçante.

Des larmes de colère me montèrent aux yeux.

— Vous n'avez pas le droit de me jeter comme ça. J'irai voir la police.

— Ah oui ? Et tu vas leur dire quoi ? Tu n'as même pas de papiers et tu n'as jamais déclaré le moindre revenu. Allez, tire-toi. C'est pas l'assistance sociale, ici. »

Toute la haine que j'avais pour Max ressurgit alors et je lui envoyai au visage le premier objet que je trouvai à portée de la main. Par malheur, il s'agissait d'une bougie déjà bien entamée. L'homme poussa un cri et tomba à la renverse puis se cogna sur le bar. Madame Shirley surgit alors que des clients, choqués, assistaient à la scène. Elle comprit immédiatement ce qui venait de se passer et sortit trois cents dollars de sa poche qu'elle me remit entre les mains.

« Je te remercie pour ce que tu viens de faire. Je n'ai jamais osé porter la main sur mon mari en quarante ans de vie commune. Il vaut mieux que tu partes à présent. »

Le regard blême, je quittai alors le Blue Moon et je sus que je ne reverrais plus jamais cet endroit.

Absorbée par des pensées noires et très amères, je marchai à grands pas jusqu'à trouver de quoi m'abriter un instant sous la devanture d'une petite boutique à l'angle de la troisième rue. Je regardais, pensive, l'enseigne abîmée du magasin.

Aux spiritueux de Jeffrey, les meilleurs vins de la ville, 24 heures sur 24.

Je tentai de déchiffrer les noms des vins français derrière la vitrine. Côte de Beaune premier cru, Nuits-Saint-Georges ou encore Saint-Amour. Je ne comprenais pas leur signification, mais ces mots résonnaient agréablement à mon oreille. Je rêvai à la France et à Paris, cette ville où ma mère avait souhaité vivre « pour goûter à l'art de vivre français », comme elle le disait. Je pensai aux disques d'Édith Piaf qu'elle écoutait des heures durant et je m'effondrai, la tête sur les genoux, découragée et sans énergie alors qu'il me semblait qu'il n'y aurait pas d'issue cette fois-ci.

J'avais été vraiment naïve de croire que la condition et la classe sociale d'un individu pouvaient changer par sa simple volonté. J'étais fatiguée à présent, lasse de tant d'efforts et d'humiliations qui n'avaient pas vraiment payé. Je me relevai péniblement et me résignai à marcher en direction du centre social pour déshérités de Tompkins Park. « Regarde bien ses tours luxueuses qui te narguent au loin, Louise, la seule réalité que t'offre cette ville, c'est de rêver. »

Égarée encore et toujours, les yeux rivés sur le sol, j'occupais mon esprit en comptant les taches laissées par les chewing-gums recrachés sur le trottoir.

Soudain, alors que j'avançais lentement dans une rue très peu éclairée en boitant sur le sol déformé par les racines des arbres, une main vint serrer mon épaule. Je restai immobile, paniquée. Qu'allait-il encore m'arriver ?

« Bonsoir jeune fille », me dit une voix grave.

Je levai les yeux en direction de la main qui restait collée à mon épaule. Elle était élégante et son poignet était cerclé d'une montre en or qui aurait pu paraître vulgaire si elle n'avait pas été la simple prolongation d'un magnifique costume de lin blanc comme en portait la clientèle du Blue Moon. J'enlevai ma casquette trempée par la pluie qui s'était intensifiée et je regardai l'homme qui m'avait accostée. Loin du voyou ou du mac que je m'apprêtais à affronter, l'homme d'un certain âge était agréable à regarder.

« 'soir m'sieur, lui répondis-je timidement.

— Pardonnez mon geste un peu brusque, mais j'ai assisté à votre départ du Blue Moon et je voulais saluer votre bravoure. Vous avez bien fait de rendre la pièce à ce vieux bougre.

— Que me voulez-vous ? Je ne suis pas à vendre.

— Allons, je vous prie. Je vous ai certes vue à maintes reprises en petite tenue, mais je ne suis pas de ces gens-là. Et, si vous voulez mon avis, vous ne devriez pas user prématurément la beauté de votre visage avec autant de sels. Les larmes ne sont bénéfiques à notre peau que lorsque la joie les autorise.

— Pourquoi m'avez-vous suivie ?

— Je lis dans vos yeux beaucoup de tristesse et cela m'émeut profondément, c'est tout. Je vous propose de prendre un café quelque part. L'humidité n'est pas bonne pour les gens de mon âge.

— Vous n'avez pas l'air si vieux, mais vous rêvez si vous croyez me cueillir comme ça, en pleine rue. Qui me dit que vous n'êtes pas de la bande à Max ?

— Je m'appelle Edgar Freney, je dirige la banque d'affaires Freney Corporation que j'ai créée il y a plus de trente ans. Je suis marié, j'ai trois enfants et la vie dans les hauteurs de Madison Avenue m'ennuie à mourir. Voici plutôt ma carte. Mes coordonnées personnelles y figurent. Vous pourrez joindre ma secrétaire au cas où mon comportement déborderait dans le sens que vous vous imaginez. Maintenant, allons-nous prendre ce café, oui ou non ?

— Très bien ! Allons-y, mais je préfère vous prévenir tout de suite, j'ai une nature farouche et à cet instant présent, j'éprouve l'envie irrésistible de vous voler votre montre. »

Tout me plut chez ce Monsieur. Sa prestance, la courtoisie si élégante et si gracieuse de son langage, la finesse de ses vêtements et son aura qui m'enveloppait dans une dimension parallèle douce et agréable dans laquelle j'aurais souhaité dormir jusqu'à l'éternité. J'écoutai alors mon instinct en acceptant de suivre le quinquagénaire. Qu'y avait-il de mieux à faire en effet ?

L'homme insista pour que nous montions dans un taxi afin de trouver un endroit plus paisible, loin de la jungle de Lower East Side.

Bien que l'intérieur du taxi dans lequel nous nous assîmes fût recouvert de peinture noire et que l'humidité ambiante absorbée par le cuir des sièges offrît une atmosphère nauséabonde, j'eus pourtant le sentiment de goûter au luxe absolu.

J'oubliai pendant un instant que nous étions en train de quitter mon quartier. L'homme était silencieux, droit et distant et je me demandai quelle insouciance extraordinaire m'avait poussée à monter dans une voiture avec un parfait inconnu. Il avait sans doute perçu la crainte qui montait en moi et m'envoya aussitôt un sourire rassurant. J'admirai alors le défilé des rues et des commerces au travers de la vitre sans dire un mot. À mesure que nous quittions l'East Village, les artères se faisaient plus propres et plus larges et les petites échoppes laissaient place à des magasins pour vêtements de luxe. J'étais subjuguée par tant de raffinement au kilomètre carré mais, pourtant, je n'avais encore rien vu.

« Voilà, nous y sommes, déclara-t-il. Enchanté.

— Mais je ne peux pas rentrer ici, voyons ! Vous avez vu ma tenue ?

— Comment cela, votre tenue ? Vous serez surprise de voir combien de pseudo-marginaux compte cet endroit, très chère. Votre tenue est tout à fait appropriée, au contraire. Il faut simplement remonter un peu votre menton et prendre un air tout à fait dégagé. Regardez plutôt. »

Je me mis à rire de la posture un peu féminine que mon acolyte prit juste avant qu'on ne vienne lui ouvrir la porte.

« Bonsoir, Monsieur Freney. Quel plaisir de vous compter parmi nous ce soir ! Oh, mais je vois que vous êtes accompagné. Enchanté, jeune demoiselle. Soyez les bienvenus dans notre modeste établissement. »

J'entrais pour la première fois dans le bar d'un hôtel cinq étoiles et fus immédiatement conquise par l'esprit feutré des lieux. L'endroit, confortable et discret, ne disposait pas de fenêtres, ce qui ne gâchait en rien l'atmosphère chaleureuse dégagée par les bougies et le bois qui recouvrait une bonne partie des murs. Des paysages d'aquarelles couraient le long des parois et des femmes de tous âges se pavanaient autour d'un piano en sirotant du champagne tout en arborant colliers et autres bijoux si gros que leurs reflets me faisaient mal aux yeux pendant que des jeunes hommes animaient la galerie.

Recluse dans un fauteuil bien trop grand pour moi, j'offrais à ce public guindé un visage rougi par la timidité. J'eus beaucoup de mal à m'imaginer que ces femmes et moi vivions dans la même ville.

« Alors ? Cela vous plaît-il ? demanda mon partenaire avec le même sourire réconfortant.

— Il me semble que c'est comme de visiter un nouveau pays ; c'est une fois reparti que l'on peut réfléchir à un avis. Tous ces décors et tous ces gens me donnent le tournis, ça fait trop d'informations en même temps !

Il se mit à rire fortement.

— Très bien ! Nous allons donc faire passer tout ça avec un peu d'alcool… si cela vous tente, bien entendu.

— Oh que oui ! Sans hésiter. Mais j'ai d'abord besoin d'aller aux toilettes si vous le voulez bien.

— Il va falloir ressortir du bar et passer par le hall de l'hôtel. Allez-vous pouvoir affronter cette épreuve toute seule ?

— Je vais me débrouiller. Il y a des choses bien moins évidentes à surmonter dans la vie. »

Je poussai timidement la porte qui menait au hall de l'hôtel, une grande pièce vide et froide en marbre telle que je me l'imaginais. Alors que je trébuchais sur le rebord d'un tapis épais, un portier me rattrapa et se proposa immédiatement de me conduire aux toilettes. En l'admirant, je pensais que le plus grand luxe de ce genre d'établissement était incontestablement incarné par la réserve constante du personnel. Pourtant, à ma grande surprise, lorsque j'entrai dans les toilettes, un espace plus grand que ma chambre d'hôtel, une dame d'un certain âge était en train de nettoyer son chiwawa dans l'évier en fumant une cigarette.

« Allez Waffle, prends ta petite douche, ça te fera du bien », dit-elle en tirant sur sa cigarette.

Elle continuait de faire couler de l'eau sur le pauvre petit animal en m'adressant la parole.

« Alors ma jolie, on est perdue ?

— Je cherche les toilettes, mais j'ai dû faire erreur. Je ne m'imaginais pas qu'il y avait un évier à caniches dans un lieu comme celui-ci.

— Oh ! Ma pauvre enfant. Cet hôtel entier est réservé aux animaux, crois-moi.

Nous échangeâmes quelques rires puis l'étrange bonne femme me questionna.

— Qu'est-ce qui t'amène ici, toi ?

— Je suis avec un ami. Je découvre les lieux. Je trouve que le bar est très joli.

— Il est joli, c'est certain. Le problème, c'est la clientèle. Toutes ces nanas m'adulent et me veulent comme amie uniquement pour remplir leur beau carnet d'adresses. C'est chiant à mourir ici.

— Pardonnez-moi, mais qui êtes-vous pour être désirée à ce point ?

— Ah, je vois qu'on n'est pas du joli monde, mon petit. Tu vas me plaire, toi. Tiens, prends donc ma cigarette et passe-moi la serviette. Je vais sécher Waffle.

— C'est peu commun comme nom, Waffle[2], pour un animal.

— Ce nom en a fait rire plus d'un, je t'assure, ricana-t-elle en touchant son collier de grosses perles, à commencer par mon ami le cinéaste Woody Allen que tu connais, bien entendu. Il tourne actuellement un film dans lequel tu entendras le nom de mon chien. Cela va s'appeler Manhattan, tout simplement.

— Non, je ne le connais pas. Mais que faites-vous de si spécial dans la vie pour connaître autant d'artistes ?

— Je m'appelle Miranda Worthman et je suis artiste peintre. Je fais dans la peinture d'ornement à caractère monumental. Ma

[2] La Gaufre (N.D.T.)

45

cote a explosé depuis le jour où j'ai couché avec le maire de New York. Je peins surtout des intérieurs, car j'aime l'idée que mes œuvres soient attachées aux murs, cela évite que toutes les mégères que tu as vues au bar ne spéculent avec mon art. Si elles le veulent, elles paient et elles le gardent.

— Et puis cela vous rend un peu éternelle en même temps...

— Un peu ? Ne néglige pas mon talent, veux-tu. Je suis une très grande artiste. J'ai peint plus de deux cents intérieurs en vingt ans et accumulé assez de fric pour pouvoir me tirer bientôt d'ici.

— Fantastique. Il faut que j'y aille, on m'attend. »

La veille dame sombra subitement dans une colère hystérique. Perdue dans ses élucubrations, elle envoya une cendre de cigarette sur son chien qui aboya de plus belle. Je m'échappai en courant alors qu'elle insultait le personnel dans le couloir. Je compris qu'elle était folle et qu'il valait mieux fuir avant qu'elle ne mette le feu à l'hôtel.

Revenue au bar par la petite porte, j'étais suffisamment bousculée pour relativiser l'ambiance très lourde qui régnait dans la pièce. Edgar m'attendait avec deux cocktails posés sur la table.

« Serait-ce un sourire que j'aperçois enfin sur votre visage ? Vous devriez le garder. Il vous va à ravir.

— L'endroit me plaît beaucoup, à vrai dire.

— J'en suis fort heureux. Nous sommes au bar de l'hôtel Carlyle sur Madison Avenue. L'ambiance est parfois un peu ennuyeuse, mais on y rencontre des gens formidables. Ce pianiste, voyez-vous, n'est autre que Bill Evans, un très grand joueur de jazz. Mais buvons donc à votre santé et à la jeunesse. »

Déterminé à m'en mettre plein la vue, l'homme m'expliqua que nous buvions l'un des meilleurs mojitos de la ville. Le barman y ajoutait sa touche personnelle, quelques gouttes de champagne « pour faire comme à Cuba », disait-il.

Quelques verres de ce breuvage magique plus tard, la conversation se voulait plus sincère et plus directe.

« Merci pour cette parenthèse atypique, Monsieur Freney. Ça fait du bien même si je ne sais pas de quoi demain sera fait.

— Je fréquente le Blue Moon depuis près de vingt ans et je dois dire que je n'ai jamais vu une jeune fille aussi charmante que vous là-bas.

— Je vous remercie, mais je suis un peu gênée, car je n'aime pas beaucoup rencontrer la clientèle du Blue Moon. Les propositions sont toujours malsaines.

— Eh bien moi, j'en ai une belle à vous faire. J'ai quitté le club peu de temps après vous, mais j'ai une bonne nouvelle pour vous, enfin si l'on peut dire. J'ai transmis ma très grande déception, ainsi qu'une certaine colère, à la femme de Monsieur Max, laquelle s'est immédiatement excusée et m'a promis de vous faire revenir dès demain.

— Oh ! Vraiment ?

— Vous avez à présent un soutien important au Blue Moon et je vous promets que l'on ne vous embêtera plus.

— Je ne sais comment vous remercier ! Ce job est minable, mais il est ma seule source d'équilibre et comme je suis mineure...

— Vous êtes mineure ?

— Plus pour très longtemps. Il me reste trois mois à peine avant d'avoir vingt et un ans.

— Très bien, je... vous me voyez un peu mal à l'aise. Je pensais que vous étiez majeure et avec cette satanée police qui contrôle toute la ville... Enfin, qu'importe après tout, encore une raison pour que vous soyez tranquille au Blue Moon. Si l'inspection du travail savait ce qui se passait dans cette cave, ce serait la fermeture définitive ! »

Quelques heures s'écoulèrent ainsi au bar durant lesquelles je racontais ma vie au banquier en toute sincérité. Il m'écoutait avec attention et semblait sidéré.

« Je ne puis vous promettre la lune, belle enfant, mais un

courage comme le vôtre est tout à fait exceptionnel et mérite mon soutien, sachez-le. Comment avez-vous fait pour supporter autant de chocs émotionnels à votre âge ? La vie est tellement cruelle !

— C'est comme ça. Je me suis fait une raison. Je refuse l'aide des services sociaux. J'ai peur de sombrer dans une marginalité plus grande encore.

— En voilà bien du courage et une opinion qui va plaire à un vieux républicain comme moi !

— Et vous, quel est votre métier au juste ?

— Je fais gagner beaucoup d'argent à ma banque par des manières qui ne sont pas toujours aussi correctes que l'on pourrait le croire. Mais comme le sujet de la prostitution semble vous gêner, mieux vaut ne pas parler de mon activité non plus. Il y a beaucoup de points communs entre ces deux services.

Nous rîmes tous les deux franchement et je me détendis enfin.

— Écoutez, Victoria, je crois que je vais faire un geste supplémentaire envers vous. Vous le méritez mille fois. Il m'arrive parfois de parler avec certains vieux habitués du Blue Moon et j'ai récemment effectué un montage financier important au profit d'un spéculateur immobilier qui pense –

Dieu lui en soit loué – que les prix du quartier dans lequel vous vivez vont atteindre des sommets dans une vingtaine d'années. Il me doit beaucoup. Je vais lui demander de vous trouver un endroit plus décent que votre hôtel.

— Oh Edgar ! Que dire ? J'étais perdue et voilà que vous changez ma vie en quelques heures ! Mais, attendez un peu, il y a forcément une contrepartie quelque part, non ?

— Il est vrai que vos charmes produisent des ravages sur mon cœur las, mais vous faites de nouveau fausse route. Je suis marié. Je ne serais certes pas contre une à deux soirées par semaine avec vous, en tout bien tout honneur, bien entendu, mais je refuse de passer pour un proxénète amélioré, alors restons-en là.

— OK pour une soirée par semaine, mais pas plus.

— Juste un verre ou un restaurant ? Éventuellement un cinéma de temps en temps, vous accepteriez ?

— Je serais bien sotte de refuser, mais vous risquez de vous lasser de moi bien vite.

— Je ne pense pas. Ma vie m'ennuie terriblement. J'ai besoin de me divertir et j'aime votre compagnie.

— Je… je suis confuse, tout ceci me paraît tellement invraisemblable.

— Gardez votre calme. Ce n'est pas grand-chose pour moi et

j'ai même un peu honte de ne pas pouvoir vous offrir de meilleures perspectives.

— Je ne compte pas rester au Blue Moon très longtemps, mais c'est un autre sujet. Il est tard à présent et je ferais mieux de rentrer. J'ai l'impression que ma vie a changé en une nuit et j'ai besoin de continuer ce rêve dans mon lit.

— N'exagérons rien. J'apprécie beaucoup votre franchise, c'est une qualité qui manque beaucoup dans mon milieu. Bon, rentrez avant que je ne saute dans vos bras. Dites bien à votre entourage que vous avez un nouvel ami et qu'il s'appelle Edgar Freney.

— Très bien, Edgar. À bientôt. »

Je m'engouffrai dans le taxi avec un sourire plus étincelant que celui de Pat Nixon. Mon départ du Blue Moon avait été très éprouvant et avait finalement eu raison de mon optimisme. J'avais envisagé pour la première fois de me laisser aller, de recopier le schéma de mes parents, pensant que le pire pouvait arriver. Des boulots exécrables, des rencontres sans lendemain avec des types paumés et sans avenir, somme toute, l'archétype de la condition médiocre.

Mais voilà qu'Edgar Freney était entré dans ma vie. Voilà qu'avec lui surgissait une lueur d'espoir. Voilà qu'un type parfaitement éduqué et qui représentait tout ce dont je pouvais m'imaginer du beau monde venait de modifier la logique cruelle des événements. Était-il sérieux ? Combien de temps cela durerait-il ? Peu m'importaient les réponses, j'étais heureuse. L'espoir né de cette rencontre représentait bien plus qu'un simple hasard. Il me fit l'effet d'une drogue qui allait bientôt réveiller le tigre qui sommeillait en moi. Une chose était alors certaine, j'étais ce soir-là déterminée à parvenir à mes fins.

Je retournai au Blue Moon dès le lendemain et trouvai le père Max dans un fauteuil roulant, incapable de parler. La chute que je lui avais fait subir avait été dramatique et provoqué une rupture d'anévrisme. Il était condamné à observer le monde sans plus jamais pouvoir ouvrir la bouche.

Son épouse était à l'inverse ravissante et arborait un large sourire lorsqu'elle me vit. La transformation de son mari en végétal avait comme effacé de son visage les mauvaises années. Elle m'avait expliqué qu'elle l'avait gardé par pitié, mais que c'était désormais elle qui gérait les affaires. Elle m'était reconnaissante et m'offrit une augmentation de cinq dollars par heure. « C'est pour meubler décemment ton futur palace », avait-elle claironné devant les clients.

Le terme « palace » était un bien grand mot même s'il me fallut plusieurs jours avant de pouvoir adapter ma vue à la blancheur des murs de mon nouvel appartement dont la clarté tranchait franchement avec ma précédente habitation. J'avais, au surplus, l'immense privilège de disposer d'une chambre à part et d'une vue dégagée sur le parc de Tompkins. Je tentai de garder mon calme le jour de l'entrée dans les lieux et pris un air blasé devant l'agent immobilier. Il me regardait de son air le plus mauvais. « Comment cette garce a-t-elle pu obtenir un loyer aussi ridicule ? », devait-il penser.

Une fois la signature du contrat de location effectuée, je le mis rapidement à la porte afin de pouvoir laisser exploser ma joie. Les larmes aux yeux, je sautillais de pièce en pièce, levant les bras vers le ciel dans une sorte de transe hystérique alors qu'une gaieté euphorique me transportait vers un bonheur que je n'avais jamais connu jusque-là. Je ne revins à la raison que longtemps après, lorsque j'entrai dans la cuisine. La pièce était sobre, mais le mobilier en formica blanc donnait à l'ensemble un air moderne. Je passai ma main sur le plan de travail et je découvris une petite enveloppe scellée par un fil doré. Elle était accompagnée d'un paquet que je m'empressai d'ouvrir. La montre d'Edgar était à l'intérieur.

« Devine le prix de cet objet et ajoutes-y trente-cinq mille dollars », disait le petit message. Je souriais encore et encore en virevoltant dans la pièce avec la montre sur le cœur.

Je passai ma première nuit dans l'appartement avec pour seul mobilier une bouteille de vin et un matelas posé sur le sol. Peu m'importait alors l'absence de confort, je m'endormis en pensant à tous ces préceptes que la société enseignait à la population afin de contenir son désir révolutionnaire. « Non, il ne faut jamais faire avec ce que l'on a ni comme l'on peut », songeai-je alors. Vivre d'amour et d'eau fraîche procure un plaisir qui ne dure jamais aussi longtemps qu'un livret d'épargne de trois millions de dollars. Oui, l'argent est bon et fait le bonheur et je comptais bien trouver une solution pour ne jamais plus en manquer. J'étais encore loin d'imaginer par quel moyen j'y parviendrais.

Les semaines passèrent et je me réjouissais de chacune de mes rencontres avec Edgar. Loin de succomber à la tentation physique, il se montrait parfait gentleman et, au bout de quelques mois, il m'arrivait même de le considérer sous l'œil d'un père de substitution. Nos sorties me faisaient oublier l'ingratitude de mon travail alors que je songeais sérieusement à trouver un emploi plus décent.

Edgar m'ouvrit ainsi les yeux sur les hauts lieux de la culture new-yorkaise. Il m'invitait au musée où je découvrais la grande et la petite peinture et m'indiquait si bien les astuces pour apprécier tel ou tel écrivain à la mode que, peu à peu, je m'accoutumais avec délectation à ce monde, oubliant la misère et le vide culturel que j'avais connus jusque-là.

Sous son influence, je devins complètement droguée à l'art sous toutes ses formes. J'avais aussi conscience que, si je voulais évoluer dans les hautes sphères de la société new-yorkaise un jour, je me devais de savoir que le véritable nom de Françoise Sagan était Françoise Quarez et que Keith Haring était un peintre tout à fait formidable.

J'achetais les livres qu'Edgar me conseillait et je trouvai dans la lecture un refuge absolu contre l'ennui. Je regrette encore aujourd'hui de ne pas avoir compris l'intérêt de la littérature lorsque j'étais plus jeune, à des moments où mon esprit avait pourtant un besoin d'évasion fondamental.

Je rattrapais ainsi un retard culturel en quelques années et je compris peu à peu l'intérêt de vivre dans une ville comme New York où il était possible d'admirer les plus belles peintures de Picasso dans le calme du petit matin puis d'écouter Nina Simone crier dans un micro devant une foule hystérique la nuit venue.

S'il y avait une chose que j'appréciais particulièrement dans l'éducation que m'apportait Edgar en effet, c'était cet apprentissage de l'occupation permanente de l'esprit. « La littérature, la musique, le théâtre, l'art, quel dommage que tout ceci soit réservé à quelques-uns », pensais-je à chaque fois qu'Edgar me quittait.

Je promis alors de distribuer gratuitement des tickets pour l'Opéra aux gamins de Brooklyn quand la fortune me sourirait.

Pourtant, malgré l'opulence culturelle qui semblait caractériser le monde des riches, Edgar mourait d'ennui. Il portait une critique très vive sur les relations sociales hypocrites et narquoises du microcosme rassis qu'était le petit monde des ultra-riches des hauteurs de Manhattan, comme il le décrivait. C'est pour cette même raison qu'il ne parvint bientôt plus à se passer ni du Blue Moon ni de notre relation devenue quotidienne.

Aussi oisifs et espiègles que fussent ces gens selon lui, il me fallut pourtant peu de temps pour les envier et je cherchais déjà la manière avec laquelle je demanderais à mon mentor de m'aider à vivre le même genre d'ennui que lui.

L'occasion se présenta un soir alors que nous devions nous rendre au cinéma pour voir Mort à Venise de Luchino Visconti. Nous découvrîmes en sortant de l'appartement que le ciel était noir et que des vents violents s'abattaient sur les arbres. Événement unique à New York, les taxis avaient disparu ainsi que toute circulation. Stupéfaits, nous apprîmes par le propriétaire d'une librairie hors du temps – un bric-à-brac de vingt mètres carrés à peine situé au rez-de-chaussée de mon immeuble – qu'un cyclone de grande ampleur était en formation au-dessus de nous.

« C'était pas prévu, cria le libraire en tentant de calfeutrer sa vitrine, mais dans une heure à peine, la ville sera sens dessus dessous et ça va durer au moins deux jours ! J'espère qu'il vous reste un ou deux bons bouquins, car je ne peux pas vous servir. Vous devriez rentrer chez vous et prier le ciel pour qu'il se calme. »

La télé et les radios diffusèrent en boucle des messages d'urgence, appelant la population à rester enfermée alors que le maire de New York annonçait la fermeture immédiate du métro. « Ils exagèrent toujours dans cette ville, pestait Edgar, je vais faire appeler mon chauffeur immédiatement. » Mais alors qu'il se dirigeait vers le téléphone, il ne se doutait pas qu'il resterait coincé chez moi une nuit entière.

Je remercie encore aujourd'hui les intempéries new-yorkaises d'avoir tant contribué à parfaire mon destin.

« Saleté de temps ! s'écria-t-il en raccrochant. La police a interdit tout déplacement jusqu'à nouvel ordre. Mon chauffeur ne peut pas venir. J'aimerais tellement que l'on trouve un moyen de dominer ces foutus nuages ! Je suis sûr qu'il ne se passera rien. Le maire de New York exagère sur tous les plans pour qu'on ne lui reproche pas d'éventuels débordements. Je ne voterai plus pour cette vieille chouette à l'avenir.

— Calme-toi, Edgar, c'est tout de même incroyable, un changement de temps aussi brutal. Mieux vaut nous protéger et suivre les consignes de sécurité.

— Je te dis que tout ceci est exagéré. Le temps est très spécial à New York. J'ai déjà vécu le plus beau des soleils et des orages de neige le même jour.

— Raison de plus pour relativiser. Nous sommes vendredi soir qui plus est. Ça tombe plutôt bien pour ton travail, car la bourse de New York est fermée, n'est-ce pas ?

— Là, tu vois juste. Alors, installons-nous. Sache que cela me gêne un peu de devoir partager ton studio.

— Tu plaisantes ! Tu es ici chez toi. D'ailleurs, je sais que cet endroit n'est en rien comparable à ton appartement et que la modeste surface te déroute un peu ; en plus, ce n'est pas un studio mais un deux pièces et nous pourrons dormir chacun de notre côté.

— C'est bien dommage.

— Ôte plutôt ton manteau, il est très humide et tu vas attraper froid. Je vais faire du thé.

— Tu es si douce avec moi. Je vais prévenir ma femme que je suis protégé et en lieu sûr ; elle doit déjà être en train d'appeler le *New York Times* pour lancer un avis de recherche voire même un avis de décès, ce qui l'arrangerait bien. »

Je décidai de laisser ma chambre à Edgar, mais le banquier insista pour dormir sur le divan, en parfait gentleman. « Tu ne vas tout de même pas saborder l'aventure qui se prépare ! Je n'ai jamais dormi sur un canapé. Laisse-moi l'utiliser », avait-il insisté. Mais alors que l'atmosphère était au beau fixe et que je m'apprêtais à rejoindre le salon avec un plateau rempli de bonnes choses, l'électricité se coupa. Un coup de vent sec et violent s'était abattu sur l'immeuble et nous entendîmes au même instant des bruits de glace se brisant dans la rue.

« Tu vois, les journalistes ont vu juste. Il va y avoir du grabuge, annonçai-je alors que nous observions par la fenêtre le spectacle chaotique qui se déroulait dehors.

— Contente-toi d'allumer les bougies et viens me rejoindre dans le salon. Je vais t'expliquer l'intrigue de Mort à Venise. Il me semble que le contexte s'y prête tout particulièrement.

— Oh non ! Parlons d'autre chose si tu veux bien, je n'ai pas trop envie d'aborder le sujet de la mort un soir comme celui-ci.

— Très bien. As-tu une idée intéressante à me soumettre ?

— Je ne sais pas trop... Pourquoi ne pas me parler de toi, par exemple ? De ta vie, de ton parcours ? Tiens ! Parle-moi plutôt de la banque.

— De la banque ? En voilà une idée ! Mais que veux-tu savoir au juste ?

— Tout ! Son histoire, les raisons de sa suprématie ou pourquoi je dois me mettre nue pour gagner dix dollars de l'heure alors que des gens comme toi en gagnent cent fois plus en scrutant des chiffres depuis leur bureau, par exemple.

— Ce que je fais n'a rien de passionnant, crois-moi. Il vaudrait mieux que nous parlions de Thomas Mann. Quel grand poète de la décadence !

— Je suis sûre qu'il est moins intéressant que ce que tu as à me raconter sur la banque.

— Sa vie est pourtant une très belle histoire.

— Parlons d'autre chose, s'il te plaît. Cela va nous changer les idées. Je ne me sens pas très rassurée, pour tout te dire.

— Allons, il ne faut pas. Viens plutôt dans mes bras.

Edgar me consola en me regardant tendrement.

— Alors, dis-moi, qu'est-ce qui te passionne autant dans mon métier ? La banque n'est pas un sujet très drôle, tu sais.

— Thomas Mann non plus. Et puis, je ne sais pas pourquoi, mais j'ai toutes ces questions qui trottent dans ma tête depuis que je te connais. J'aimerais savoir où tu trouves l'argent que tu prêtes et pourquoi nous, les petits épargnants, nous percevons si peu d'intérêts alors que vous réalisez tellement de bénéfices.

— Eh bien ! Je vois que mademoiselle a déjà une petite idée sur le sujet !

— J'ai lu deux ou trois choses, en effet. Et puis, l'argent fait tourner le monde et le monde m'intéresse, voilà tout.

— Tu es vraiment très surprenante. Tu as gagné. Je vais te raconter la fabuleuse histoire de la banque et tâcher de faire en sorte que tu ne t'ennuies pas trop.

J'allumai les bougies et nous nous installâmes confortablement sur le divan.

— Je suis prête. Je t'écoute.

— Eh bien vois-tu, tout a commencé à Venise. Dès le quinzième siècle, le commerce était florissant et la ville comptait parmi les plus importants marchés d'Europe. Les commerçants, très riches, stockaient de grosses quantités d'or dans leurs échoppes et se faisaient régulièrement voler. Puis, un homme particulièrement rusé a imaginé une meilleure façon de conserver cet or en créant un coffre. C'est ainsi qu'est né l'orfèvre.

Edgar riait en me racontant cette histoire qui ressemblait à un conte de fées pour enfants.

— Tu n'es pas sérieux !

— Je suis très sérieux au contraire. Nous devons la banque aux orfèvres qui ont eu l'idée géniale de construire des coffres-forts pour protéger l'or des commerçants. Avec ce système, tout le monde y gagnait. Les dépôts étaient placés en sécurité contre un loyer. Ce fut un immense succès ! Vite dépassé par la demande, l'orfèvre devait faire face aux problèmes de logistique. Il fallut agrandir les coffres et embaucher du personnel pour déposer l'or et le gérer. C'est là que l'orfèvre, un type génial décidément, trouva une autre idée.

— Laquelle ?

— Bénéficiant d'une réputation sans faille, il proposa à ses clients des bons contre leurs dépôts. Ces titres, échangeables directement sur les marchés, comportaient suffisamment d'inscriptions officielles pour rassurer leurs utilisateurs. De cette manière, les manipulations d'or disparaissaient peu à peu et les commerçants étaient d'autant plus rassurés. Tu vois ce billet de banque, dit-il en sortant un dollar de sa poche et en le brandissant, nous le devons aux orfèvres italiens.

— Magnifique ! Le coffre-fort est donc à l'origine de la banque ?

— Eh oui. Et le billet fut l'idée des orfèvres. Mais l'histoire ne s'arrête pas là. Très vite, les orfèvres se retrouvèrent frustrés de ne pas pouvoir utiliser l'énorme quantité d'or qui leur était confiée et ils pensèrent à divers plans pour mieux profiter de ce trésor.

— Quelque chose me dit que c'est ici que les affaires ont mal tourné, n'est-ce pas ?

— Tout dépend du point de vue de chacun, mais cet instant de la petite histoire est en effet très important. L'orfèvre, décidément peu avare en malice, dénicha un nouveau concept qui est à l'origine du système bancaire moderne.

— Qu'a-t-il trouvé de fabuleux, ce David Copperfield ?

— Le crédit.

— Comment ça ? L'orfèvre a prêté l'or… des commerçants ?

— Exactement. Les commerces de Venise devenaient de plus en plus grands et leurs propriétaires cherchaient en permanence des financements pour s'agrandir encore et encore. L'orfèvre eut alors un autre trait de génie. Il a prêté de l'or qui ne lui appartenait pas tout en facturant des intérêts.

— Comment ? Mais c'est scandaleux !

— Scandaleux pourquoi ? Personne ne lui a jamais rien demandé.

— Mais enfin, Edgar !

— Rassure-toi quand même, l'orfèvre était un individu très judicieux. Il n'a pas directement prêté de l'or. Il créa un contrat de prêt qu'il garantissait avec l'or qu'il avait en stock. C'est différent.

— Mais tout ça n'est que du papier ! Ce type était un pur

escroc !

— Pourtant, ce n'est pas tout. Le nouveau système s'avéra d'une efficacité redoutable. Les emprunteurs ayant eux-mêmes de l'or chez l'orfèvre, les remboursements des crédits étaient garantis. Avec les années, les montants empruntés commençaient à dépasser largement ceux des sommes en réserve et les garanties devinrent plus fragiles. Un problème ? Pas de problème. L'orfèvre, devenu banquier, se mit à emprunter lui-même auprès de ses confrères à un taux réduit l'argent qu'il restituait par la suite. C'est là véritablement qu'est né le génie bancaire, sur une idée monstrueusement bête. Prêter de l'argent que l'on ne possède pas.

— Et toi qui voulais me parler de Thomas Mann !

— Très drôle. Les commerçants ne se sont jamais méfiés du stratagème. Ils pouvaient sans peine avoir accès à leur coffre et vérifier que leur or dormait bien en paix. C'est le papier qui a grandement aidé les orfèvres. Quoi de plus judicieux, en effet, que de laisser son bien à quelqu'un contre un morceau de papier sur lequel est inscrite une simple valeur ?

— Je n'en reviens pas...

— Il y a tellement de choses que vous ignorez, jeune fille. Mais si vous le voulez bien, je vais me retirer dans mes appartements car il se fait tard et j'ai besoin de dormir. »

Je pris moi-même le chemin du sommeil ce soir-là en songeant à l'histoire d'Edgar. Il me sembla qu'il s'était joué de mon ignorance. Comment un tel système, s'il existait encore, pouvait-il être légal ?

La nuit aurait pu se dérouler tout à fait normalement si nous n'avions pas été réveillés par le vacarme assourdissant des effets du cyclone. Une fois, un arbre s'effondra sur la façade d'une boutique. Une autre fois, une femme cria sans que l'on sache pourquoi et une autre fois encore, on entendit des gens gravir bruyamment les escaliers.

Mais, alors que nous nous décidions à nous lever pour observer à nouveau le spectacle de la rue, une bourrasque explosa l'une des vitres du salon et Edgar aurait pu être sérieusement touché si je ne m'étais interposée.

J'ouvris les yeux à l'hôpital quelques jours plus tard, encore traumatisée par cette nuit étrange. Edgar était à mes côtés.

« Enfin Victoria ! Te voilà réveillée. Comment te sens-tu ?

J'avais le visage recouvert de bandeaux et je peinais à m'exprimer.

— Mais… mais qu'est-il arrivé ?

— Tu m'as sauvé la vie en te jetant entre une fenêtre soufflée par le cyclone et moi. Un morceau de verre est entré dans ton dos, pas très loin du cœur, et j'ai passé plusieurs heures à te soigner comme je le pouvais avant que les secours n'arrivent.

— Oh oui, ça y est, je me souviens. Mais qu'en est-il de l'appartement ? New York a-t-elle survécu à la catastrophe ?

Je tentai de me lever du lit pour regarder par la fenêtre.

— Cesse de gigoter, tu vas te faire mal. Ton appartement est en pleine rénovation et je te promets une belle surprise à ton retour. Manhattan n'a finalement pas beaucoup souffert de l'orage qui s'était affaibli en entrant dans la ville.

— Et toi, tu n'as rien eu ?

— Rester à tes côtés pour éponger tes plaies fut une épreuve terrible pour moi. Je n'ai pas été touché physiquement et je te dois la vie. Mais nous en reparlerons plus tard. Il faut que j'y aille. Repose-toi bien. Je reviendrai te voir dans la soirée. »

Je rentrai finalement deux semaines plus tard avec quelques égratignures ainsi qu'une cicatrice discrète qui fendait légèrement ma lèvre inférieure. Je garderais cette marque toute ma vie, mais elle n'était rien comparé à ce qui m'attendait à mon retour.

L'appartement n'avait plus rien à voir avec ce que j'avais connu. Il avait été intégralement restauré et luxueusement meublé. J'entrai dans un couloir agrémenté d'une penderie dernier cri sur laquelle courait un long miroir. La pièce à vivre avait été divisée entre un salon et une salle à manger dans un style rétro pop des plus branchés. Comment le quinquagénaire avait-il un tel goût pour la modernité, je me le demandai en m'installant sur une chaise le temps de comprendre que j'étais chez moi et que tout ceci m'appartenait. Je fus absolument folle de joie, d'une joie que je ne peux encore décrire aujourd'hui, lorsque je découvris un manuel consacré aux principes élémentaires des mécanismes bancaires sur la table du salon. Comme à son habitude, Edgar avait laissé un message que je découvris sur la première page de l'ouvrage :

« Lis ce manuel avec attention. Je te ferai passer un test et, si tu obtiens une note suffisante, on va te trouver un poste. »

Les larmes coulèrent à flots pendant un long moment jusqu'à ce qu'Edgar vienne frapper à ma porte. Je lui sautai au cou, les yeux encore rouges de cette émotion si particulière qui ne me quitta plus et je lui offris un long baiser sur la bouche.

Mieux qu'un test, Edgar prit le temps, session après session, de m'enseigner tout ce qu'il savait du système bancaire et nos rendez-vous prirent l'allure de cours particuliers. Comme chaque individu aspirant à la passion de la réussite, je redoublai d'efforts pour assimiler rapidement cet enseignement si bien que je débarquai bientôt au 655 Madison Avenue avec un carton à la main. J'étais venue prendre mon poste d'assistante de direction à la Freney Corporation Bank et je levais les yeux au ciel pour bénir une fois de plus l'existence aussi improbable qu'un cyclone à New York.

Quelle joie ce jour-là ! Quel bonheur que de pouvoir m'installer dans mon propre bureau et d'avoir mon nom sur la porte ! Moi, la fille de deux marginaux, un temps obligée de me mettre nue pour payer mon loyer. J'étais à peine assise à ma place que je m'imaginais déjà gravir tous les échelons pour déménager en haut de la tour et côtoyer le pouvoir.

Les lendemains furent pourtant beaucoup moins euphoriques et je découvris avec la tristesse d'une jeune femme naïve l'absolue misère des relations sociales au travail. Je passai deux longues années à faire ma place dans la banque, haïe autant par les femmes que par leurs acolytes masculins et sans recevoir de soutien de la part d'Edgar. Il souhaitait garder ses distances pour ne pas éveiller de soupçons sur notre relation.

Le personnel ne crut pas aux raisons que j'avais invoquées pour justifier mon arrivée à la banque et la plupart des employés étaient jaloux de mon piston. J'avais recueilli Edgar en bonne âme charitable alors qu'il avait été surpris par le cyclone. Il était venu dans le quartier pour visiter un immeuble qu'il souhaitait acheter à un ami puis il m'avait offert un emploi afin de me montrer sa gratitude.

Bien qu'Edgar et moi nous fussions arrangés pour faire

connaître le fameux agent immobilier – ce même habitué du Blue Moon qu'Edgar avait aidé à acheter l'immeuble dans lequel je vivais –, l'entourage d'Edgar lui-même se montra dubitatif. Sa propre femme exerça une pression constante en lui demandant à plusieurs reprises ce qu'il avait bien pu faire ce jour-là dans un quartier réputé pour sa prostitution.

Seule ma dextérité au travail m'aida véritablement pour m'imposer. Désireuse de maîtriser le système bancaire dans ses moindres détails, je m'inscrivis à des cours du soir donnés par un éminent professeur d'économie de l'université de New York dans l'espoir d'intégrer le monde des traders, milieu pourtant machiste et austère. Une fois mon diplôme en poche, Edgar me persuada pourtant de ne pas intégrer ce service et m'invita à ne pas désirer une ascension professionnelle trop hâtive.

Au-delà des péripéties habituelles que je découvris chaque jour et que connaissent tous les individus qui travaillent dans un siège social, j'escaladai pourtant les échelons avec professionnalisme et détermination.

La plus belle compensation d'un tel labeur fut incontestablement l'argent. Mon salaire était très confortable et je dépensais sans compter si bien que les factures de mes cartes de crédit subirent rapidement une inflation incontrôlable. Et, comme le plaisir constitue l'essence de toute drogue, je réalisai, devant la plus belle bague du monde croisée quelque part dans la vitrine de Tiffany and Co, que j'étais prête pour une certaine superficialité et que tout ce que j'avais accompli jusque-là restait très insuffisant.

Mes rendez-vous secrets avec Edgar ne cessèrent pas, bien au contraire. Je mis un point d'orgue à l'accueillir comme un grand prince et mon appartement se transforma peu à peu en un cabinet de confidences puis de doléances. Son attitude me chagrinait et je ne savais pas comment l'aider à mon tour. Il se plaignait de tout. De sa famille vaniteuse et trop conservatrice, de ses employés non reconnaissants, de son quartier qui se mourait peu à peu faute de commerces de nuit et d'excès de gentrification. Somme toute, mon arrivée dans sa vie avait accéléré malgré moi un certain désarroi.

Mais avec le temps, les problèmes finissent toujours par se régler d'une manière ou d'une autre et, ce jour-là, une ultime tempête se préparait. Il s'agissait d'un cyclone impitoyable, mais d'un nouveau genre. Il nous attendait patiemment derrière la porte de mon appartement alors que nous nous apprêtions à sortir pour l'Opéra.

Lorsque j'ouvris la porte d'entrée, en effet, une femme de petite taille se tenait debout devant moi. C'était la femme d'Edgar. Elle était accompagnée de son avocat.

Interdite, je laissai échapper de mes mains nos deux billets pour l'Opéra. La petite dame forte mais très élégante s'empressa de les récupérer.

« Tu vas me le payer cher, je te le dis ! Ah, il est beau l'immeuble moderne ! Je le savais Edgar, tu m'entends, je le savais !

— Voilà une situation qui arrange bien tes affaires, l'interrompit Edgar, affreusement calme. Depuis le temps que tu voulais me faire la peau et vider mon portefeuille !

— Comment oses-tu dire ça ! Moi, ton épouse fidèle depuis trente ans. La mère de tes trois enfants !

— Tu me fais doucement rire. Il y a bien longtemps que notre mariage ne fonctionne plus et rien ne m'est plus incertain que ta fidélité, Mildred.

— Je ne te le permets pas ! Oh, mon Dieu ! Dis-moi que ce n'est pas possible ! Tu t'apprêtais à emmener cette garce à l'Opéra au risque de croiser nos amis ?

— Tout à fait. Et puis mince à la fin. Tu m'épuises depuis toutes ces années ! J'ai toujours vécu dans ton ombre et voilà ce que tu récoltes ! Voilà ! J'aime cette jeune fille. Elle est ravissante, épanouie et intelligente. Elle a vécu plus de drames que nos deux familles réunies sur cinq générations et m'a apporté en quelques années ce que tu n'as jamais su me donner.

La femme, abattue, fondit en larmes.

— Tu vas me le payer très cher, tu m'entends ! hurla-t-elle en descendant les escaliers.

Il la rattrapa et la prit par le bras.

— Monsieur, cria-t-il à l'avocat qui semblait fuir, voici ma carte. Appelez-moi lorsque vous serez prêt à négocier un divorce dont j'exige qu'il se fasse en douceur. Quant à toi, je préfère te prévenir tout de suite – et cette menace est valable pour vous aussi, Maître –, c'est moi qui déciderai du montant que je te laisserai. Si tu cherches des ennuis, je mets au parfum toutes mes relations afin qu'une enquête approfondie soit menée sur ta soi-disant vie de vertu. Reste bien sage si tu ne veux pas que les choses tournent en ta défaveur. Nous devons vous laisser à présent. Nous allons être en retard à l'Opéra ! »

Edgar reprit son calme mais j'étais terrorisée. Il n'y eut pas un mot dans la rue ni dans le taxi. Mais, une fois arrivé sur le parvis du Lincoln Center, il laissa éclater une joie qui me surprit.

« Victoria, ma douce ! Ma belle ! Tu m'as libéré ! Je suis libre comme l'air ! Je n'arrive pas à y croire ! J'ai foutu la vieille à la porte, m'entends-tu ? Tant d'années, tant d'hypocrisie et de coups bas, une vie monastique qui s'envole en fumée !

— Je ne sais pas pourquoi, mais je n'aime pas beaucoup ton euphorie, Edgar. Nous devrions peut-être rentrer.

— Rentrer ? Oui, c'est ça, allons au bar du Carlyle ! J'ai une cuve pleine de mojitos au champagne à vider avec toi !

— Mais, Edgar. Tu vas devoir gérer un divorce, ce n'est pas très simple à mon avis.

— Oui, tout à fait, et je vais avoir besoin de toi.

— Je te demande pardon ?

— Je vais gérer un divorce et un mariage. Je veux t'épouser, Victoria !

— Mais tu es fou !

— Viens vivre avec moi, je t'en prie. Même s'il n'y a pas de sexe entre nous, ce n'est pas grave. J'ai une vie à rattraper, tu comprends ? Il me reste si peu de temps !

— Mais tu oublies tes amis et tes connaissances. Et l'impact sur ton activité ? As-tu songé aux conséquences ?

— Qu'ils aillent tous se faire voir avec le pognon que je leur donne ! Victoria, je serais tellement ravi de bousculer toutes ces mondanités avec toi à mes côtés ! Mes enfants, mes voisins, mes employés, les commerçants du quartier vont tous faire la gueule, c'est certain mais je m'en tape ! Sers-moi de faire-valoir, s'il te plaît. Tu me dois bien ça, non ?

Il tournait dans tous les sens, les bras en l'air et se mit à genoux devant moi alors qu'un couple de dames endimanchées sortait d'une limousine en nous regardant avec dédain.

— Je... c'est-à-dire que... tout ceci est tellement rapide. Allons boire un verre et nous en reparlerons demain, veux-tu ?

— Mais vous ne comprenez pas, jeune écervelée ! Je t'assure que je suis parfaitement lucide et que je ne changerai pas d'avis. Le temps est compté pour une vieille branche comme moi, le comprends-tu ?

— Si tu le dis, alors c'est que ça doit être vrai...

— Fais-moi confiance et laisse-moi t'embrasser en public, j'ai besoin d'un scandale. »

J'aurais pu dire non. J'aurais pu refuser cette union aux conséquences potentiellement néfastes, mais je préférai succomber à l'instinct négociateur du banquier pour accepter de prendre sa main. Je m'engageais dans une situation périlleuse où je serais tournée en ridicule, mais j'acceptais cela car l'opportunité de rencontrer un vieux banquier sénile était un conte de fées que l'on ne voyait que dans les tabloïds. J'étais opportuniste ? Et alors ! Je préférais mille fois mener une vie de nurse attentionnée plutôt que celle d'une call-girl. Une chose me ravit en effet lorsque nous passâmes à la mairie avec seulement deux témoins et quelques journalistes curieux. J'allais enfin pouvoir augmenter mes plafonds de carte bleue.

*

****

*

« Tu t'appelles Victoria Freney à présent. Cela te convient-il ?

— Je n'accorde que peu de place à l'identité, tu sais.

— Je n'en doute pas. Je t'ai demandé de venir dîner parce que je dois te prévenir. Mon entourage va être très dur avec toi. Il va falloir être forte même si je n'ai aucune inquiétude sur ce plan. Dans un premier temps, nous allons devoir partager le même lit, maintenant que tu vas venir vivre chez moi. Les domestiques sont les premiers ennemis des riches. Ils colporteraient n'importe quoi à la presse contre un peu d'argent.

— Cela ne me dérange absolument pas. Je te rappelle que j'ai dormi dans des conditions bien plus précaires que dans un duplex de deux cent quatre-vingts mètres carrés avec terrasse et pleine vue sur Central Park.

— Très bien. Autre chose encore. Je préfère que tu démissionnes.

Je restai silencieuse et sceptique.

— Pourquoi cela ?

— Nous sommes mariés depuis deux jours et nous scandalisons déjà la bourgeoisie new-yorkaise. Je refuse que notre relation affecte mon commerce. La jalousie à ton égard est déjà très grande et je crains de perdre de gros clients.

— Je t'avais pourtant prévenu ! Tu m'as répondu que l'important pour tes clients était l'argent que tu leur rapportais...

— Que veux-tu. J'ai agi comme un gosse. La vérité c'est que la concurrence est rude pour les banques à New York. Nous sommes un peu comme une grande rue remplie de magasins de chaussures. Lequel de ces magasins éviterais-tu si les modèles et les prix étaient tous à peu près similaires et si tu apprenais que l'un des commerçants se mariait avec une femme de trente ans sa cadette ?

— Je courrais définitivement vers celui-là, car cela voudrait dire que le patron a su rester jeune !

— Bien entendu, oui, mais ton tempérament diffère tant de celui des gens d'ici. C'est pour cela que je préfère que tu arrêtes de travailler.

— Je suis très déçue. Tu sais que j'aime passionnément ce que je fais et que je m'apprêtais à devenir trader, chose que je n'aurais jamais imaginée il y a quelque temps.

— Je te propose de patienter quelques mois, le temps que les gens t'acceptent. Me comprends-tu ?

— Je me demande surtout si j'ai bien fait d'accepter de t'épouser !

— Je t'ai expliqué pendant des années que les choses n'étaient pas si simples dans le nord de Manhattan, mais fort heureusement, nous avons de quoi nous consoler de ce côté de l'île. Ouvre plutôt cette lettre.

J'ouvris le courrier avec des yeux ronds en me demandant quel sort allait me jeter cette lettre. En décachetant le pli, je découvris avec stupéfaction que mes yeux pouvaient s'ouvrir plus encore.

— Il s'agit de ta carte Platinum personnelle éditée au nom de ma banque. C'est un sésame pour presque toutes les portes de la ville et tu découvriras vite à quel point mon institution est réputée ici. Tu peux dépenser jusqu'à cent mille dollars par mois. Ne te prive surtout pas. Je dois y aller à présent. Je te laisse payer l'addition. À ce soir, mon amour. »

Edgar quitta la table, simplement, en souriant, me laissant seule face à un moment extraordinaire. Il me fallut un certain temps et trois verres de Côte de Beaune corton grand cru pour mettre de l'ordre dans mon esprit. Je devais quitter mon travail et renoncer à mes aspirations professionnelles pour jouer les poupées de luxe dans un monde hostile et cela me contrariait au plus haut point.

Pourtant, après le dernier verre, je réalisai pleinement ce qui m'arrivait. « Attends un peu, tu vas pouvoir claquer cent mille dollars chaque mois de l'année ! Ça y est ! Réalise enfin que tu es au paradis ! Cette fois, c'est toi la princesse et tu vas pouvoir vivre ton foutu conte de fées ! »

Je sortis du restaurant le sourire béat et la tête haute avec un ticket de carte bleue qui finirait encadré. J'avais payé une addition de cent cinquante-quatre dollars juste pour deux salades César au poulet de Bresse ainsi que quelques verres de vin alors que j'étais devenue le temps d'un café la femme la plus heureuse du monde. Je priai alors pour que mon shopping de Noël version illimitée ne s'arrête jamais. Rien n'était plus incertain encore.

Edgar revint ce soir-là avec de nouveaux billets pour l'Opéra. Avec le temps, le scandale s'estompa et il avait la ferme intention de nous montrer au grand monde. Il avait choisi une représentation de *La Dame de Pique*, intrigue bien connue sur l'amour, les jeux et l'argent et à laquelle tout le milieu de la finance new-yorkaise assisterait.

Je me serais bien passée de cet exercice, au fond, mais Edgar insista. Il s'agissait sinon de me faire accepter, tout au moins de légitimer ma position.

Je fus bien incapable de porter le moindre jugement sur la mise en scène ce soir-là, car le simple fait d'être entourée de tout ce beau monde m'enchantait. Pour moi, le spectacle se jouait surtout dans la salle. Les costumes de soie fine, les cheveux teintés en blond des épouses quadragénaires qui me regardaient d'un air hautain, « oui, répétai-je encore entre mes lèvres, le paradis est ici et je copierai bientôt toutes ces vieilles peaux ».

C'est aussi à cet instant précis que je réalisai l'ampleur du chemin parcouru. Non seulement je connaissais toutes les subtilités de la comptabilité bancaire américaine, mais en épousant Edgar j'avais également réussi à donner un cadre légal à notre relation. C'était aussi pour ces raisons que je pensais que, quelque part, je valais mille fois toutes les femmes de New York.

Les difficultés d'intégration sociale parmi la haute bourgeoisie, si elles furent évidentes, me préoccupèrent peu et je menais finalement une vie assez heureuse entre les petits-déjeuners chez Pierre, mes abonnements aux ventes privées et les heures passées au spa. Je me moquais éperdument du regard des autres femmes et je sympathisais bien volontiers avec le petit personnel. Très vite, j'éprouvai même un certain plaisir à jouer les moutons noirs de la belle société. Je savais que ma présence aux côtés de toutes ces femmes leur démontrait combien leur propre position était fragile.

Cette trêve dans ma vie avait été des plus heureuses et je pouvais enfin vivre dans la plus parfaite insouciance. Je menais grand train et me ravissais chaque jour un peu plus d'avoir cet immense privilège de pouvoir vivre aussi superficiellement qu'une millionnaire.

Mais le bonheur est de courte durée lorsqu'on est impatient. Aussi, un matin d'automne alors que nous revenions de longues vacances passées loin dans le désert californien de Palm Springs, je ressentis pour la première fois une vague impression de solitude. Ce fut d'abord un sentiment très bref, puis il devint régulier jusqu'à assombrir le cours de mes déjeuners puis de mes séances de yoga.

Un sentiment plus perturbant encore s'installa peu à peu dans ma vie pour venir brouiller mes nouveaux repères : je m'ennuyais.

Je ne compris pas cette lassitude en devenir. Tant d'autres se seraient contentées d'un conte de fées tellement plus modeste ! Je me reprochais sans cesse mon attitude puérile et égoïste, mais j'étais devenue malgré mes efforts cette enfant trop gâtée qui bénéficiait d'un destin de rêve dont elle ne voulait plus.

Il me fallut quelques semaines supplémentaires pour réaliser que ni la misère ni le statut de femme au foyer ne me convenaient et que les bijoux et les beaux meubles ne m'intéressaient pas autant que le travail.

Je me rendis à l'évidence, ma nouvelle vie était en totale contradiction avec mes aspirations sociales. Il fallait que je demande à Edgar de réintégrer la banque rapidement sans quoi je figurerais moi-même au triste tableau des veuves mortes d'ennui. Mais, alors que mon quotidien devenait peu à peu étouffant, j'allais bientôt connaître les abîmes du désenchantement le plus complet. Pour le pire et pour le meilleur.

Je tournais en rond, ce jour-là, dans l'appartement afin de trouver un argument imparable pour qu'Edgar me laisse reprendre mon poste. Mais alors que je tentais d'ordonner différentes idées dans ma tête tout en cherchant une tenue adéquate dans la penderie, j'aperçus une anomalie qui attira mon regard dans la cloison du placard. Le placage de bois situé à l'intérieur de la penderie était éventré. Une large fente filant du sol au plafond laissait passer un courant d'air encore plus inquiétant. Je passai la main dans la fente et, à ma très grande surprise, il n'y avait aucun mur derrière. J'insistai alors jusqu'à faire pénétrer mon avant-bras tout entier dans l'orifice, mais rien n'y fit, je ne parvins pas à sentir le moindre cloisonnement. Tout ceci aurait été parfaitement banal si mon bras n'avait pas été plus long que la profondeur apparente du placard alors que celui-ci était censé recouvrir le long mur qui nous séparait de nos voisins. Je ne comprenais pas pourquoi mon bras s'était ainsi a priori retrouvé dans l'appartement voisin. L'immeuble était pourtant une construction de grande qualité et suffisamment insonorisée pour que nous n'entendions aucun bruit provenant de cette partie de l'appartement. Je pensai d'abord à un fantastique canular d'un architecte qui aurait construit notre penderie pour séparer les deux habitations sans édifier de mur afin de réaliser je ne sais quelles économies, mais je réalisai que je n'avais jamais vu la tête de nos chers voisins.

Ce qui m'intriguait bien davantage encore, c'était que, malgré mes trois ou quatre allers-retours quotidiens dans cette partie du duplex, je n'avais jamais remarqué un tel défaut de fabrication. Je déplaçai alors les vêtements pour tenter en vain d'agrandir le trou. Le morceau de bois que je voulais pousser pour pouvoir passer ma tête au travers du creux était coincé dans la partie de la penderie réservée à Edgar. Celle-ci était fermée à double tour, ce qui ne me surprenait pas car Edgar était un très grand maniaque.

M'attachant à ne pas prêter une attention démesurée à ce qui figurait dans mon esprit comme la petite surprise du jour, je remis finalement les vêtements à leur place en oubliant complètement cette découverte fortuite.

J'étais préoccupée par quelque chose de beaucoup plus important. Je devais réfléchir aux moyens qui m'aideraient à lutter contre l'ennui. Plus les jours passèrent et plus cet ennui me rongea à un point tel qu'il devint difficile de combler le vide qui s'installait dans ma vie quotidienne. Je me levais, je regardais l'actualité économique avec intérêt, pensant qu'il était dommage que je ne reste qu'un personnage passif de ce monde trépidant, puis je passais la matinée à me préparer en me demandant ce que je pourrais bien faire pour occuper le reste de la journée. Certes, il y avait la lecture et les musées. J'aurais pu aussi m'investir dans quelques œuvres caritatives ou dans des cours de cuisine, mais cela ne m'intéressait pas. Alors que j'étais à peine majeure, j'avais la vie d'une vieille dame et cela ne pouvait plus durer ! Je voulais réussir par moi-même et ma vie de princesse enfermée dans un grand parc à jouets devenait insupportable.

Mes nombreuses tentatives auprès d'Edgar pour retrouver un emploi ayant échoué, je décidai de décrocher mon téléphone pour prendre contact avec des chasseurs de tête et tenter de trouver un poste par moi-même. Si cela fonctionnait, je trouverais bien les mots pour faire part à Edgar de ma dévotion pour le travail et nous nous comprendrions. Et, s'il refusait, j'envisagerais alors de voler de mes propres ailes, quitte à renoncer aux bienfaits de ma carte de crédit.

J'étais confortablement assise dans une salle d'attente prête à être reçue par un employeur potentiel, lorsqu'une image me sauta aux yeux. Je portais une robe récupérée dans la penderie à l'endroit même où j'avais découvert la fente dans le mur quelques jours plus tôt et, j'en étais certaine, la cloison du placard avait été refermée entre-temps. N'ayant pas réagi sur l'instant, il avait fallu que j'observe ma robe pendant un long moment avant que l'image de la cloison ainsi refermée ne me parvienne.

L'intrigue prit rapidement dans ma tête des proportions irrationnelles. Qu'y avait-il vraiment derrière notre placard ? La pièce occupait-elle tout l'appartement des voisins ? Il fallait que je le sache. Je préférai ne pas assister à mon entretien d'embauche et faire demi-tour, car j'avais un mauvais pressentiment.

Edgar était un homme d'habitude, quelqu'un de très ordonné et méticuleux. Il était aussi d'une discrétion parfois excessive et ne supportait pas qu'on s'approche de son bureau. Ces affaires, c'était son affaire, comme il aimait à le répéter au personnel de maison ainsi qu'à tous les membres de sa famille. Il avait donné un certain nombre de consignes importantes afin de s'assurer que personne ne rentre dans cette pièce où il se retirait parfois pendant des heures. C'est pourtant cet endroit qui attira toute mon attention car le bureau se situait justement dans le prolongement de la penderie. Il y avait nécessairement un lien entre les deux volumes et il fallait que je découvre à quoi tout cela rimait.

Edgar était aussi un homme très droit, immensément respecté dans son entourage professionnel et, quelle que puisse être la nature de ses frasques sur le plan personnel, son sens du devoir lui avait valu le respect de tous. Aussi, bien que je fusse convaincue que son bureau était plus grand qu'il n'y paraissait, je restais intimement persuadée que je n'y découvrirais pas grand-chose : une pièce avec des photos érotiques tout au plus. Je savais, au fond, que mon inconscient avait disproportionné cette intrigue comme une réponse à l'ennui environnant. Par ailleurs, quelle qu'eût été ma découverte, j'avais l'intention de m'empresser d'en parler à Edgar qui, fatigué de me voir fouiller son jardin secret, se déciderait peut-être à m'offrir enfin une place dans la banque.

Je n'étais pas au bout de mes surprises.

L'opération la plus complexe consistait d'abord à récupérer

la clé de la penderie. Par chance, Edgar et moi avions à peu près le même gabarit. C'est pourquoi je décidai d'emmener mon époux faire les magasins le samedi suivant afin d'acheter une paire d'imperméables jaune cassé, parfaitement unisexes et tellement à la mode. Ce faisant, il me serait particulièrement aisé d'enfiler son imperméable et de fouiller dans ses poches en prétextant une erreur s'il le fallait.

L'idée de confondre deux imperméables, bien que largement inspirée du film Le Crime était presque parfait d'Alfred Hitchcock, fonctionna à merveille. À notre retour, j'aperçus Edgar transférer des objets dans son nouveau vêtement et je demandai au ciel de ne pas oublier la clé du placard dans la transaction.

Je patientai encore jusqu'à la fin de l'après-midi et je profitai d'une sortie au restaurant pour enfiler son manteau alors qu'Edgar était en train de se chausser dans le salon. J'avais ainsi dix bonnes minutes pour fouiller le précieux vêtement, même s'il valait mieux faire vite. J'inspectais ainsi ses poches frénétiquement, mais sans succès. Un portefeuille, quelques mouchoirs en papier et un carnet de notes constituaient la seule fortune que portait sur lui l'un des plus grands banquiers de New York.

Déçue, je remis les objets à leur place exacte avec précaution lorsque la clé tomba subitement à mes pieds, enroulée dans l'un des mouchoirs. C'était la bonne, j'en étais certaine, car le sceau du fabricant de placards était apposé à son verso. Il ne me restait plus que quelques instants pour me précipiter en direction de la penderie puis pour l'ouvrir. La chance était définitivement avec moi, ce soir-là. J'avais la bonne clé qui ouvrait la bonne serrure et j'eus à peine le temps de tourner le petit morceau de métal dans la fente qu'Edgar se présenta dans l'entrée.

« Ce qu'ils sont élégants, ces impers : nous ne sommes plus mari et femme, mais jumeaux à présent, déclarai-je en tournoyant devant le miroir de la penderie afin de ne pas éveiller les soupçons. »

J'avais gagné la première partie du jeu mais il fallait patienter encore une nuit avant qu'Edgar ne parte travailler et prier pour qu'il n'accède pas à la penderie entre-temps pour la refermer.

Le lendemain matin, je scrutai ainsi la grande Lincoln noire depuis le balcon jusqu'à ce qu'elle quitte le quartier afin de m'assurer d'être parfaitement seule. Le ciel était décidément de mon côté, ce qui n'était pas pour me déplaire.

Je pus enfin traverser ce maudit placard pour assouvir ma curiosité malsaine et peut-être trouver dans cet endroit un terrain de jeu idéal contre l'ennui.

Je ne le savais pas encore, mais à l'instant où je franchirais le placard, ma vie prendrait une tout autre tournure.

Dès qu'Edgar fut hors de vue, je me précipitai dans le couloir pour ouvrir les portes de la penderie. Fantastique, pensai-je alors que le placard s'ouvrait sans difficulté. Je posai ensuite mes mains sur la plaque de parement et la fis glisser vers le côté droit. Je ne m'étais pas trompée. La petite fente des jours précédents laissait maintenant place à une large ouverture dans laquelle je me faufilai sans plus attendre et le cœur battant. Je pénétrai dans le bureau d'Edgar et, sans le savoir, je courais désormais vers de graves ennuis.

L'immense pièce occupait en fait tout le reste de notre étage. Hormis l'ouverture du placard, il n'y avait qu'un seul accès constitué par les deux grandes portes en bois censées représenter l'entrée de nos voisins. Ces portes étaient condamnées par un impressionnant squelette de poutres de métal et je compris ainsi pourquoi je n'avais jamais vu les voisins.

Le seul mobilier que comptait cet espace était composé d'une étagère recouverte de quelques ouvrages de mathématiques appliquées à la banque ainsi qu'une immense masse, installée au centre et recouverte d'un voile de velours rouge. Le sol était jonché de boules de papier étrangement ordonnées et enroulées dans des élastiques. On en comptait des milliers ou peut-être même des millions et ces déchets s'amoncelaient parfois assez haut pour obstruer la lumière.

Un chemin percé parmi les détritus menait à la grande masse. Je ramassai une des boules de papier et, profitant d'un petit rayon de lumière, je l'éclairai. Je reconnus alors un talon de chèque usagé.

Je m'approchai ensuite de la masse très imposante et retirai délicatement une partie du tissu qui la recouvrait.

Étant dans l'impossibilité de comprendre de quoi il s'agissait, je m'aventurai finalement à retirer le rideau de velours tout entier. Jamais de ma vie je n'avais vu pareille machine. Une structure qui ressemblait à un gros moteur était recouverte de fils électriques alors que des rotatives de différents diamètres étaient enchevêtrées sur près de dix mètres de long. L'objet ressemblait à une énorme imprimante dans laquelle des feuilles de papier étaient coincées.

Pourquoi tout ceci ? À quoi tout cela rimait-il ? Je préférai remettre les choses en ordre et quitter la pièce sans tarder.

Je ne savais pas quoi penser de tout cela, mais je tentais de rester lucide. Un tel endroit ne pouvait être qu'un lieu de réflexion dans lequel Edgar aimait certainement se retrancher.

Il devait y mener des réflexions longues et profondes, un peu comme un savant.

Je fus néanmoins absolument incapable de contenir ma curiosité et je retournai dans le bureau le même jour dans l'espoir d'y déchiffrer je ne sais quel secret. J'observai ainsi longuement la grosse machine en cherchant en vain l'inscription d'une marque quelconque afin de trouver le constructeur de cet engin. Je compris qu'il s'agissait en réalité d'une invention montée de toutes pièces. Les plans récupérés derrière l'étagère vinrent corroborer cette idée alors qu'une grande question hanta mon esprit malhonnête et curieux. Devrais-je mettre le monstre en marche ? Le risque était trop grand et j'eus bien trop peur d'abîmer le colosse ou pire encore, de laisser des traces de mon passage.

L'idée farfelue me vint alors de tenter de démonter une partie du capot. Ayant regardé de plus près le gabarit de métal, j'avais enregistré dans ma mémoire la forme crucifix des vis et je courus chez un droguiste de la dixième avenue, loin de chez nous, pour acheter quelques outils.

Mais la raison me revint alors que j'entrais dans le taxi. Je me détestais. Edgar m'avait tout offert. Il avait quitté sa femme pour moi – ce qui relevait du miracle – et il me comblait d'un bonheur matériel inespéré. Il avait aussi et surtout cru en mon honnêteté sans jamais me sous-estimer et voilà que je me mêlais de ce qui ne me regardait pas.

Que pouvaient bien m'importer, au fond, les activités d'Edgar ? Je ne pus répondre à mon propre questionnement car rien n'y fit, un mauvais pressentiment me tenait en haleine. Je découvrirais pourtant bientôt que mon instinct était le bon et combien il était important de toujours fouiller la vie de ses amants avant de les épouser.

De retour à l'appartement, je m'empressai de déchirer le plastique qui recouvrait les tournevis et je les essayai un à un avant de parvenir au sésame qui me permettrait peut-être de comprendre ce que cachait cet étrange éléphant de fer.

Mon succès fut bref, passionné et contrariant. Une fois le capot dévissé et posé sur le sol, je découvris l'antre de l'animal et je n'y compris absolument rien, ce qui était prévisible.

Le même ensemble complexe de rouleaux et de fils électriques s'enchevêtrait à répétition comme pour me faire comprendre qu'il était inutile que je m'attarde sur cette chose et que je devrais plutôt préparer – comme toutes les gentilles petites femmes fidèles de Lexington Avenue – un bon potage à mon mari qui rentrerait bientôt.

Assise sur le carrelage froid et poussiéreux, dépitée, les mains salies par la graisse, je réalisai que je n'apprendrais rien de plus de cette machine et sur le mystère qu'elle renfermait.

Pourtant, à l'instant même où je m'apprêtais à abandonner, un minuscule point lumineux qui brillait au loin sur le sol attira mon regard. Je m'approchai de l'objet, guidée par ce même rayon de soleil qui éclairait toujours la pièce et le sortis d'un monticule de déchets. Il s'agissait d'un vieux carnet relié de cuir noir et entouré d'un ruban de toile mauve sur lequel était imprimée une série de petites étoiles dorées. J'avais eu du mal à le discerner au milieu des talons de chèques. Je le saisis alors, puis l'ouvris machinalement.

Je reconnus très vite l'écriture d'Edgar. Il s'agissait d'un agenda sur lequel étaient inscrites des adresses avec des codes, probablement des mots de passe donnant accès aux lieux cités.

Voilà bien qui donnait du relief à cette intrigue.

En parcourant avec plus d'attention le document, je m'aperçus qu'il existait une répétition parmi les adresses. J'en repérai rapidement une dizaine. Des rendez-vous étranges semblaient s'y organiser avec des participants qui s'y rendaient en tournant de place en place, pour plus de discrétion certainement. Oui, mais pour faire quoi ? Et Edgar participait-il à ces réunions ?

Une adresse m'intrigua plus particulièrement. Elle se répétait parmi les pages mais était également inscrite à une date récente. Il s'agissait du n° 1018 de l'avenue d'Amsterdam et il était précisé que l'immeuble formait l'angle de la cent dixième rue, juste à la frontière de Harlem. Le carnet indiquait un appartement situé au quatrième étage près de la fenêtre d'un escalier de secours. Quelque chose me dit alors que je devais me rendre à cette adresse si je voulais en savoir plus sur les recherches secrètes du prince de la bourse. Une fois encore, je n'avais pas tort.

CHAPITRE 2 – Au service du mal ?

L'air était frais ce jeudi matin lorsque je m'engouffrai dans le métro en direction de Harlem. J'avais endossé une tenue de jeune marginale tout à fait à propos. Un jean déchiré, un pull en laine rose trop large, ainsi qu'une paire de baskets usagées empruntées à la femme de ménage, me donnaient un air banal et parfaitement méconnaissable.

Arrivée devant l'immeuble, une bâtisse typique du dix-huitième siècle en briques rouges assez jolie, il me fallait à présent passer l'obstacle du portier. J'avais oublié combien la spéculation immobilière faisait rage dans le quartier et l'édifice dans lequel je devais entrer avait été luxueusement rénové. Un magnifique hall d'entrée donnait à l'ensemble un air prestigieux des plus surprenants alors que quelques petites échoppes crasseuses survivaient encore de part et d'autre de la construction. Je ne m'attendais pas à cela et je regrettai immédiatement ma tenue.

Je restai un long moment devant la porte d'entrée un peu en retrait et j'observais les allées et venues. À mon immense satisfaction, je constatai que les habitants de l'immeuble n'étaient pas aussi guindés que de l'autre côté de Central Park. Une femme d'une cinquantaine d'années, grande et élancée, sortit en fumant un cigare avec la panoplie complète du jean et du tee-shirt troués. Elle portait des Ray Ban et sortait son gros toutou, un énorme bull dog d'au moins cinquante kilos au poil blanc et roux, pour une promenade sans complexes. Le bâtiment devait être fréquenté par une foule d'artistes et créateurs en tous genres, tous nouveaux riches, bourgeois et bohèmes à l'instar de la population du mythique hôtel Chelsea non loin duquel je montrais ma poitrine jadis. Je me présentai alors dans le hall avec mon look de Punky Brewster tout en prenant soin de laisser tomber ma carte de crédit brillante sur le sol, juste devant le portier, un jeune métis au regard médusé.

Le jeune homme fut tout aussi enthousiasmé par la vue de cet objet que par le décolleté que j'avais largement ouvert à sa vue.

« Oh ! Ce que je peux être sotte parfois, vraiment !

Je m'exprimais à voix haute et tentais de jouer les habituées des lieux.

— Madame ne devrait pas s'inquiéter, elle dispose de bien d'autres atouts.

— Merci pour votre délicatesse, Monsieur. J'avais oublié que les hommes pouvaient être aussi fins dans ce quartier.

— Ce n'est définitivement pas un endroit où l'on doit laisser tomber ses cartes de crédit, Mademoiselle. Comment puis-je vous aider ?

— Je dois me rendre au quatrième étage à l'appartement 4^E, s'il vous plaît.

— Très bien. Laissez-moi prévenir l'occupant et vérifier sur la liste, je suis en remplacement pour la journée et je ne connais pas les propriétaires.

J'avais vraiment de la chance, songeai-je, jusqu'à ce que le jeune homme revienne vers moi, son sourire envolé.

— Je suis désolé, Madame, mais le quatrième est un étage inaccessible au public, je regrette.

— Mais c'est impossible, voyons. Vérifiez encore, s'il vous plaît.

— Vous pouvez regarder par vous-même.

L'homme m'invita à passer derrière le comptoir pour consulter un écran.

— Comme vous pouvez le constater, toutes les cases marquées de rouge indiquent une restriction d'accès. De plus, le quatrième étage est condamné. Les propriétaires sont absents.

— Écoutez, je dois me rendre au quatrième étage. J'ai des

choses à vérifier. La situation est grave. Auriez-vous les clés ?

— Mais Madame, vous plaisantez j'espère. Même si je le voulais je ne…

— Voilà cent dollars. Trouve-moi cette foutue clé et ouvre-moi la porte. Qu'est-ce que ça peut bien te faire après tout ? Tu ne seras plus là demain.

Un long moment ainsi qu'un silence impitoyable s'installèrent alors que le jeune homme fixait mes avantages mammaires, non sans quelques sudations.

— OK pour cent cinquante, et seulement si tu me laisses toucher ta poitrine. »

Le réceptionniste était un homme tout à fait à mon goût. Je ne regretterais jamais les quelques instants que nous avons passés ensemble, où je m'étais finalement laissé aller à quelques égarements de mon âge.

Harold, c'était son nom, se dirigea vers l'armoire à clé avec dépit.

« Qu'est-ce qui ne va pas ? Tu as l'air contrarié, lui demandai-je.

— Rien de grave, je n'ai pas envie de faire ça. Mon pote Charlie qui bosse ici habituellement m'a vraiment dit de respecter les règles de restriction d'accès.

— Et pourquoi ça ?

— Il s'y passe des choses pas très claires apparemment.

— Quel genre de choses ? Tu en sais plus ?

— Je sais juste que je ne devrais pas faire ça. Voilà les clés. Je monte avec toi. On a cinq minutes. »

Nous arrivâmes enfin sur le palier du quatrième étage, un endroit impeccable avec des murs recouverts de papier peint épais comme du velours, de grands miroirs, une moquette isolante ainsi que des pots Médicis joliment agrémentés d'howea.

Je m'empressai d'insérer la clé correspondante dans la serrure de l'appartement que je cherchais afin de découvrir enfin l'origine de mes inquiétudes.

Le choc fut plus que relatif.

L'intérieur ressemblait à une vulgaire salle d'archives. Les lustres avaient été remplacés par des tubes à néon, les moulures, les corniches et même les papiers peints avaient été arrachés pour laisser place à une série de pièces aussi vieillottes que pratiques. Partout, en effet, du sol au plafond étaient empilés quantité de cartons jusqu'à n'offrir parfois qu'un passage étroit. Le même décor se répétait indéfiniment dans chacune des pièces à un point tel qu'il était impossible de les dissocier. Ce labyrinthe aux parois de carton se répétait à l'infini jusqu'à me désorienter complètement.

« C'est hallucinant, lança Harold !

— Tu peux le dire ! Comment est-il possible d'empiler autant de cartons ici sans que personne ne s'en rende compte ?

— Je ne le sais pas et je n'ai pas envie de le savoir.

— Indique-moi plutôt le chemin vers la sortie, je suis perdue.

— Désolé de te décevoir, mais je suis tout aussi paumé que toi.

— Essayons de rebrousser chemin. C'est la meilleure façon de retrouver la porte. »

Nous marchâmes encore cinq bonnes minutes alors que la tension montait. Le manège semblait sans fin. Harold était loin devant moi et je m'apprêtais à pousser un cri de panique lorsqu'il pila net devant moi, les yeux écarquillés comme deux tournesols en pleine lumière.

« J'ai trouvé la sortie, mais il y a plus intéressant encore. Suis-moi. »

Nous marchâmes une minute supplémentaire avant d'apercevoir enfin la porte de sortie. Nous n'avions pas vu, lors de notre entrée dans les lieux, un détail pourtant imposant. Un trou béant avait été creusé dans la paroi, à quelques mètres seulement de la sortie, probablement au marteau et au burin. Mais, plus impressionnant encore, l'antre était ouvert sur un immense entrepôt. Nous nous approchâmes timidement jusqu'à l'ouverture pour regarder de plus près. Le spectacle était invraisemblable. Nous nous situions au sommet d'une immense bâtisse de métal de près de vingt mètres de hauteur. Des ouvriers, pour la plupart asiatiques, travaillaient en contrebas dans ce qui ressemblait à une usine autour de machines similaires à l'engin trouvé dans le bureau d'Edgar. Je regardai mon compagnon de route, interdite, le souffle coupé.

« Mais qu'est-ce qu'ils trafiquent là-dedans, bon sang ?

— Écoute, je ne comprends pas ce qui se passe ici et ce n'est pas mon problème. Nous ferions mieux de partir.

— Non, au contraire, il faut que je sache ce qu'il y a dans ces cartons.

— T'as qu'à jouer les grandes détectives si ça te chante, mais regarde-moi bien dans les yeux.

Il me prit par le bras avec énergie.

— J'en ai rien à foutre, moi, de tout ce bazar.

— Non, c'est toi qui vas m'écouter.

Je lui marchai sur les pieds en enfonçant dangereusement mes talons sur ses chaussures.

— Tu ne sais pas qui je suis ni d'où je viens, mais crois-moi, je n'ai pas l'intention d'en rester là. Tu as tout à perdre et moi tout à gagner ici. Mon gentil petit mari très raffiné a quelque chose à voir là-dedans et je tiens à le découvrir. Alors tu vas t'empresser d'aller me faire des copies de ses clés sinon je raconte au premier flic qui passe que tu m'as violée ici. Tu sais comment on traite les Noirs dans ce pays, n'est-ce pas ?

— Mais tu es complètement folle !

— Est-ce que tu m'as bien compris ?

— Tu n'es qu'une pauvre imbécile doublée d'une vraie salope !

J'enfonçai finalement un talon qui transperça l'une des chaussures d'Harold dont le cri fut couvert par le vacarme environnant.

— Je n'ai que faire de tes jugements. Aide-moi ou tu vas apprendre à me connaître.

— C'est… c'est trois cents dollars. Tu n'as qu'à claquer la porte en sortant. Elles se ferment toutes de la même manière, dans cet immeuble. Retrouve-moi en bas au plus vite. »

Un carton transporté par un rail de plafonnier vint nous surprendre et nous nous séparâmes sur-le-champ. J'inspectai une dernière fois les lieux et cherchai un moyen d'extraire une boîte pour l'ouvrir. L'opération n'était pas aisée. Les cartons étaient étroitement emballés par de la cellophane et formaient des blocs compacts. Retirer un carton à portée de main créerait un éboulement ainsi que quelques autres conséquences que je préférais ne pas avoir à découvrir. Je décidai alors de m'approcher le plus possible du lieu où les ouvriers travaillaient pour tenter de comprendre l'objet de leur trafic. La vue d'un fusil à canon m'en empêcha. Un homme se tenait debout sur le chemin de ronde à quelques mètres de moi. Je retins mon souffle pour rebrousser chemin illico, résignée et prête à revenir une autre fois.

Mon lacet se coinça malheureusement sur un gros clou sorti de nulle part durant ma course et je fis une chute. Ma montre s'accrocha au passage sur une paroi et j'entraînai avec moi un important morceau de plastique. J'avais d'atroces douleurs au poignet et à la cheville, mais le plus important restait la brèche ouverte dans les cartons. Il fallait créer une catastrophe plus grande encore afin que l'accident ne paraisse pas lié à mon passage. J'entrepris alors de dégager un carton situé juste à l'angle d'un bloc afin de provoquer un effondrement. Après plusieurs minutes d'acharnement avec la peur au ventre et d'atroces douleurs, je tirai finalement un carton de la pile. L'ensemble mis un certain temps avant de s'effondrer. J'eus le temps de jeter un coup d'œil au gardien. Il s'était endormi et la chance continuait de m'accompagner dans mon tourment.

L'avantage du carton, lorsqu'il s'effondre, est qu'il provoque un bruit très sourd. Il ne me restait plus qu'à ouvrir et découvrir ce que ces maudites boîtes cachaient. Je choisis un lot sur lequel un bordereau d'expédition indiquait Shanghai. Ce que je découvris ce jour-là me laissa sans voix.

Des centaines de chéquiers flambants neufs étaient impeccablement empaquetés et prêts à l'emploi. À la différence des chèques trouvés dans le bureau d'Edgar, ceux-ci étaient pré-remplis à la machine et semblaient bons pour un encaissement immédiat. Je sortis alors plusieurs paquets et je m'aperçus qu'ils étaient tous signés du parafe d'Edgar. Sa signature, si particulière, m'avait en effet frappée lorsque je l'aperçus pour la première fois sur notre contrat de mariage.

Je quittai rapidement le quatrième étage en prenant soin de bien fermer la porte et descendis illico.

« Mais qu'est-ce qui t'arrives ? me demanda Harold, l'air inquiet. Ils t'ont chopée là-haut ? Tu m'as balancé aussi ?

— Du calme, mon vieux. Je n'ai vu personne. Je me suis coincé le pied et j'ai fait une mauvaise chute. Ce n'est pas bien grave.

— T'as vu quelque chose ?

— Non. Rien. J'ai très mal et je préfère rentrer maintenant. Tu as fait les copies des clés ?

— Oui, les voici. J'ai bien réfléchi, m'indiqua Harold en me donnant les clés. On a été témoins de quelque chose de tout à fait anormal et il faut que nous gardions le contact. J'ai besoin de ton numéro de téléphone. Voici le mien en retour, tu peux m'appeler quand tu veux aux heures de bureau, c'est celui de mon travail.

— Tu rêves, mon pauvre Harold.

— Pardon ?

— Inutile d'essayer de me tromper. Tu cherches à obtenir mes coordonnées parce que tu sais très bien que si jamais les malfrats du dessus venaient à découvrir que nous sommes entrés chez eux, tu serais le seul à être cuisiné. Je ne tiens pas à être la seconde sur la liste. Donne-moi les clés et restons-en là. »

Une fois à l'extérieur, je fis le tour de l'immeuble en boitant. Une grande bâtisse de métal était effectivement accolée au dos du 1018 de l'avenue d'Amsterdam. On pouvait lire sur la devanture Au comptoir des bouchers de Chine. Cette fois, j'en étais certaine. À part leur éducation, il n'existait pas de grande différence entre les macs de Lower East Side et les grands banquiers de l'avenue de Madison.

L'atmosphère devint de plus en plus lourde les jours suivant ma découverte car j'avais le plus grand mal à feindre l'ignorance. Je ne savais pas encore vraiment de quoi il s'agissait, mais j'étais très dubitative. Je découvris à ce moment-là les joies de l'hypocrisie conjugale et la défiance envers un être cher.

Derrière toute la classe et l'apparente sagesse d'Edgar se cachait quelque chose de malsain. Je savais maintenant qu'avec un homme comme lui, j'irais de surprise en surprise.

« Bonsoir Edgar, comment vas-tu ce soir ?

— Je ne suis pas d'humeur.

— Oh, mais que se passe-t-il donc ?

— Je n'ai pas envie de te mêler à mes affaires personnelles. Va plutôt me chercher un Apple Jack et apporte-le dans le salon, veux-tu ?

Je m'exécutai sans attendre et m'approchai de lui en l'enlaçant le plus tendrement du monde.

— Allons, dis-moi ce qui ne va pas. Je n'aime pas ces marques sur ton visage.

— Il n'y a rien de grave pour le moment. L'un de mes collaborateurs m'a simplement annoncé une mauvaise nouvelle ce matin.

— De quoi s'agit-il ?

— Quelqu'un est entré par effraction dans notre coffre-fort.

— Grand Dieu ! Vous vous êtes fait cambrioler ?

— Non, justement. Il ne s'agit pas d'un coffre comme tu peux l'imaginer mais plutôt d'une grande pièce où nous entreposons des documents confidentiels. Certains d'entre eux ont été consultés puis laissés sur place. Nous pensions d'abord qu'il s'agissait d'un incident interne mais on m'a confirmé qu'il s'agissait bien d'un intrus.

Mes mains tremblèrent à l'annonce d'Edgar et je me reprochais déjà mon amateurisme.

— Mais, comment est-ce possible ? Qu'en pense la sécurité ?

— Nous avançons dans l'enquête. Nous avons retrouvé un morceau de lacet déchiré près du lieu de l'effraction et nous sommes en train de questionner le gardien qui était présent ce jour-là. Il nous a donné une description assez bonne de la personne que nous recherchons. J'ai un bon contact à la police de New York qui s'occupe des empreintes.

Quelle idiote ! pensai-je alors. Il faut absolument que je cloue le bec à cet Harold.

— Tout devrait donc bien se terminer alors. Tu peux être rassuré n'est-ce pas ?

— Je ne serai rassuré que lorsque nous mettrons la main sur cette personne. Je veux être certain qu'il ne s'agit pas de quelqu'un qui serait nuisible à mes activités. »

La soirée qui suivit me parut interminable. Je fis les cent pas sur notre balcon, fumai cigarette après cigarette et virai notre cuisinière pour essuyer nerveusement chaque assiette moi-même. Des idées de meurtre fulminèrent dans mon esprit. Il allait me le payer, ce fichu portier !

Edgar lui-même, d'habitude si naïf sur ma personne, ressentit ma nervosité.

« Je te sens nerveuse, me dit-il à la façon d'un grand-père s'apprêtant à offrir une sucrerie à sa petite-fille. Tu n'arrêtes pas de gigoter. Cela me fatigue à la fin.

— Ce n'est rien. Juste une petite poussée d'hormones sans conséquences, voilà tout.

— Oh, ce que tu peux être drôle, toi !

Il pouffait de rire, à moitié ivre, la main sur le cœur.

— Allez, approche-toi. C'est à ton tour de me faire des petites confidences.

Son ton était brusquement devenu plus grave.

— C'est que... je ne suis pas tout à fait sûre de moi alors je préfère ne pas t'en parler.

— De quoi s'agit-il ?

— J'ai très mal à l'estomac depuis quelques jours et cela m'inquiète un peu.

— Allons bon !

— Je ne voulais pas t'affoler, mais j'ai pris rendez-vous chez le médecin pour demain à la première heure. Pour l'instant, j'essaie de garder mon calme.

— Dieu vous bénisse, ma douce amie ! Sers-moi un brandy s'il te plaît. »

À peine sortie d'une nuit à la fois pénible et courte, je me présentai au guichet des Postes et Télécommunications de la huitième avenue dès sept heures trente le lendemain matin. Je demandai à l'opératrice de me fournir les coordonnées postales du numéro qu'Harold m'avait donné. Il s'agissait d'un magasin de location de cassettes vidéos situé dans le même quartier que le 1018 de l'avenue d'Amsterdam. Il me fallut le temps du trajet en taxi pour ressasser le discours sagace que je m'apprêtais à lui tenir.

« Bonjour, lançai-je sèchement au vendeur présent dans la boutique pour le réveiller.

Le type obèse aux cheveux longs et bouclés était vautré sur son siège et mit un certain temps à réagir.

— 'jour m'dame.

— Il faut que je parle à Harold. Où est-il ?

— Harold prend à quinze heures aujourd'hui. Désolé m'dame.

— On ne se comprend pas bien. Je dois parler à Harold maintenant ! Où puis-je le trouver ?

— Je ne sais pas où il est. Désolé… m'dame.

Le sang ne fit qu'un bond dans ma cervelle et je sautai au-dessus du comptoir d'où j'aperçus un sac de sport rempli de films pornos que j'attrapai en un éclair.

— C'est quoi ça ? lui demandai-je sévèrement alors qu'il avait du mal à se déplacer.

— Rendez-moi ça, vous. Ce sont mes affaires.

— Ah oui ? Et ce double magnétoscope, là, derrière toi, près de la pile de cassettes vierges ? Il me paraît étrange votre petit commerce, Monsieur.

— Ça ne vous regarde pas. Rendez-moi ça tout de suite.

— Écoute-moi bien mon gros morceau de bacon ramolli, tu me trouves Harold sur-le-champ ou bien c'est moi qui appelle ton patron pour lui expliquer que tu vends des copies dans son fonds de commerce pour arranger tes fins de mois ! »

L'homme se leva péniblement de sa chaise pour passer un coup de téléphone. En moins de cinq minutes, Harold apparut dans le magasin. Il regardait ses chaussures.

« Tu as besoin de cirage ? lui demandai-je, à bout.

— Ça va ! Je me doutais bien que tu allais rappliquer de toute façon. Allons dehors, je ne veux pas que mon collègue nous écoute.

— Je me demande bien ce qui peut se passer dans sa cervelle à celui-là. À mon avis, il n'est pas dangereux ton double cheeseburger de collègue.

— Arrête un peu et suis-moi sur le trottoir.

Je tentai de garder mon calme en allumant une cigarette.

— Qu'est-ce que tu as bien pu leur dire sur mon compte à ces types ? Sais-tu qu'ils sont au courant de tout ? Ils ont récupéré un morceau de mon lacet sur le sol et il y a actuellement quelque part à la police de New York un demeuré qui scanne mes empreintes !

— Tu es grosse, Victoria, répliqua-t-il, très calmement.

Je lui balançai une énorme baffe au milieu du visage ce qui déclencha une mini-émeute dans un bus qui nous faisait face. Une Blanche frappant un Noir était un geste inconcevable dans ce quartier.

— Espèce d'imbécile ! Tu me livres à la mafia et tu me traites de grosse ! Salopard, va !

Il me renvoya ma gifle devant l'admiration des badauds et les clients du bus sautèrent de joie.

— Tu ne m'as pas laissé parler. Je t'ai décrite comme une grosse femme ronde et vulgaire d'une soixantaine d'années avec des cheveux teints en rouge et bouclés, le tout agrémenté d'un nez crochu à en ridiculiser Barbara Streisand. Il hurlait dans mes oreilles. Maintenant, tu vas te calmer et me foutre le camp d'ici. Je ne veux plus jamais te revoir dans le quartier sinon tu vas avoir une bonne raison de crier au viol collectif !

— Harold ! Je suis si désolée ! Je me suis emportée bêtement sans même te donner une chance de t'expliquer. Je suis profondément navrée. Laisse-moi t'offrir un café. »

Mon pire ennemi m'avait blanchie à mon insu. J'avais honte mais je tirai en même temps une leçon importante de cette affaire. L'émotivité est l'ennemie du bon sens et la sensibilité exacerbée un handicap à l'intelligence. Je me promis de me contrôler un peu plus à l'avenir.

Après m'être confondue en excuses pendant près d'une heure auprès d'Harold lui-même trop occupé à reluquer ma poitrine, j'avais prévu de me rendre au 1018 de l'avenue d'Amsterdam afin de récolter les preuves qui pourraient me servir en cas de pépin. Je calculais que je courais un risque limité depuis que la coupable présumée était une vieille dame de forte taille.

J'entrai dans l'immeuble en arborant mon plus beau sourire et en remontant mes cheveux pour faire bonne impression. Je me trouvai pourtant ridicule car mon comité d'accueil se résumait à un écriteau sur lequel on pouvait lire « Je cours à la Poste - retour dans quinze minutes environ ». Je me faufilai tranquillement vers l'escalier puis entrai discrètement dans l'appartement 4^E tout en restant sur mes gardes. Je jetai ensuite un coup d'œil furtif sur la droite, en direction de l'entrepôt afin de vérifier si le service de garde était aussi efficace que la dernière fois. Je pouvais être tranquille. Il n'y avait aucun garde et l'étage était particulièrement calme. Je décidai alors de m'enfoncer dans le recoin le plus discret et le plus inaccessible de ce labyrinthe de carton afin d'accomplir ma mission.

Ayant compris l'utilité cachée des bijoux de marque, j'arrachai rapidement un premier morceau de plastique à l'aide de mon saphir austral de vingt-quatre carats. La pointe en or massif du pendentif de mon collier servirait quant à elle à découper sans peine un carton en plein cœur.

Mais à l'instant même où je mis trois chéquiers dans ma poche, je crus que c'était mon propre cœur que l'on allait arracher. Deux hommes me regardaient debout, les bras croisés. J'étais coincée, prise au piège par ma propre curiosité et je me mis à détester profondément mon manque de discernement.

« On la tient, chef, vous pouvez venir », pouvais-je entendre de l'un des agents.

Les deux hommes me prirent par les épaules et m'emmenèrent dans l'entrepôt.

Je tentai de m'extraire des mains de ces brutes durant le parcours qui nous menait jusqu'au chef de bande, mais rien n'y fit, pas même mes tentatives d'explications laconiques ou bien encore de séduction.

« T'inquiètes pas, ma jolie, se vanta l'un d'entre eux, dès que le patron nous autorisera à te garder à disposition, on va bien s'occuper de toi, tu vas voir. »

Une fois enfermée, je m'affalai sur la seule chaise disponible. Le stress était trop lourd à supporter et quelques larmes d'amertume commencèrent à couler sur mon visage. Pourquoi avoir été aussi idiote ? Quelle serait la réaction d'Edgar lorsqu'il apprendrait que c'était moi la responsable de l'effraction ? Je ne comprenais pas mon attitude et je fermai les yeux afin de penser à autre chose. C'était comme ça après tout, peut-être n'étais-je pas faite pour le bonheur.

« Comment ? Mais c'est toi, Victoria ?

La porte de ma cellule s'ouvrit brusquement, laissant l'ombre d'Edgar m'effrayer encore un peu plus. Je le reconnus immédiatement. Cette fois, j'étais bel et bien finie.

— Edgar, je… je peux tout t'expliquer, lançai-je après avoir repris mes esprits.

— Oh ! Ma chère petite ! Je suis si heureux ! Tu es donc bien ce petit ange tombé du ciel qui vient chaque fois apaiser toutes mes peines ! Tiens, il va falloir que je note cette tirade dans mon carnet pour mes premiers pas sur scène, annonça-t-il en riant vers son escorte musclée qui s'esclaffa à son tour. Tu ne peux pas savoir à quel point je suis rassuré à présent !

— Mais… je ne comprends pas, j'ai quand même… triché ?

— Ah la belle affaire ! Eh bien moi je triche depuis près de quarante ans, Victoria.

— Ça, je m'en doutais un peu.

— Allez, viens, allons dans un endroit plus décent. Il est temps que je te raconte la véritable histoire de la Freney Corporation Bank. »

Pendant un bref instant, je crus qu'il bluffait et qu'il allait me livrer à ses hommes. Mais il m'embrassa profondément et me rassura par des propos réconfortants.

« Je t'aime, Victoria. Et même si le seul reproche que je puis te faire est celui d'avoir joué avec mon cœur si fragile, je suis admiratif devant ton intelligence. Comment as-tu fait pour entrer ici ? »

J'expliquai la penderie, le hasard, le jeu des imperméables pendant qu'Edgar nous conduisait à son bureau, un loft impressionnant bénéficiant d'une vue plongeante sur les gratte-ciel du quartier d'affaires et sur l'Hudson River.

« Impressionnant tout cela. Mais dis-moi plutôt, que représente la banque pour toi au juste ?

Il entama la conversation sans plus de fioritures, en allumant un cigare comme pour marquer l'entrée dans une négociation commerciale difficile.

— Moi ? La banque ? Je suis un peu confuse, je... Je m'attendais au pire. La banque, pour moi, c'est tout ce que tu m'as enseigné, une institution majeure dans toute société civilisée. C'est un empire du crédit qui sert à créer la richesse et l'emploi, qui garde l'argent du contribuable en sécurité et qui fait tourner le monde...

— Voilà qui me semble fort limité. La banque est incontestablement la mafia la plus puissante et la plus organisée au monde et si tu avais travaillé dans une agence comme tant de petites mains, tu n'aurais certainement pas le même avis.

— Comment cela ?

— Sais-tu que la banque prête à huit pour cent l'argent qu'elle emprunte à zéro et demi ?

— Je ne sais pas, non. Je n'ai jamais emprunté.

— Ah l'ignorance ! Voilà bien ce sur quoi les banques prospèrent. Je t'ai pourtant raconté l'histoire des orfèvres. Je me réveille chaque jour depuis plus de quarante ans en me posant la même question. Comment la société moderne a-t-elle pu se laisser berner par un tel scandale ? Comment peut-on admettre qu'une banque prête l'argent qu'elle ne possède pas ?

Edgar s'exprimait soudainement avec une force et une passion que je ne lui connaissais pas encore.

— Je suis comme tout le monde. Je n'ai pas de réponse. Bien qu'ayant travaillé au sein d'une banque, je ne me suis jamais posé la question des entrées et des sorties de fonds. Ce n'est pas mon domaine. Mais tu sembles tellement sensible à cette question...

— Sensible ? Sensible ! Ne vois-tu pas comment il est de plus en plus difficile de vivre avec du liquide ? Moyens de paiements, virements sur compte et autres écritures. Tout ceci, c'est du baratin pour te voler ton argent plus facilement, Victoria.

— Si tu le dis...

— As-tu déjà regardé tes relevés de compte de plus près ? De quoi s'agit-il au fond ?

Edgar s'énervait franchement, les nervures de son cou rougissaient et il ôta sa cravate.

— Je ne sais pas, Edgar.

— Mais c'est du papier toilette ! Des sommes inscrites les unes après les autres de façon complètement virtuelle ! Le pire, ce sont encore les difficultés que l'on a pour reprendre son argent. Ta banque te dit qu'il te faut un chéquier et une carte bleue et que c'est payant ? Alors il faut payer et payer sans cesse des frais interminables. Pourquoi ? Pour disposer de ton propre argent ? Non, mais vraiment ! Te rends-tu compte que tu paies des frais pour pouvoir écrire des chèques ou payer par carte bleue ? C'est une honte contre laquelle je me venge tous les jours à ma façon.

Il hurlait à présent en lançant son poing sur le bureau. Son verre de scotch se brisa et des éclaboussures tachèrent sa chemise.

— Vois-tu, ma chère, reprit-il en se calmant un peu, j'ai appris tout ce que je sais de ce système en travaillant ardemment comme simple employé pendant des années.

— Pardon ? Mais je pensais que tu étais issu d'une famille aisée ?

— Oublie tout cela, veux-tu. Je peux t'affirmer que mes origines sont encore plus modestes que les tiennes.

Je restai bouche bée, interdite devant tant de révélations.

— Mais, alors, comment as-tu fait pour…

— Pour en arriver là ? Très simplement. En trompant le trompeur. J'ai mis quelques années avant d'élaborer une stratégie dont la bêtise en laisserait plus d'un sans voix. Lorsque j'ai découvert comment tout ce joli monde fonctionnait, j'ai d'abord souhaité l'écroulement du système, mais j'ai très vite compris que l'exercice serait trop périlleux et qu'il fallait être plus malin. J'ai donc fait en sorte d'en profiter moi aussi, voilà tout.

— Comment as-tu fait ?

— Je suis le plus grand faussaire de chèques au monde.

— C'était donc ça !

— Mais le mieux, c'est que je pratique mon art à l'insu de tous, le plus discrètement possible.

— Edgar, je suis bouleversée, anéantie même ! Pourquoi ne m'as-tu rien dit ! J'aurais tellement préféré apprendre cela autrement qu'en fouillant dans ton bureau !

Edgar s'approcha de moi et me massa les épaules de ses grandes mains. Il se mit à parler posément.

— Si tu veux réussir dans ce bas monde mon enfant, il va falloir être un peu moins naïve.

— Je suis tellement décontenancée.

— Calme-toi, voici un scotch. Je vais tout t'expliquer.

— Je t'écoute.

— Mon premier emploi a consisté à travailler à l'impression des billets auprès de la banque fédérale américaine. J'ai vite été lassé de ne pas percevoir un centime sur les millions qui défilaient chaque jour devant mes yeux et j'ai demandé à changer de service. On m'a alors expédié quelque part dans le fin fond de l'État de New York dans une imprimerie dont l'activité consistait à confectionner des chéquiers pour les banques. Loin de m'y ennuyer, j'ai appris les nombreuses failles de ce moyen de paiement. Cela fait quarante ans que j'utilise des faux chèques édités auprès des plus grandes banques américaines pour faire passer à peu près n'importe quelle somme d'argent sur n'importe quel compte.

— Et comment t'y prends-tu ?

Il sortit de sa poche un chèque qu'il agita devant moi.

— T'es-tu déjà posé la question de savoir ce qu'était un chèque, Victoria ?

— Pas vraiment.

— Eh bien, tu es comme à peu près cent pour cent de la population et c'est tant mieux pour les banques car si tu savais combien ce morceau de papier était dangereux, tu t'en débarrasserais au plus vite.

— Je n'en doute pas un instant.

— La signature pour commencer. Sais-tu qui la contrôle ?

— Le guichetier, lors du dépôt ?

— T'a-t-on déjà demandé un papier d'identité pour déposer un chèque à la banque ? Non. Et comment ton guichetier pourrait vérifier la signature d'un chèque que tu encaisserais ? Il ne connaît certainement pas l'émetteur du chèque, tu es bien d'accord ?

— C'est vrai.

— Eh bien Victoria, laisse-moi t'en apprendre une bonne. La

signature apposée sur un chèque n'est quasiment jamais vérifiée.

— Edgar, je crois que j'ai besoin d'une cigarette.

— Il faut que le chèque soit contesté pour que la banque vérifie vraiment et sais-tu pourquoi ? La réponse est simple. Chaque jour, il y a des millions de chèques qui transitent entre les banques et l'échange se mondialise. Est-ce que tu imagines le nombre d'employés qu'il faudrait recruter pour vérifier manuellement chaque signature ? Mais, pire encore, imagine que tu te présentes au guichet d'une banque après un déjeuner particulièrement arrosé et que tu écorches légèrement ta signature. Ton chèque doit-il être refusé pour autant ? Non plus. La banque va surtout vérifier la solvabilité de celui que l'on appelle dans le jargon « le tiré », c'est-à-dire celui à qui l'on prendra l'argent.

— Qu'est-ce que cela change ? La signature est une chose, devoir de l'argent en est une autre.

Edgar se mit à griffonner quelque chose sur son bureau et me tendit un chèque.

— Voici un chèque personnel de mille dollars. J'ai signé « Franck Sinatra ». Dépose-le à la banque et préviens-moi lorsqu'il sera porté au crédit de ton compte. La vérité, c'est qu'aucune signature n'est vérifiée en dessous de cinq mille dollars. Première faille, et non des moindres. Mais tu as raison, lorsqu'une somme est due entre deux personnes, un chèque ne change rien. En revanche, si on te vole ton chéquier cela peut avoir des conséquences très graves.

— C'est épatant, mais tout cela ne m'explique pas comment tu as fait pour devenir si riche de cette manière.

— Hélas, je n'ai pas fini de t'épater, je le crains. Tu ne le sais pas, mais le chéquier que la banque te fait payer n'est pas obligatoire.

— Ah non ?

— Non, absolument pas. La loi est formelle sur ce sujet. Il suffit de connaître les cinq formules essentielles à la rédaction d'un chèque et n'importe qui peut en rédiger un sur n'importe quel support. Imagine à présent que tu sois mécontente du service du restaurant dans lequel tu as déjeuné. Eh bien, ma chère petite, tu peux te rendre aux toilettes avec un stylo et rédiger le plus beau des chèques sur un morceau de papier le plus simplement du monde. Il sera valable et le restaurateur sera tenu de l'accepter. Il suffit d'un stylo bille et d'un coin de nappe pour rédiger un chèque. Deuxième faille qui m'a permis de simplifier grandement la tenue de mes affaires.

— Je n'ai jamais entendu parler d'une chose pareille. Je suis sidérée.

— Oh, mais je ne te demande pas de me croire. Je peux simplement te dire que ces règles sont très largement répandues.

— J'aurais bien besoin d'un whisky à présent.

— Attends un peu. Je dois encore t'expliquer le cœur de mon activité. Un chèque n'est pas un instrument de paiement mais un moyen de crédit à court terme. Chacun le sait, mais personne ne s'en soucie véritablement. Lorsque tu émets un chèque, tu sais qu'il ne sera pas débité de ton compte avant plusieurs jours, voire quelques semaines dans des cas plus rares. Quand tu règles de cette manière, tu n'émets qu'une seule intention de payer et, si jamais un chèque que tu encaisserais venait à être rejeté, tu n'en serais pas informée avant longtemps. Et c'est tant mieux pour moi.

— Je suis stupéfaite par ta maîtrise du sujet. Tu y gagnes quoi au juste ?

— La Freney Corporation Bank a été créée grâce à une spéculation judicieuse sur des chèques falsifiés. Écoute plutôt çà. Grâce à un contact que j'ai gardé auprès de l'imprimerie nationale des chèques de banques, j'ai pu fabriquer des chèques plus vrais que nature provenant de l'ensemble du réseau bancaire américain. Une fois les chèques fabriqués, je les encaisse sur de faux comptes créés dans ma banque.

L'équivalent de leur montant est donc immédiatement disponible à la spéculation et nous encaissons l'argent, bien longtemps avant leur rejet. Nous avons étudié scrupuleusement chacun des aspects du chèque, notamment les précieux codes-barres et ils sont tellement bien imités qu'aucune banque ne s'est jamais manifestée à ce jour. D'autre part, nous limitons les montants à quinze dollars tout au plus. Or, tous les paiements par chèque sont garantis jusqu'à quinze dollars. Les banques elles-mêmes n'y perdent rien.

— Je suis médusée.

— Le système du traitement de chèques est tellement complexe. D'abord, sache qu'un chèque ne transite jamais physiquement entre les banques. Cela coûterait trop cher. Je te laisse imaginer le montant des frais postaux et les lenteurs pour envoyer de simples morceaux de papier puis pour les saisir à la main. Les banques s'envoient plutôt des informations à travers un système soi-disant extrêmement sécurisé et que l'on appelle la chambre de compensation. Je t'explique. Lorsque tu te présentes à la banque pour encaisser un chèque provenant d'une autre banque, le guichetier ne va pas envoyer le papier à ladite banque pour qu'elle le débite. Il va, au contraire, passer ton chèque dans une machine, une sorte de scanneur qui va lire les informations de celui-ci et les envoyer grâce à un système de communication assimilable à un fax dans une sorte de zone tampon virtuelle qui, elle, va transmettre ces mêmes informations à la banque finale. Quant à ton chèque, il sera archivé là où tu l'auras déposé. Troisième faille irréversible, les banques dématérialisent les chèques et moi je crie alléluia. Ma banque n'est rien d'autre qu'une grosse imprimerie et c'est pourquoi j'ai des tonnes de chèques rangés dans des cartons dont je ne sais que faire.

— Tout de même, tu encaisses des sommes provenant de chèques, cela veut dire que les banques peuvent te retrouver facilement si elles le veulent, non ? Je veux bien admettre qu'une erreur soit possible, mais lorsqu'elle est systématique et qu'elle revient toujours vers toi, cela devient facilement décelable.

— Vous être très perspicace, jolie demoiselle.

— Je ne suis plus une demoiselle, je suis ta femme et je suis très contrariée à présent.

— Sais-tu combien l'homme est faible devant l'argent, spécialement lorsqu'il dirige une banque ? Je peux te l'avouer à présent. Je tiens entre mes mains le plus grand réseau d'hommes corrompus qui soit. Tous, quelles que soient leurs origines, leur parcours ou leur patrimoine m'ont suivi.

— Ils t'ont suivi ?

— J'ai versé d'énormes pots-de-vin aux plus grandes banques américaines contre leur silence. Le banquier réagit étrangement lorsqu'on lui propose de sortir de la légalité contre beaucoup d'argent. Cela doit lui procurer des poussées d'adrénaline.

— Je ne sais pas quoi dire. Je suis… je suis…

— Tu peux économiser ta salive. Les chèques que j'émets sont faux mais l'argent que je récupère est bien vrai lui, enfin si l'on peut dire. Outre mes relations intimes avec les hauts dirigeants des banques américaines, je ne suis pas inquiet pour mes activités, car – et c'est le point d'orgue magistral – personne ne vérifie ce qui se passe dans une chambre de compensation la plupart du temps. Les virements se font extrêmement rapidement et passent sous le nez de simples êtres humains. C'est la quatrième et ultime faille du chèque. Les banques, dans leurs quêtes excessives de fonds rapides, ont sur-industrialisé le système à un point qu'il devient difficile de tout contrôler. C'est aussi pour cette raison que j'ai refusé de te faire entrer dans un service de trading. Tu n'as pas idée des montants qui défilent sur les écrans et que personne ne comprend.

— Je ne sais plus quoi penser. Es-tu un génie ou un escroc ?

— J'aimerais que tu relativises tes propos et que je puisse avoir le temps de te démontrer combien les escrocs ne sont pas toujours ceux que l'on croit.

— À ce point, il me semble qu'il est préférable de ne rien savoir de plus.

— Je suis parfaitement d'accord avec toi. Je dois aussi te dire que l'activité de chèques ne me sert que pour des levées de fonds. Nous avons aujourd'hui d'excellents traders qui gèrent de façon tout à fait honorable de grands portefeuilles. C'est d'ailleurs pourquoi je peux t'affirmer que, aujourd'hui, la Freney Corporation Bank est une institution financière ordinaire et solide avec des clients bien réels, eux.

— Le terme solide me paraît mal choisi.

— As-tu remarqué quelque chose d'anormal en travaillant plus d'un an chez moi ? Suis-moi, je vais te montrer quelque chose. »

Edgar appuya sur un petit bouton caché sous son bureau et l'imposant miroir qui nous faisait face se fendit en deux pour laisser place à une porte d'ascenseur. J'entrais dans la cabine, plus effrayée que jamais.

« Nous descendons à plus de vingt kilomètres à l'heure au quatrième sous-sol de cet immeuble.

Edgar criait dans mon oreille en raison du vacarme causé par les frottements de la cabine sur les rails métalliques.

— Quel boucan tout de même ! Où m'emmènes-tu à présent ?

— Voilà ! cria-t-il une dernière fois avec satisfaction. Nous y sommes ! »

Cette partie de l'immeuble n'avait rien de bien particulier sinon que pour une cave elle semblait étrangement propre. Nous entrâmes ainsi dans une salle remplie de très hautes armoires métalliques noires qui ronronnaient paisiblement. Le même sceau était apposé sur chacune d'elles. Il s'agissait des petites étoiles que j'avais repérées auparavant sur le carnet d'Edgar et qui m'avaient conduite jusqu'ici.

« J'ai beau avoir pour complices les plus grandes banques de notre cher pays, je ne fais confiance à personne et je brouille les pistes au maximum. Ceci, ma chère Victoria, est un ordinateur ultra-puissant qui est capable de créer l'identité d'une personne en quelques secondes. Un nom, un prénom, une adresse postale, et bien évidemment un compte bancaire, peuvent être générés en un rien de temps.

— Il va me falloir un sacré bout de temps pour assimiler tout ce que je découvre aujourd'hui Edgar, tu sais.

— L'ordinateur au milieu duquel tu te trouves actuellement crée des fausses identités mais il les fait disparaître également. C'est mieux ainsi. Cela me permet d'effacer les traces de mon activité. Nous nous arrangeons aussi pour que la date d'ouverture du compte soit située entre 1929 et 1945. Tu sais combien la période a été trouble. Il est impossible aux banques de vérifier aussi loin dans le temps et, pour nous, c'est une double sécurité.

— Je n'en reviens pas. Tu as créé de toutes pièces une sorte de grand terminal de paiement virtuel capable de traiter des chèques. Et cela, avec la complicité des banques et tu doubles tes complices ! Dois-je te croire quand tu me déclares tes sentiments ? »

Edgar ne répondit pas à ma question. Il préféra continuer ses terrifiantes explications tandis que nous remontions vers son bureau.

« Tu sais, au fond, les banques s'arrangent pour que leurs tarifs augmentent chaque année afin de couvrir d'éventuelles pertes. Ce sont, hélas, les assurances et les consommateurs qui paient en définitive, comme toujours.

Il caressa doucement le rebord de son verre, les jambes croisées. Sa confiance dans son commerce semblait égale au ton calme et distant qu'il employait.

— Tu as vraiment pensé à tout...

— J'ai commencé cette activité dans le minuscule deux pièces que tu as visité puis nous nous sommes agrandis comme tu as pu le constater. Mais se divertir en envoyant quelques millions de dollars contrefaits dans le système bancaire américain n'est amusant que pour un temps. J'en voulais plus. La mondialisation est alors arrivée au bon moment. J'ai fait sauter le verrou d'un coffre-fort beaucoup plus important encore : celui du réseau bancaire mondial.

— Je… je ne comprends pas bien.

— C'est pourtant simple. De nos jours, des sommes colossales et entièrement dématérialisées transitent dans le monde entier grâce à de simples petits logiciels. Il nous suffit de déchiffrer leurs clés pour avoir accès à un immense réseau de virements bancaires. Je connais la plupart de ces logiciels et, avec l'aide de quelques amis chinois, nous nous amusons à virer de l'argent entre nos deux pays. Nous brouillons encore les cartes en nous envoyant des sommes provenant elles-mêmes… de faux chèques, comme tu t'en doutes.

— D'où l'entrepôt sur l'avenue d'Amsterdam…

— C'est une boucherie un peu spéciale, en effet.

Il riait de toutes ses dents jaunies par l'âge.

— Edgar, vraiment, tu m'épates. Moi qui te prenais pour un gentil petit millionnaire traditionnel, parfois un peu conservateur !

Il se mit à rire de plus belle.

— Milliardaire serait un terme plus approprié, Victoria.

— C'est à ce point-là ?

— En effet. Bon, parlons peu mais parlons bien. J'ai besoin de tes services.

— Mes services ?

— Je t'aime, Victoria, mais je me dois de te faire payer tes excès de curiosité. Tu comprends bien qu'après avoir ainsi fouillé dans mes affaires sans mon accord, notre relation de confiance a été affectée, n'est-ce pas ?

— Mais je croyais que…

— Je vais donc te punir, modestement rassure-toi.

— Me punir ?

— Tu ne peux pas t'imaginer à quel point j'étais rassuré lorsque j'ai su que c'était toi qui étais entrée par effraction dans notre salle d'archives, mais il faut que tu comprennes que je ne représente pas une gentille petite institution paisible. Il va falloir que tu oublies notre relation. Tu as la chance d'être jeune et ambitieuse et j'ai toujours un sentiment fort pour toi. Je préfère te garder près de moi et t'utiliser jusqu'à ce que ta dette soit réglée. Sinon, je t'aurais probablement éliminée.

— Tu plaisantes encore, n'est-ce pas ? J'aimerais que tu arrêtes de jouer avec mes émotions, cela fait beaucoup en quelques heures.

— Sache que je ne plaisante jamais lorsqu'il s'agit d'argent. Tu vas travailler pour nous. Estime-toi heureuse.

— Mais je ne peux pas ! C'est impossible. Je serais incapable de voler quoi que ce soit, ce n'est pas dans mes gènes !

J'avais les larmes aux yeux. Ma voix était fébrile et je tremblais de peur.

— Tu es libre, bien entendu. Mais je ne vois pas comment nous pourrions garder une vie de faux-semblants avec tout ce que tu sais sur moi. Par ailleurs, que tu le veuilles ou non, tu es forcément liée à mon activité, ne serait-ce que par l'argent que tu dépenses. Et puis tu voulais travailler de nouveau, n'est-ce pas ? Libre à toi de retrouver ta vie d'antan, si tu préfères.

— Quel genre de travail me proposes-tu ?

— Quelque chose de presque honnête, histoire de te former. Je ne vais pas être très méchant avec toi.

— De quoi s'agit-il ? De quelque chose de… banal ?

— Oui. Enfin presque. Tu travailleras pour l'imprimerie bancaire Stanley-Kovitz, au service des éditions de chéquiers, bien entendu. Ils cherchent un contrôleur de l'édition. Un emploi facile pour toi et idéal pour nous.

— Je suppose que ma véritable tâche consistera à voler les souches.

— Si je veux que mes chèques se mélangent aux autres, leur aspect doit être parfait, tu m'as bien compris. Or les normes changent très souvent, spécialement celles des codes-barres.

Grâce à ton concours, nous allons pouvoir obtenir de précieuses informations, en effet. Mieux que les souches, je veux que tu me rapportes les patrons officiels qui servent à l'impression des chèques.

— Je suis coincée si je comprends bien.

— Il s'agit d'un travail excessivement simple. Intègre-toi dans l'entreprise, fais-toi aimer de la direction ; pour le reste, on verra plus tard. Voilà mon enfant, tu es désormais une employée modeste et tu prendras le métro, c'est plus discret. »

Désorientée, j'espérais qu'Edgar allait changer d'avis.

Le dîner eut pourtant un goût amer ce soir-là. Edgar n'était rentré que très tard, me laissant seule face à mes erreurs. Il m'avait certainement piégée depuis le début de notre relation en me recueillant avec l'idée que je pourrais peut-être un jour servir ses intérêts les plus notoires. J'étais sans famille et sans identité, ce qui faisait de moi une proie facile à dominer.

Je m'en voulais pourtant atrocement. J'avais bénéficié d'une chance extraordinaire et je l'avais gâchée. J'avais préféré la souiller pour me retrouver dans une mauvaise passe qui durerait encore bien longtemps.

Le lendemain matin, j'observai les cernes sous mes yeux comme autant de stigmates d'une nuit troublée. Le grand miroir de la cuisine jouait avec la lumière de façon désastreuse. La vaste pièce, remplie de placards aux façades de métal blanc, avait fière allure bien qu'un peu froide à mon goût. Edgar était un maniaque du rangement et ici tout devait être impeccable et sentait les doux effluves de lavande industrielle. « Quel hypocrite ! » m'écriai-je enfin lorsque que je réalisai que son patrimoine provenait d'une gigantesque fraude. La corruption environnante me dégoûtait encore et encore. Puis, peu à peu, je me fis une raison. Comprenant les enjeux d'une telle situation – j'étais à la merci d'un banquier mafieux qui pourrait peut-être me rapporter gros –, mon instinct me guida vers la ruse. J'acceptai alors l'emploi proposé sans broncher et c'est ainsi que j'entrai le 15 décembre 1983 par la grande porte du Wall Street Building, un immeuble prestigieux et très fermé dans lequel se trouvait la plus importante imprimerie de chèques des États-Unis. Les consignes étaient claires : je devais procurer à Edgar la copie des fichiers contenant les éléments graphiques qui servaient à l'impression des chéquiers et assurer discrètement une veille sur le moindre changement de forme du précieux moyen de paiement.

Une fois dans l'antre de la monnaie écrite, je découvris mon supérieur, un alcoolique anonyme et fervent amateur de femmes en tout genre. Gagner sa confiance en exposant ma poitrine sous ses yeux me sembla aussi aisé que d'allumer une cigarette. Brian Glandale, c'était son nom, était grand et maigre avec de longs cheveux soyeux. Il portait quotidiennement les mêmes costumes de Tergal bleu mousseline. Il s'exprimait constamment en s'admirant au reflet métallique de son briquet tout en se caressant la chevelure avec frénésie. L'homme se croyait irrésistible alors que je le trouvais d'une laideur insoutenable.

Comme prévu, je ne peinais pas à devenir sa favorite, nos brefs échanges verbaux démontraient combien il était parfaitement idiot.

Le reste de l'équipe était composé d'une secrétaire âgée et faussement agréable, d'un groupe de trois informaticiens et d'un juriste à l'air pincé qui jubilait à l'apparition de chaque nouvelle réglementation.

La comptable fut définitivement mon problème numéro un. Blonde, pulpeuse, elle arborait des tenues de velours qui tombaient sur sa taille en ne marquant aucun défaut. Quelque chose dans son regard brillant m'indiquait qu'elle comprenait parfaitement mes intentions et qu'il fallait que je reste sur mes gardes. J'apprendrais plus tard qu'elle collectionnait ses amants parmi les hautes sphères de l'entreprise.

À cette nouvelle étape de ma vie, j'étais, somme toute, tombée dans l'archétype d'une entreprise parfaitement banale où tout le monde s'ennuyait.

« Bonjour, me dit la comptable d'un air langoureux le jour de mon arrivée, vous voilà enfin. Il n'est pas trop tôt. Je m'apprêtais à envoyer une note aux Ressources humaines afin que l'on vous retire cette heure de retard que vous avez probablement gaspillée à lire la presse des petites gens. »

J'étais trempée jusqu'aux os et les six écrans de télévision situés juste derrière elle affichaient en chœur les images d'une météo abominable.

« Je suis désolée, répondis-je avec la même arrogance, mais vos très hautes préoccupations vous ont sans doute empêchée de suivre l'actualité, Madame. J'ai été retenue par le mauvais temps. Je m'appelle Madame Freney, Victoria Freney, la femme du banquier. Enchantée.

Je lui serrai le poignet de façon soutenue comme pour l'inviter à garder ses distances.

— Je sais très bien qui vous êtes et d'où vous venez, Madame Freney.

Elle pouffa d'un petit rire étouffé.

— Vous pouvez m'appeler Victoria.

— Encore mieux, Victoria. Je crois que nous allons enfin rire un peu dans ce service poussiéreux. Je vous souhaite la bienvenue dans notre institution ainsi que de rester parmi nous le plus longtemps possible, Madame La Banquière. »

Le ton qu'elle empruntait, ses sourires narquois et ses clins d'œil déplacés m'agaçaient franchement. Il fallait que je la mette au placard le plus rapidement possible si je voulais accomplir ma tâche sans être dérangée.

Mais au-delà des agissements des uns et des autres, je décidai de me consacrer le plus sérieusement du monde à mon emploi de façade. Dès les premiers jours, j'y mis une passion dévorante et m'enfonçai d'emblée dans le tumulte laborieux de Manhattan.

Autrefois hostile à sa puanteur et à son danger, j'éprouvais à présent une grande joie en empruntant le métro. Un peu comme une touriste débarquant pour la première fois à New York, je découvris dans ce moyen de transport un cataclysme vrombissant et délabré tout en réalisant combien la diversité de la population new-yorkaise trouvait ici l'expression de son absolue modernité.

Eva Legendre, la comptable française, constituait la seule tache noire au tableau de ma modeste gloire et je n'aimais pas ça. Elle épiait le moindre de mes actes et me faisait craindre pour l'accomplissement de la véritable tâche que j'étais venue effectuer ici. Un jour, alors que je rentrais chez moi, je retrouvai une grande mèche de ses cheveux dans la page clé de mon agenda. Un autre jour, je sus qu'elle m'observait dans la salle des rotatives à cause de l'odeur désagréable de son parfum bon marché qui traînait près des machines. Son impertinence était devenue trop importante et je décidai d'agir.

Elle se présenta à mon bureau un lundi matin de très mauvaise humeur alors qu'une promotion au service des échanges internationaux venait de lui être refusée.

« Les Chinois arrivent pour visiter l'imprimerie, me lança-t-elle sur un ton glacial en pénétrant à grands pas dans mon bureau. C'est toi qui te colleras la visite, ma jolie.

— Impossible, rétorquai-je sèchement, je ne suis pas formée pour ça et ce n'est pas moi qui cherche à intégrer les services internationaux.

— Oh la garce ! Écoute-moi bien Victoria – ses yeux injectés de sang annonçaient la cupidité, la rancœur et l'oisiveté des femmes vénales –, j'en ai vu des filles comme toi et elles ont toutes mal fini. Je me fiche éperdument de ton mariage et de ton nom d'épouse car ici c'est moi qui commande !

— Qui commande les hommes, tu veux dire…

— Espèce de… espèce de sale impertinente !

— Soyons claires, miss Vaginale 1980, lançai-je alors que les mots traversaient les cloisons, à moins que le règlement n'ait été modifié je ne te dois rien et tu n'es pas la responsable de ce service. Je dépends de Bryan Glandale et éventuellement du directeur des Ressources humaines. Ce sont eux qui me donnent des ordres et non pas une pimbêche qui jouit devant une balance comptable indiquant trois millions de dollars !

— Tu paieras très cher ce que tu viens de dire, Victoria », lâcha-t-elle enfin.

La messe étant dite, je reçus le lendemain une note m'annonçant une rétrogradation au service d'expédition pendant trois mois avec, en prime, l'obligation de jouer les hôtesses lors de toute visite externe.

Mais, alors que je faisais mes cartons pour changer de service, une bonne nouvelle arriva par l'ascenseur. L'un de mes doigts vint heurter une main velue alors que j'appuyais sur le bouton pour commander une descente vers mes rétrogradations professionnelles. Un grand type me lança un sourire dont la perfection m'émut instantanément. Son allure démontrait qu'il s'agissait d'un personnage influent.

« Veuillez m'excuser Monsieur, je rêvassais.

Je m'adressai à lui de la même façon que la gourde timide des célèbres publicités pour dentifrice blanchissant.

— Je vous en prie, ma très chère, à quel étage allez-vous ?

— Je... je travaille au service éditorial Monsieur, enfin j'y travaillais jusqu'à présent.

— Alors là, vous m'épatez. Les charmants oiseaux comme vous sont rares dans cet amas de poussière, mais si en plus vous parvenez à rêver dans ce genre de service, alors vous devriez venir faire un tour dans mon bureau pour me faire part de vos talents qui, j'en suis sûr, doivent être très nombreux.

— Je doute de ne pouvoir vous satisfaire sur ce dernier point, Monsieur et je ne suis vraiment pas d'humeur.

Mon ton devint plus sévère. J'étais lasse des comportements de la maison.

— Comme vous voudrez, jeune fille. Je me prénomme Charles Ziefrig, je suis le PDG de cette entreprise, pour vous servir. Si je peux vous aider d'une façon ou d'une autre, contactez-moi », me dit-il en me laissant sa carte de visite juste avant que les portes de l'ascenseur ne se referment.

Le groupe de Chinois se présenta le mardi suivant. J'étais habillée d'une robe de soie fine avec un décolleté aussi profond que l'exigeait la direction et je portais des chaussures en croco noir à talons hauts. Mon rouge à lèvres me donnait des airs de Nancy Reagan avec quelques rides en moins.

Faire défiler une horde de Chinois de pièce en pièce s'avéra être un exercice plaisant même si j'appréhendais surtout la seconde partie de la visite qui me contraindrait à arpenter je ne sais quel pub new-yorkais afin que tout ce petit monde soit suffisamment soûl pour ne plus avoir envie de coucher avec moi.

Je mimai une très grande surprise lorsque Charles Ziefrig lui-même se joignit à la visite car je l'avais effectivement rencontré quelques jours plus tôt afin de lui démontrer que je pouvais être aussi bonne – sinon meilleure – au lit que la traînée officielle de cette usine à chèques.

— Je suppose que nous pouvons continuer notre visite par la grande salle de l'imprimerie, proposa Monsieur Ziefrig.

— Quelle grande idée, ajoutai-je, satisfaite. Allons-y. »

Il était environ onze heures du matin et je m'étais arrangée pour que nous remontions vers le service d'Eva car c'était l'heure à laquelle nous étions le moins attendus et où je savais qu'elle avait des chances de pratiquer une gymnastique particulière dans le bureau du chef de service.

Je bloquai sa secrétaire du pied avec un regard sévère alors qu'elle s'apprêtait à prévenir la galerie.

« Laissez-moi faire, lui soufflai-je à l'oreille, et votre situation s'améliorera, je vous le promets. »

Mes petits arrangements fonctionnèrent sans difficultés. Charles Ziefrig entra dans le bureau accompagné des Chinois endimanchés. Il trouva Brian Glandale nu, les jambes écartées, affalé sur son fauteuil.

Trop occupés à échanger leurs protéines, les deux amants n'avaient pas remarqué l'entrée des visiteurs. Seul un toussotement du grand patron les interrompit. Choquée, Eva se releva brusquement, agrippant une étagère située à proximité. La pression exercée par sa main sur la tablette fit chuter un ensemble complet d'étagères sur elle et son amant, ce qui marqua l'accomplissement de la première partie de ma mission.

Telle *La Porte de l'Enfer* de Rodin tombant en éclats sur des touristes ébahis, des morceaux de bois atteignirent le visage de Glandale qui resta marqué à vie. Après plusieurs mois de convalescence, Eva, quant à elle, hérita du poste de colleuse de timbres créé par un plan spécial réservé aux personnes à mobilité réduite. Elle avait en effet perdu un bras et souffrait d'une déchirure dorsale qui la faisait baver avantageusement. Elle pourrait ainsi méditer sur le sens de la vie et mieux comprendre la souffrance du monde, du moins l'espérais-je.

Cette expérience me permit d'appréhender définitivement les règles de base de la société et du travail. Comme les potestas romaines ou la cour du roi de France, seule la très haute hiérarchie peut décider du bon et du mauvais sort. Il est ainsi impératif de savoir la flatter, voire plus encore.

Edgar était incontestablement la personne la plus fière de mon travail. Très opportuniste, je lui avouai ma dévotion à sa cause et nos relations s'améliorèrent franchement. Je sus très exactement ce qu'il attendait de moi et je pus lui livrer sans peine les premiers fichiers après m'être débarrassée de la comptable.

Six années s'écoulèrent ainsi, sans honte, sans reproches, sans aucune forme de regrets, seul l'acte de substitution en lui-même étant un peu désagréable.

Aussi, si l'idée d'arnaquer la banque ne me plaisait pas vraiment, je sus néanmoins que j'étais sur le chemin qui consisterait à construire ma fortune. Pour que ce schéma puisse être parfaitement à mon goût, je savais, au fond de moi, que la prochaine étape consisterait à me débarrasser d'Edgar.

*

****

*

Il flottait une certaine légèreté ce soir de 4 juillet dans les rues de New York. La population s'était arrêtée de travailler plus tôt que d'habitude et se préparait à célébrer la fête nationale. Alors que je quittais ma tour de cristal pour rejoindre la fournaise du métro, Edgar me surprit en m'accostant dans une tenue étrange. Il m'attendait sur le trottoir, vêtu d'une chemise hawaïenne et d'un panama et, plus surprenant encore, il était à pied.

« Bonsoir Victoria. Comment s'est passée ta journée ?

— Mais, que fais-tu là ? Où est la voiture et qu'est-ce que c'est que cette tenue ? Tu t'es fait voler ton costume à l'occasion de ta première sortie en métro ?

— J'ai voulu changer un peu mes vieilles habitudes et puis il fait si chaud ce soir. Si on allait voir le feu d'artifice depuis les berges de Brooklyn ?

— Le feu d'artifice ? Mais quelque chose ne va pas, Edgar ? La chaleur aurait-elle eu raison de ton grand âge ?

— Crois-moi, il faudrait bien plus qu'une canicule pour déranger mes neurones. Suis-moi à présent, j'ai à te parler. »

Nous nous engouffrâmes dans la station de métro de la rue William. Il y avait peu de distance jusqu'à Brooklyn, mais les quelques minutes passées dans la rame bondée aux côtés d'Edgar me troublèrent. Il avait comme perdu tout bon sens bourgeois. Il était devenu en quelques instants un citoyen lambda. Je lisais sur son visage une certaine contrariété et je compris qu'il avait quelque chose d'important à m'annoncer. Il se maintenait à une certaine distance de moi, exprimant un mépris indécent pour cette femme qui nous demandait de l'argent puis il se dirigea parmi le dédale de couloirs avec une étonnante précision.

« Tu sembles si bien connaître le métro, c'est impressionnant ! lançai-je en courant derrière lui.

— Crois-moi Victoria, il y a beaucoup de choses que tu ignores encore. Je pourrais t'expliquer mon histoire pendant des heures s'il le fallait.

— Il me semble que le moment est tout à fait approprié, non ?

— Sortons d'abord de ce trou à rats. »

Nous arrivâmes enfin à la station de la rue Clark et j'étais heureuse de constater qu'il faisait encore jour. Nous marchâmes un long moment sur la rue Henry puis nous tournâmes une première fois sur la rue Remsen jusqu'à Hicks. Edgar nous guidait sans hésitation. Il semblait connaître le quartier à merveille. Tout en posant mon regard sur les grandes maisons victoriennes de briques rouges si typiques de Brooklyn Heights, je pensais qu'il était vraiment dommage que si peu de touristes sortent de Manhattan pour venir apprécier le calme et la sérénité de ce quartier. Nous tournâmes ensuite sur Grace Court, une petite artère ouverte sur l'East River et les maisons devinrent plus petites. Je m'approchai d'une haie pour humer quelques fleurs de cerfeuil, la rue était calme, il faisait chaud et Edgar se mit à parler.

« Voilà, c'est ici.

Il montra du doigt une jolie porte en bois sculptée et peinte en rouge foncé. Elle était assortie d'une grosse poignée dorée en forme d'ange :

— C'est ici que je suis né, au 57 Grace Court.

— Tu n'es pas né dans le Maryland ?

— Non. Et je t'ordonne d'oublier toutes les salades que j'ai pu te raconter une bonne fois pour toutes. La vérité sur moi se trouve derrière cette porte.

— Très bien. Tu me fais un peu peur Edgar, tu sais…

— Oh, il n'y a vraiment pas de quoi. Entrons si tu veux bien. »

Nous avançâmes dans la cour de l'immeuble avant de descendre quelques marches. Je marchais avec appréhension, prise d'une furieuse envie de faire demi-tour. Qu'allait-il m'annoncer cette fois-ci ?

La porte ouvrait sur un magnifique entresol à l'anglaise aménagé en loft. Il s'agissait d'une pièce unique et basse dont un mur était constellé de photos en tout genre. Le mur d'en face lui répondait par une immense bibliothèque. Une baie vitrée constituait la paroi du fond et donnait sur un grand jardin.

« C'est splendide, Edgar !

— Ça n'a pas toujours été le cas. Attends-moi là une minute

et mets-toi à l'aise. »

Tendue, je me mis à parcourir le mur de photos pour me changer les idées mais mon regard s'arrêta soudain. Je reconnus Edgar, enfant, sur l'un des clichés. Il était sagement assis sur le perron de l'immeuble dans lequel nous venions d'entrer. Les lieux étaient sales et semblaient abandonnés. Edgar portait des haillons comme autant de preuves de ses origines sociales modestes.

Surprise par cette image contradictoire d'Edgar, je tentai de me vider l'esprit en parcourant la bibliothèque mais rien de ce que je vis ne me rassura. L'Arnaque bancaire en cinq leçons et autres ouvrages sur Al Capone, Les Plus Grands Whiskies du monde et l'intégrale des Beach Boys semblaient constituer les véritables piliers de la culture d'Edgar.

J'ouvris alors la baie vitrée et pénétrai dans le jardin. Aussi large que la demeure, il courait très loin le long des murs des maisons voisines. Il rassemblait des essences de jasmin, des mimosas et quelques fleurs tropicales. Une allée de petits cailloux blancs menait à une grande tonnelle métallique recouverte de roses sous laquelle se trouvait un petit salon d'osier en excellent état, probablement sorti uniquement pendant l'été. Je m'assis alors sur le canapé en plongeant dans quelque rêverie champêtre.

Edgar vint rapidement me sortir de mes pensées en s'asseyant près de moi.

« Impressionnantes ces roses, n'est-ce pas ?

— Cet endroit est éblouissant, Edgar. Mais dis-moi plutôt, il y a une photo étrange dans le salon. L'enfant te ressemble mais il paraît entouré d'une telle misère !

— Je suis ravi qu'elles te plaisent. Ce sont des roses uniques à doubles boutures et non modifiées génétiquement. Leurs souches remontent au dix-huitième siècle et j'ai été les chercher moi-même dans la réserve officielle du château de Versailles.

— Tu ne me réponds pas.

— J'insiste, car je crois que tu n'as pas bien compris. Toutes les roses que l'on trouve dans le commerce aujourd'hui avec des couleurs franches et de gros pétales font l'objet de croisement dans des laboratoires. Elles ont été modifiées pour avoir un aspect plus grossier et plus chatoyant au détriment du parfum et dans l'unique but d'en vendre plus. N'as-tu pas remarqué que chaque saison a sa couleur à la mode ? Grâce aux nouvelles techniques, tout le monde peut même créer sa propre rose. Quelle idiotie, vraiment, ce marketing contre nature !

— Je suis surprise par ta sensibilité pour la flore française.

— Je suis ce qu'on appelle un puriste, voilà tout. Mais

rentrons donc, j'ai besoin d'un scotch. »

Je suivis Edgar jusqu'à l'intérieur. La nuit montrait ses premiers signes apaisants.

« J'ai racheté cet endroit une petite fortune il y a tout juste un an. Il s'agissait d'un quatre pièces à l'origine mais je te laisse imaginer leur petite taille. J'ai fait construire le bar à l'endroit exact où dormaient ma mère et ma tante, là, tu vois.

Il délimitait les cloisons en marchant à grands pas accompagnés de gestes amples.

— C'est à cet endroit où nous nous entassions avec mon père et mes deux frères. Vois-tu la petite étoile là-haut sur le plafond ? C'est un bijou en or serti de vingt-huit pierres précieuses comme les vingt-huit ans qu'il m'a fallu avant d'amasser mon premier million. Il recouvre un trou au plafond que je regardais en m'endormant lorsque j'étais enfant. Je me promis alors de changer de vie. L'homme eut un moment d'égarement puis se reprit immédiatement.

— Ouvre ce livre de photos, s'il te plaît.

Il sortit une bouteille de bourbon du bar, la posa sur un petit plateau de métal argenté avec deux verres, un bol de glaçons et quelques noix de pécan.

— Victoria, me dit-il, en versant le liquide dans un premier verre, je ne suis pas vraiment l'homme que tu crois.

— En voilà une surprise !

— Nous nous connaissons suffisamment maintenant pour que je puisse t'avouer la vérité. Comme je te l'ai dit, mes origines sont très modestes.

— Pourquoi m'avoir menti ?

— Le mensonge peut avoir de bons côtés. Tu ne vas tout de même pas croire qu'un homme ayant de véritables origines mondaines aurait lâché femme et enfants pour une danseuse nue tout de même ? Je t'ai ramassée parce que tu m'as rappelé mon adolescence…

— Et aussi parce que tu voulais disposer d'une jolie fille sans passé ni famille pour satisfaire les besoins de ton business !

— Je suis désolé que tu le prennes ainsi, mais il ne s'agit pas que de cela. Regarde bien cet homme. Il me montra un type au visage sévère d'une quarantaine d'années au nez crochu et qui portait de nombreux bijoux. Je lui dois tout.

— Qui est-ce ?

— Il se faisait appeler Gran Del Torino quand j'étais gosse. Il tenait tous les commerces de Brooklyn d'une main de fer.

— Ton mentor n'est donc rien d'autre qu'un parrain ?

— Bien plus que ça. C'est mon patron.

— Ton patron ?

Je me servis un scotch sans glace que j'avalai d'une traite.

— Oui. Mon boss. Une grosse partie de l'argent que je gagne part chez lui. Et cela ne me dérange aucunement. Il était humain avec les gens du quartier lorsque j'étais enfant. Il connaissait notre précarité et avait même créé une école de la seconde chance pour ceux qui avaient de l'ambition. Il a financé des étudiants qui sont allés jusqu'à Harvard, tu sais.

— Pour mieux infiltrer certains milieux par la suite, je présume.

— Il m'a enseigné toutes les clés pour arriver jusque-là.

— Tu as donc hérité de lui, en quelque sorte.

— On peut dire cela, en effet. Tout aurait pu continuer ainsi, mais les choses ont mal tourné. Comme tu le sais, la police a mis Brooklyn à feu et à sang il y a quelques années. Leur déterminisme a été aussi stupide que toutes ces mégères que l'on voit ici et qui ont remplacé les femmes dures du quartier. New York en est même devenue un peu ennuyeuse à mon goût.

— Tu aurais pu me parler de tout ceci dès le début, cela aurait simplifié les choses entre nous.

— La discrétion est la principale vertu de ceux qui manient l'argent. Sortons admirer le feu d'artifice à présent. Il va bientôt commencer et j'ai envie de voir comment le Maire flambe un million de dollars en quelques minutes. »

Edgar récupéra une veste en lin et un chapeau de paille afin d'avoir l'air plus décent. Je sifflai le fond de mon verre et quittai l'appartement avec la même impression étrange et négative. J'allais vers de nouvelles difficultés.

Nous arrivâmes sur la promenade de Brooklyn au bout de quelques minutes. Edgar s'arrangea pour bousculer quelques badauds afin de nous faire passer au premier rang.

Les premiers feux sifflèrent loin devant nous, offrant un spectacle splendide. Les ultimes rayons de soleil posaient délicatement leur lumière sur les vitres des gratte-ciel de Manhattan comme autant de faisceaux purificateurs. Le pont de Brooklyn, éclairé par les phares du trafic routier, reliait harmonieusement les deux landes comme l'artère principale d'un cœur rouge de sang frais.

« Gran Del Torino est rentré en Italie où il coule des jours paisibles dans un palais en Toscane, me dit subitement Edgar en parlant à voix haute près de mon oreille. C'est depuis l'Italie qu'il pilote les opérations maintenant.

— Tu n'as donc aucun pouvoir ?

— J'en ai beaucoup au contraire. Simplement, pour ne pas être ennuyé et pour financer un cartel très spécial, je lui fais parvenir plusieurs dizaines de millions de dollars chaque mois. C'est de cette façon que j'ai obtenu la paix et le contrôle total de l'empire ici, aux États-Unis.

— C'est exactement ce que je viens de te dire. Tu agis comme un simple intermédiaire en prenant tous les risques.

— Nous sommes tous redevables de quelque chose dans la vie. »

Ces derniers mots me blessèrent par leur cruauté et notre complicité cessa immédiatement, en silence, devant le feu d'artifice qui battait la nuit noire.

À l'instant où le ciel s'éclaira de rouge, je pris conscience qu'il était temps que je me sépare d'Edgar et plongeai dans quelques réflexions solitaires. Existait-il quelque part quelqu'un capable de m'aider à sortir du trou dans lequel j'avais sombré si rapidement ?

Regardant la foule bêtement extasiée, je croisai le regard d'un homme que je trouvai très beau. Il n'était ni élégant, ni très charmant, mais il me fit terriblement envie. J'aurais pu être sa femme et venir voir le feu d'artifice avec les enfants, moi aussi. Nous aurions eu une belle maison dans le New Jersey et des amis dans la publicité. Nous aurions organisé des soirées barbecue dans notre jardinet et j'aurais dignement enterré ma vie de jeune fille la veille de notre mariage inoubliable.

Au lieu de cela, je croupissais aux côtés du parrain de la mafia bancaire américaine en attendant je ne sais quel destin.

Je remarquai que l'homme qui m'attirait tant m'observait en

retour. Le léger sourire qu'il m'adressa me permit d'espérer un bref instant que l'impossible était réalisable.

Un pincement d'Edgar sur mon coude, là où la peau est très légère, me ramena à la triste réalité.

« Il faut qu'on avance, déclara-t-il d'un ton solennel.

— Tu n'es pas bien ici ?

— Je crois que tu n'as pas très bien compris. Tu viens de consacrer six années à travailler pour moi et tu t'es débrouillée prodigieusement. Au-delà même de mes attentes. Grâce à toi, nous avons engrangé quelque cinquante millions de dollars.

— Cinquante millions ? Et rien pour moi ?

— Laisse-moi finir. Il n'y a aucune raison pour que l'on te laisse où tu es, ce serait ridicule. Tu mérites mieux.

— Je suis très bien là où je suis.

— Voyons donc ! Tu sais très bien que tu vaux beaucoup plus que cela.

— Je n'ai pas envie de passer par la case prison pour autant.

— Ah je vois ! Madame a la frousse.

— Oui. Chaque fois que je passe le portillon de sécurité et que j'entre par effraction dans la salle de reprographie pour voler les documents, mon cœur se fige et bloque ma circulation sanguine. Depuis peu, j'ai des angoisses car je sais que si je me fais prendre, je ne serai défendue par personne. Cette vie ne correspond en rien à ce que je désire, Edgar.

— Justement. Je te propose d'obtenir toi aussi une part du butin. Je t'ai parlé d'un cartel un peu spécial tout à l'heure.

— Je ne veux pas savoir de quoi il s'agit.

— Il le faut pourtant. Mais laisse-moi t'expliquer.

— Tes explications me fatiguent, Edgar.

— Je m'en moque. Écoute plutôt ce qui va suivre et tu vas peut-être enfin devenir riche, toi aussi.

— Et de quelle manière ?

— Je t'ai déjà parlé du petit échange que nous pratiquions avec mes amis chinois.

— Oui. Et en quoi cela m'intéresse-t-il ?

— Patience, tu vas comprendre. Comme je te l'ai déjà expliqué, l'argent ne transite pas toujours de manière liquide entre les banques. Il est dématérialisé pour être transmis par voie électronique.

— J'ai bien compris, merci.

— Très bien. Mais que font les banques lorsqu'elles doivent se virer de l'argent sur le plan international ? Crois-tu qu'elles envoient des valises de liquide par cargos ? Eh bien non, comme je te l'ai déjà dit, elles utilisent un logiciel. Et le logiciel qui gère les opérations internationales s'appelle *GoldCom*.

— Très joli nom.

En tout cas, très bien trouvé. Comprends bien que GoldCom est très couramment utilisé dans le monde de la finance. Il sert aux banques dans leurs relations internationales mais aussi aux États lorsqu'ils empruntent sur les marchés mondiaux. GoldCom traite ainsi plusieurs centaines de millions de dollars de transactions chaque mois. C'est par ce logiciel que transitent tous les jours les plus importantes sommes d'argent du monde. C'est ainsi que, en permanence, volent au-dessus de nous les virements de l'argent virtuel, cette monnaie qui constitue désormais le plus grand trésor de l'humanité.

Les yeux d'Edgar se mirent à briller au rythme du feu d'artifice.

Les principales banques de la Planète, reprit-il, sont connectées à GoldCom. On pourrait penser que le système est efficace, mais en réalité il y a un fantastique inconvénient. Lorsqu'une banque reçoit des fonds étrangers, elle ne connaît pas l'origine de la somme et se contente de l'encaisser. Les banques reçoivent ainsi des fonds en fermant les yeux sur leur origine. Et pour nous, c'est du pain béni.

— Comment cela ?

— Je sais comment déchiffrer les codes secrets du réseau Goldcom.

— Quand t'arrêteras-tu, Edgar ?

— Écoute-moi plutôt. Une fois par mois environ, je rencontre mes amis chinois et, à l'aide de ces codes qui changent souvent pour des raisons de sécurité, chacun de nous pénètre dans le réseau d'une banque et effectue des ordres de virements internationaux que l'autre partie réceptionne immédiatement. Nous gagnons ainsi plusieurs dizaines de millions de dollars par an sans que personne ne s'en aperçoive.

— Mais comment est-ce possible ?

— Tu sais, la banque des Amériques, par exemple, envoie à elle seule près de trois milliards par an à la Chine. Personne, dans cette belle institution, ne vérifie les petites opérations de cinq ou dix millions. De plus, peu à peu, une confiance s'est instaurée entre les deux banques, il n'y a donc pas d'inquiétude. Tout est question d'échelle dans la vie, tu sais.

— Très bien, mais qu'attends-tu de moi au juste ?

— Les approximations de GoldCom nous rapportent environ cent millions de dollars par an, mais... c'est insuffisant. Et puis, il y a ce Français qui souhaiterait entrer dans la danse. Nous aimerions bien pouvoir compter sur lui pour agrandir notre réseau. Pourtant, nous ne le connaissons pas assez et c'est sur point que j'aimerais que tu interviennes.

— Sois plus clair, s'il te plaît.

— Attends, j'ai un cadeau pour toi.

Edgar sortit de sa poche un petit coffret de cuir rouge et l'ouvrit. Je découvris une montre particulièrement luxueuse aux formes uniques.

— Rien que de l'or et des diamants ! L'aiguille des heures est en saphir et celle des secondes en rubis pour ne pas se tromper, ajouta-t-il en s'esclaffant.

Malgré ma terreur, j'enfilai le précieux bijou à mon poignet à la demande d'Edgar. Avec ce geste, je me liais ainsi à l'une des plus importantes mafias qui fut. Et pour longtemps encore.

— Elle est splendide, mais quel est son véritable intérêt ?

— Elle contient un microfilm sur lequel se trouvent les codes d'accès au réseau Goldcom des plus grandes banques américaines et chinoises.

— Je la trouve bien lourde à présent. Mais cela ne m'explique toujours pas mon rôle dans cette affaire.

— Eh bien, disons qu'en t'offrant cette montre, je fais de toi notre responsable des Relations internationales.

— Arrête un peu ton baratin. Qu'attends-tu de moi au juste à la fin ?

— Que tu partes pour Paris et offre cette montre au Français.

— Tu es sérieux ?

— Comme je l'ai rarement été avec toi. Tu pars pour Paris, tu donnes cette montre à notre contact sur place mais, avant cela, tu t'assures qu'il nous vire vingt-cinq millions de dollars. Il prétend avoir déchiffré les codes secrets des grandes banques européennes et se dit prêt à participer à nos échanges. Il doit donc s'engager à nous virer cette somme contre la jolie montre que tu portes à ton poignet. Il se dit avocat. Il est peu scrupuleux et il est connu pour ses actions en faveur des banques. Il a aidé plusieurs fois l'une d'entre elles, la banque Poussoir, organisme reconnu pour ne pas être trop regardant sur ses activités de spéculation.

— Ce nom me dit quelque chose. L'un de leurs traders s'est fait prendre il n'y a pas longtemps, me semble-t-il.

— C'est exact. Il aurait soi-disant caché cinq milliards à la banque...

Edgar s'esclaffa de nouveau.

— Tu peux bien rire. Combien dérobes-tu aux banques toi-même, chaque jour ?

— Revenons à des considérations plus pragmatiques. C'est un périple assez dangereux, car il peut s'agir d'un coup monté par la police française. L'action reste cependant fondamentale. Le fait que le Français nous verse cet argent sans contrepartie est un gage important. Nous serons alors en confiance pour lui livrer les codes et pourrons envisager une relation à long terme avec lui.

— Et si je refusais ?

— Tu perdrais alors cinq millions de dollars.

— Oh la vache ! Combien as-tu dit ? Cinq millions ? Mais je…

— C'est le montant de ta commission. Elle est égale aux risques à prendre.

— Et si j'échouais ?

— Ce serait plus compliqué car, pour nous, tu n'existerais plus.

— Ah c'est bien toi, ça ! Voilà que tu m'offres à présent la fortune ou bien la prison.

— Écoute Victoria, je sais que tu es une bonne fille et que tu agis plus ou moins contre ton gré. Mais j'aimerais tenter de te convaincre qu'il n'existe aucune honnêteté et de la part de personne lorsqu'il s'agit de la banque. Je te demande de bien réfléchir avant de choisir ton camp.

— Le feu d'artifice est fini et la foule se disperse. Trouvons un autre endroit, tu veux bien ?

— Au contraire ! Qui y a-t-il de mieux que de contempler les tours de New York pour parler des combines de la finance ? Tiens, je te le donne en mille. Par exemple, es-tu vraiment certaine que l'argent que tu déposes sur ton compte est bien à toi ?

— Évidemment, oui.

— Foutaises. L'argent que tu déposes sur ton compte appartient à la banque.

— Si j'ai vingt mille dollars sur mon compte, je peux me payer un beau relooking et une robe manteau Chanel en tweed bouclé ornée de manchettes à volants en satin. Je ne vois pas ce que la banque a à voir là-dedans.

— Ce n'est pas parce que la banque te doit l'argent qui est sur ton compte que cela veut dire qu'elle ne peut pas en profiter.

— Je crains de ne pas comprendre grand-chose à ta cuisine, Edgar et tout ceci commence vraiment à m'ennuyer.

— Tu as raison, allons nous asseoir sur un banc et écoute-moi attentivement pour l'amour du ciel. Lorsque tu déposes une somme sur ton compte, sache que la banque utilise cette somme le jour même pour la jouer en bourse ou pour la prêter. Durant la nuit, les ordinateurs des banques moulinent pour récupérer l'argent qui se situe sur les comptes des clients au travers d'une opération que l'on appelle la prise de pension.

— Ben voyons. Mon argent est à moi, point final.

— Cet argent est à toi en effet, mais dès que tu le déposes sur un compte bancaire tu admets de facto que ta banque puisse l'utiliser. C'est écrit dans la loi fédérale et c'est comme ça dans la plupart des pays. As-tu déjà calculé le montant fantastique que représentent les soldes créditeurs des millions de comptes bancaires d'un pays comme les États-Unis ? Crois-tu vraiment que c'est dans l'intérêt des banques de laisser cet argent dormir en attendant que Madame Freney veuille bien l'utiliser ? Je suis navré de te décevoir, jeune fille, mais s'il te reste vingt mille dollars sur ton compte, la banque va les prêter ou les donner à ses traders. C'est exactement la même combine qui se perpétue ainsi depuis que les commerçants de Venise ont déposé leur or chez un orfèvre au quinzième siècle. Si la banque absorbe l'argent qui est sur ton compte, elle te garantira, en revanche, le montant du solde créditeur, ce qui n'est pas tout à fait la même chose. C'est comme cela que le monde bancaire fonctionne. Ta banque utilise ton argent pour le prêter ou pour spéculer et elle gagne des intérêts sur ton dos. C'est dur à avaler, n'est-ce pas ?

J'étais assez abasourdie, en effet. Edgar avait encore une fois détruit tous mes espoirs de paix et d'harmonie universelle dans un monde juste et sensible.

De plus, il me fatiguait.

— Je suis sceptique. Tu vas bientôt me dire que les banques se préparent à asservir la Planète grâce à un complot politico-économique !

— Il y a longtemps que la soumission des individus à la

banque a abouti, car à quoi bon travailler sinon pour s'assurer que son petit compte fonctionne bien ? Je crois que toi et moi avons le même esprit au fond, c'est pourquoi je veux que tu comprennes à quel point les banques sont de mauvaise foi et ce que tu pourrais gagner en jouant dans mon camp.

— Je suis épuisée par tes discours, je n'ai pas le choix et je pense que tu n'as pas forcément tort vis-à-vis des banques, alors va pour cinq millions et un beau voyage à Paris !

— Enfin ! Je crie au miracle !

— Personnellement, le seul miracle auquel j'ai accès est celui de ma carte Platinum au nom de Madame Freney et je compte bien la garder encore longtemps.

Deux colosses s'étaient approchés pendant notre conversation. L'un d'eux portait une valise et un passeport.

— Que font-ils ici ces deux-là, m'inquiétai-je ?

— Tu ne retournes pas travailler demain, Victoria. Je préfère que tu partes immédiatement.

— Mais tout ceci est absurde, laisse-moi au moins le temps de prendre quelques affaires !

— Tu trouveras tout ce qu'il faut dans cette valise. Ton avion part dans moins d'une heure ; il faut nous dépêcher à présent. »

L'un des deux types, un homme au regard sombre et au visage balafré me prit par le bras puis les deux individus m'emmenèrent plus loin, en contrebas, près de la rive. Je me retournai et observai Edgar qui restait immobile. Puis, jetant un dernier regard en arrière, j'aperçus une jeune femme s'approcher de lui. Un grand frisson traversa tout mon être comme un électrochoc alors que leurs deux corps s'enlacèrent. Amère et horrifiée par un tel spectacle, je continuai à marcher, les yeux rivés sur le sol.

Curieusement, l'immense déception que je ressentis un instant fit place à un désintérêt complet pour ce qui venait de se passer. Je n'avais jamais vraiment aimé Edgar et je plaignais la pauvre sotte qui s'était entichée de lui. Après tout, ce qui m'arrivait à présent n'était peut-être pas aussi terrible. Quoi qu'Edgar me fasse faire, c'était sans compter sur mon caractère car je croyais maintenant en mon destin. Et ça, il ne l'avait pas encore compris.

CHAPITRE 3 – Coinc e dans les airs

Quelques minutes de marche supplémentaires furent nécessaires pour arriver jusqu'à l'ancien port de Brooklyn, un endroit désaffecté où seules quelques jetées de béton n'avaient pas encore été arrachées par les spéculateurs fonciers. Nous nous approchâmes d'un hors-bord et l'on m'ordonna d'y grimper. Les deux hommes étaient déterminés et efficaces. Le moteur démarra doucement mais la puissance de l'engin leva rapidement la proue du bateau et me fit perdre mon chapeau, un très bel accessoire qui disparut dans les remous comme un dernier attachement à Edgar et à la vie mondaine qu'il m'avait offerte.

Il faisait nuit, le feu d'artifice était terminé depuis longtemps, nous filions vers l'inconnu et je frissonnais.

L'arrivée à bord du jet Falcon 7x quadrimoteur me laissa sans voix. Ronce de noyer, fauteuil de cuir écru avec télécommande multi-positions dont un réchauffe-lombaires, lumière tamisée, volets intérieurs en bakélite et tapis persan, d'où qu'il provienne, songeai-je alors, le luxe resterait toujours mon seul véritable ami.

Les portes de l'avion se refermèrent brutalement et un petit homme apparut devant moi puis me fixa de ses petits yeux en amande. De type asiatique, il était vêtu d'un costume noir terne et d'un chapeau rappelant les coiffes militaires napoléoniennes.

« Je vois que Monsieur Edgar sait choisir ses agents avec beaucoup de goût, déclara-t-il d'une voix saccadée qui n'était pas sans rappeler les sonneries émises par les radios-réveils fabriqués chaque jour dans son pays.

— Si pour vous le goût se résume à quelques kilos de poitrine, je ne pense pas que nous puissions nous entendre, Monsieur.

— Maudites bonnes femmes occidentales. C'est toujours le même problème avec vous. Tout est très bien proportionné, mais vos faibles maris vous ont donné le droit à la parole.

— Bienvenue dans la civilisation, mon cher. Nos faibles maris, comme vous dites, nous offrent aussi certains outils de taille capables non seulement de nous faire parler mais aussi de nous faire crier parfois, ce qui arrive rarement chez les hommes de votre espèce, si j'en crois votre légendaire réputation.

Les yeux du nain jaunirent de colère.

— Je serais un peu moins fière si j'étais à votre place, Madame Freney. Regardez bien ce plan de vol, dit-il en tapant nerveusement sur un écran de bord avec son petit doigt squelettique, dès que nous dépasserons Saint-Pierre-et-Miquelon, c'est moi qui gouvernerai et moi seul. Vous êtes dans une situation délicate à présent et je suis libre de disposer de vous comme je l'entends. De plus, je vous laisse admirer mes gardes du corps, ils sont français. Et d'après ce que je sais, ils sont réputés pour être très portés sur cette chose qui vous plaît tant. Je n'ai qu'un ordre à donner et je vous garantis que vous ne crierez pas de plaisir, cette fois-ci.

L'opiniâtreté et la menace se lisaient dans les yeux de mon interlocuteur et je préférai coopérer.

— Très bien. À vos ordres, Monsieur.

— Voilà ce que j'aime entendre. Ordre et respect mutuel. Asseyez-vous, je vais nous faire porter un petit remontant et quelques friandises puis nous parlerons de votre mission. Vous aimez le thon rouge ?

— Je préfère le bélouga, mais il me semble avoir compris que je n'ai guère le choix et que mon opinion ne compte pas. Faites à votre guise, Monsieur.

— Appelez-moi Chen.

— Enchantée, Chen. Vous connaissez mon prénom et vous semblez exceller dans l'art du mépris des femmes alors ne vous gênez pas, appelez-moi Victoria.

— Cessez votre cynisme, Madame et tâchez de vous détendre un peu, un bon moment comme celui que vous passerez à bord risque de ne plus vous arriver pendant un certain temps. »

Je n'eus pas d'autre choix que celui de me vautrer dans le siège en appréciant l'encas qui m'était offert. L'avion s'envola et j'emportai avec moi mes derniers doutes. Y avait-il une justice en ce bas monde ? Qu'est-ce vraiment que la loi lorsqu'elle sert les intérêts du plus fort ? Edgar avait raison au moins sur un point. Quel préjudice résulterait officiellement de nos activités ? Est-ce que les polices du monde entier se préoccuperaient de ce genre de crime si elles venaient à le découvrir ? Je n'étais qu'un pion, contrainte et forcée d'agir de la sorte malgré moi, et, s'il fallait envisager le pire, je préférais la prison en France à la prostitution en Amérique.

Il était environ minuit lorsqu'un vent de fatigue vint enfin apaiser les esprits. Chen s'était éteint au premier scotch et la conversation animée des agents de sécurité avait cessé. Je regardai au travers le hublot et réalisai que je prenais l'avion pour la première fois. J'en étais enchantée. Je décidai finalement que je ferais mon possible pour accomplir la mission qui m'était confiée afin de rafler une coquette somme que je cacherais quelque part, puis je me débarrasserais d'Edgar en me livrant à la police française qui serait forcément indulgente à mon égard. J'envisageais même de changer une nouvelle fois d'identité, je n'étais plus à cela près.

« Victoria, me dit Chen calmement peu avant notre arrivée, je suis sceptique quant à cette mission. Vous n'avez aucune expérience et j'espère que vous avez conscience du danger qui vous guette.

Je mimai une légère contrariété même si je n'étais pas vraiment effrayée.

— Oui Chen, je comprends vos préoccupations mais nous n'avons pas le choix. Donnez-moi plutôt vos instructions.

— Nous allons atterrir dans un petit aéroport privé du nord de Paris. Dès que les formalités de contrôle douanier seront terminées, dirigez-vous vers la sortie. Un taxi vous attendra sous votre nouveau nom, "Germaine Vanderbruke". Le chauffeur vous mènera jusqu'à l'hôtel Régina. Personnellement, je n'étais pas pour un tel luxe mais il paraît que l'on n'embête pas les riches en France. À ce propos, voici une enveloppe. Elle contient cinq cents francs français. Cela vous permettra de faire un peu de shopping dès demain matin.

— Cinq cents francs ? Mais que fait-on avec ça dans ce pays ?

— On s'achète une tenue de travail et c'est ce que vous

ferez. Nous vous laissons une heure de tranquillité dans les rues de Paris afin que vous vous rendiez à la boutique « Aux travailleurs valeureux » dans le quartier de Montparnasse. C'est une échoppe où l'on vend des vêtements pour travailleurs manuels. Achetez-y la panoplie complète de la femme de ménage et vous deviendrez alors Olga, femme sourde et muette venue de Biélorussie pour travailler au Lido. Ménage et repassage garantis ! Le fameux club de la cuisse à l'air a été racheté par l'un de mes amis il y a quelque temps et je me sens bien là-bas. Après la revue de demain soir, à l'extinction des lumières, notre futur ami français sera censé vous attendre au bar… s'il se présente. Vous le suivrez alors jusque dans une salle des marchés qui se situe à deux pas, sur les Champs-Élysées, et vous lui remettrez la montre afin qu'il effectue les opérations de transfert de fonds que vous connaissez. Voici le récapitulatif de votre emploi du temps. Rien de bien compliqué, somme toute.

— Sauf si la police vient me cueillir pendant que je passe le balai. Vous n'avez rien trouvé de plus discret comme lieu de rencontre ?

— Comme je vous l'ai dit, le Lido fait partie de l'un des nombreux clubs que ma communauté possède. Il ne peut pas y avoir pour nous d'endroit plus sûr au monde.

— Alors, pourquoi me ridiculiser en femme de ménage ?

— Je ne veux attirer aucun soupçon. Le Lido est rempli de policiers en civil que nous sommes contraints de laisser entrer en contrepartie du silence des autorités françaises quant à nos nombreuses activités dans ce pays.

— Je vais donc agir au beau milieu d'un panier de flics, bravo le jaune ! Et vous collaborez avec la police française de surcroît ?

— Vous serez parfaitement invisible, rassurez-vous.

— Espérons-le. »

Je pris le morceau de papier que me donna Chen, le pliai, puis le roulai dans ma poitrine en regardant l'Asiatique d'un air méprisant comme pour lui indiquer qu'il pouvait toujours mater de ses yeux de petite crapule ce qu'il ne toucherait jamais.

Je passai les quelques minutes qui restaient avant mon arrivée à Paris à méditer sur la situation. Devrais-je me jeter sur le premier agent de circulation que je croiserais ? Me comprendrait-il ? Comment m'expliquer ? J'avais entendu dire que les Français n'aimaient pas la langue anglaise et que l'arrogance des Parisiens constituait une barrière infranchissable spécialement lorsque l'on venait du pays des big burgers.

Je pensai qu'il valait mieux ne pas contrarier le cours des

choses et, sirotant un verre de vin, je m'enfonçai lentement dans le creux de mon siège. « Mince ! pensai-je enfin. Avec tout ce qui m'arrive, j'ai oublié les cinq millions de dollars qui m'attendront si je réussis ! Ce sera mon tout premier pécule et quelle somme ! Quelque chose que je pourrai posséder et faire fructifier comme je l'entendrai, le trésor garant de ma liberté. » Je souris légèrement car il me semblait que la situation tournerait à mon avantage quoiqu'il advienne. J'allais devenir riche et resterais en France ou bien je serais retenue en prison. Dans les deux cas, je serais enfin débarrassée d'Edgar.

CHAPITRE 4 – J'ai deux amours...

Je garde un souvenir mitigé de mes premiers pas sur le sol du fromage et du bon vin. J'aurais aimé apprécier la ville avec la même innocence que les touristes qui découvrent Paris pour la première fois mais mon arrivée dans la capitale française eut un goût amer. L'ambiance qui régnait autour de moi était électrique. J'avais l'impression d'être la femme d'un dictateur en fuite. J'étais cernée par les agents de sécurité, chacun de mes gestes était calculé et rapporté dans des oreillettes par les charmantes hôtesses de Chen Airlines, transformées en espionnes de jour. Les façades des immeubles et les terrasses de cafés avaient un air triste et je préférais ne pas regarder les devantures des boutiques par peur d'y croiser trop de jolies choses, ce qui me ferait sombrer immédiatement dans une dépression chronique.

Néanmoins, il faisait beau et chaud le jour de mon arrivée et les marronniers des grandes avenues affichaient un vert printanier. Parmi les réjouissances, mon passage à l'hôtel Régina restera un souvenir mémorable. Les Français avaient un goût si subtil, si élégant ! La candeur de cet endroit, son atmosphère unique, ses rideaux de velours interminables et ses plafonds aux moulures dorées orchestrées en cathédrale, c'était inouï ! J'avais bien vu des endroits similaires à New York, mais ils étaient moins délicats à mes yeux. Par ailleurs, je me réjouissais à l'idée de séjourner dans une maison qui reflétait un peu l'histoire de France.

Après avoir passé l'étape d'une réceptionniste suspicieuse, on me conduisit de couloirs en escaliers, puis on m'indiqua que l'ascenseur principal était en dérangement et qu'il fallait contourner par tel et tel chemin jusqu'à ce que j'arrive au dernier étage de l'établissement... J'avais l'impression d'avoir visité mon premier musée parisien.

« Bonjour Madame. Bienvenue dans votre suite », m'annonça un majordome en grande pompe.

La chambre était splendide et dégageait une quiétude intemporelle. Mon accompagnateur me surprit lorsqu'il m'indiqua le salon, puis la salle d'eau et enfin la cuisine avec la même voix forte et solennelle.

« J'ai l'étage pour moi toute seule ?

— Tout à fait. Vous disposez de cette suite pour vous seulement, Madame. »

Le groom frappa dans ses mains et deux femmes de chambre

se pressèrent pour ouvrir les volets. La lumière pénétra peu à peu dans la pièce et des larmes inondèrent mon visage. Une immense terrasse prolongeait la suite et, plus loin, Paris s'offrait à moi. De la place de la Bastille aux Champs-Élysées en passant par la Tour Eiffel, j'eus l'impression de contempler une beauté infinie.

« Tenez Madame. Ceci est un courrier laissé par Monsieur votre mari. »

L'homme quitta la pièce en refermant derrière lui deux imposantes portes de bois.

Je laissai le courrier sur une table et, me rappelant les conseils de mon ami cuisinier « Chez Pierre » à New York, je commandai la combinaison la plus fine des chefs français. Une coupe de champagne Laurent Perrier ultra-brut, quelques toasts et un camembert frais au lait cru. Une fois seule, j'ouvris le petit mot dans lequel Edgar indiquait :

« Accepte ce petit encouragement et ne m'en veux pas. Il nous reste tant à accomplir encore. »

Enivrée par le doux air de Paris, plus belle encore au coucher du soleil, je m'endormis enfin. Demain allait être infiniment plus difficile, songeai-je alors. Une fois encore, je n'avais pas tort.

« Debout, la noblesse déchue ! cria subitement Chen en

faisant irruption dans ma chambre le lendemain matin. Il est temps d'aller sur le champ de bataille. Je vous laisse cinq minutes pour vous présenter dans le salon. La journée va être longue. »

On m'apporta du café et quelques croissants pendant que Chen reprenait son monologue bien trop autoritaire pour une jeune femme qui se réveille dans une suite au Régina.

« Madame Freney, il va falloir changer votre style de vie rapidement. Vous allez vous mettre dans la peau d'une balayeuse, ce qui, à mon avis, vous ira très bien. Vous devrez ensuite transmettre une série d'informations ultra-confidentielles à notre collègue français et vous assurer qu'il nous envoie l'argent en soustrayant votre commission qui est largement supérieure à ce que j'avais demandé. Et tout ça, avant la fin de la journée.

— Je me fiche de savoir à combien votre cervelle de riz gluant estime mon travail et je vous prie de sortir de ma chambre sur-le-champ !

— Ah, je vous reconnais bien là ! À peine réveillée et déjà hostile. Quel être stupide et ingrat vous faites, décidément.

— Vous voyez ce téléphone ? L'étiquette montre qu'il est

fabriqué en Chine. Sortez de ma chambre ou je m'arrange pour que cet appareil chinois finisse encastré sur un visage chinois, est-ce bien compris ?

— Monsieur Chen, nous avons un problème. La police est en bas, nous sommes formels.

L'un des agents de sécurité, un blond vénitien à la silhouette épaisse et au visage rouge était entré précipitamment dans la pièce.

— Bon sang ! Vous en êtes sûr ? Vous avez vérifié si une personnalité quelconque séjournait dans l'hôtel ?

— Affirmatif, Monsieur. Aucune personnalité n'est présente dans les lieux. J'ai été suivi par l'un des deux flics. J'ai pris soin de le balader aux alentours mais il m'a suivi à la trace.

— Aucun doute, ils sont donc là pour nous. Je suis sûr qu'ils vérifient les registres du personnel et les photos à l'heure qu'il est. Il nous faut trouver un subterfuge rapidement pour sortir d'ici par la petite porte, Madame la comtesse.

— Cessez d'être jaloux de ma condition supposée, ce n'est pas le moment.

— Un homme chinois ne peut pas être jaloux d'une femme.

— L'homme chinois, comme vous dites, devrait s'ouvrir un peu plus à la sensibilité occidentale, se trouver une jolie poule à Paris et s'envoyer en l'air un peu plus souvent.

— Vous divaguez, ma pauvre Victoria. Je ne suis pas de ce genre-là.

— Pour l'instant, ce que je constate, c'est qu'un petit homme à la peau jaunâtre m'a sortie du lit à six heures du matin pour me ficher la trouille et qu'il récolte les fruits de ses maladresses. Nous sommes faits comme des rats !

— Arrêtez vos railleries, Madame Freney. Sans moi, vous seriez peut-être déjà morte.

— Et sans ma jolie montre, il se passera quoi pour vous ? C'est vous qui avez besoin de moi. Je suis votre pigeon ainsi que votre future fortune, alors cessez de me parler sur ce ton. Il y a une solution, annonçai-je posément.

L'ensemble du petit comité braqua les yeux sur moi brusquement pendant que je quittais la pièce. Je réapparus après quelques instants, plus déterminée que jamais.

— Trouvez-moi votre maudite blouse de femme de ménage, du maquillage noir, deux boucles d'oreille de type gros anneaux dorés ainsi qu'une perruque de cheveux épais, noirs et crépus. Je me charge du reste.

— Qu'avez-vous donc en tête ?

— Durant le long parcours qui m'a conduite dans cette chambre, j'ai été accompagnée par un jeune homme qui n'est finalement pas aussi sot que je le pensais. Il m'a présentée au personnel et m'a fait remarquer combien je ressemblais étrangement à la fleuriste de l'établissement, une certaine Gladyce. Exceptés la couleur de peau et nos styles de vêtement, le jeu des miroirs a été flagrant. Gladyce va nous sauver.

— Cette Gladyce est noire ?

— Aussi noire que magnifique et c'est là toute notre chance. Je vais me faire passer pour elle pour quitter les lieux. C'est la seule façon de tromper la police.

— Très bien, mais je doute que cette fleuriste soit ici à une heure pareille. Par ailleurs, il n'y a plus de fleuriste à plein-temps dans les hôtels de nos jours, fussent-ils des palaces.

— Elle n'est effectivement plus ici mais elle va revenir pour midi. Je viens de commander un bouquet de tulipes, chose bien évidemment impossible en cette saison et on m'a informée que Gladyce me livrerait dans les temps. Il faudra donc la retenir ici pendant que je quitte l'hôtel. D'autre part, le concierge m'a indiqué qu'elle gare sa camionnette à deux pas du garage principal de l'hôtel, dans une petite rue à l'arrière du bâtiment, ce qui veut dire que je n'ai que quelques mètres à parcourir dans la rue pour m'enfuir. Avec un bouquet imposant dans les bras pour couvrir mon visage et beaucoup de maquillage, cela devrait faire l'affaire. Je sais conduire, je n'aurais plus qu'à me rendre au Lido.

— Il vous faudra les clés de son véhicule.

— J'y viens. Nous allons avoir besoin de la sensibilité de l'un de vos hommes.

— Je vous demande pardon ?

— Demandez donc à celui-là ce qu'il pense de Gladyce.

— Joe, vous voulez dire ?

— Peu importe son nom. J'ajouterai que la jolie fleuriste est venue faire deux bonnes heures supplémentaires dans la chambre d'à côté hier et laissez-moi vous dire que les cours de jardinage furent intensifs.

— Vous m'avez espionné ! s'écria l'homme, confus.

— Comment as-tu pu faire une chose pareille ! Tu n'as pas respecté les instructions ! Jamais de flirt avec des inconnues. J'étais pourtant très clair.

Chen plongea dans une colère noire qu'il calma en envoyant un violent coup de poing au visage de son sbire. Du sang et une dent jaillirent au passage.

— Je te colle au trou quatre jours dès notre retour.

— Vous devriez plutôt vous réjouir car ce jeune homme va grandement nous aider. Il va recommencer ses leçons de jardinage dès que la fleuriste sera là et nous mettrons la main sur les clés pendant leurs ébats.

— Vous, la call-girl de luxe, on ne vous a pas sonné !

Je me dirigeai lentement et calmement vers Chen pour lui coller le combiné téléphonique en pleine figure. Plus petit que moi, le Chinois tomba à la renverse sur le canapé situé juste derrière lui.

— Vous vous adresserez à moi avec un minimum de respect à l'avenir. Espèce de petit excrément à base de riz ! criai-je enfin.

Chen se releva puis s'approcha de moi avec un air menaçant. Passablement énervé, il me parla pourtant posément en me fixant droit dans les yeux.

— Je vous hais, Madame Freney. Vous êtes la pire des vipères et votre personne empeste la sournoiserie. Je ne suis même pas sûr que vous ne soyez pas vous-même une espionne. Comment avez-vous pu obtenir autant de renseignements sur cette fleuriste ?

— Vous n'êtes qu'un pauvre idiot. Je n'ai eu aucun mal à discuter avec le concierge. Il y a bien longtemps que j'ai appris à cerner la bêtise des hommes même au téléphone.

— Très bien ! Cela ne change rien. Midi, c'est beaucoup trop tôt. Nous devions opérer en pleine nuit et respecter le décalage horaire avec New York.

— Appelez donc votre acolyte du Lido. Il doit bien y avoir quelques robes à repasser avant la revue. Je commencerai mon service plus tôt que prévu. Maintenant, foutez-moi la paix ou je me jette dans les bras du premier képi venu.

— Nous vous apporterons vos frusques et les clés du véhicule dès que j'aurai mis la main sur cette Gladyce. Tenez-vous prête pour midi trente et espérons que les flics ne vous aient pas coffrée avant.

— Qui vous dit qu'ils ne vont pas faire de même avec vous ?

— Je ne suis pas inquiet pour moi. Je vous répète que je suis protégé sur ce territoire. Je suis certain qu'ils sont ici pour vous et vous seule, c'est pourquoi je vous enferme en attendant. C'est plus sûr. »

Je passai le reste de la matinée devant la télévision. On ne voyait que le Président français. Il était au beau milieu d'une interview qui semblait importante bien que je ne comprenne pas le français. Mon seul divertissement était constitué par les publicités pour papier toilette ou lessives révolutionnaires alors que, comme tout être sensé, je ne comprenais absolument rien aux spots consacrés aux voitures, plus ennuyeux encore que le Président français.

Je tombai enfin sur une chaîne en langue anglaise et pus comprendre le discours du président. La traduction qui défilait en bas de l'écran me permit de saisir le message de l'homme politique. Il clamait le travail et le respect des traditions alors que de jeunes manifestants s'étaient précipités dans le champ des caméras à l'insu de l'homme d'État, munis d'écriteaux sur lesquels on pouvait lire : « Ne vous fiez pas à l'Union pour la Manipulation Publique, ils vous mentent ».

Je ne voulais pas finir comme ces immenses foules naïves qui suivent gentiment les préceptes de nos politiques pour qui seuls l'honnêteté, le courage et le travail permettaient d'accéder au bonheur. Car à bien y regarder, des banques ou des politiques, ce sont souvent les plus corrompus qui demandent à la société de rester sage.

Je vidai le fond d'une bouteille de brandy sur cette pensée et m'allongeai sur le canapé Louis XV en étoffe rayée pour tenter de dormir un peu. Mais à mesure que le temps passait, je sentais monter une tension en moi. Des pensées les plus sombres et quelques palpitations eurent finalement raison du sommeil et du flegme que j'avais su conserver jusque-là.

« Il est midi et demi. Il faut y aller maintenant. » Chen entra sans frapper comme à son habitude et me trouva seule, debout au milieu du salon, parfaitement habillée et maquillée. Il était subjugué par la parfaite ressemblance avec la marchande de fleurs. Il avait rencontré la jeune femme quelques instants auparavant dans la chambre d'à côté et l'avait fait enfermer en pleine étreinte après avoir récupéré les clés de la camionnette, tel un castrateur lui-même aigri par le manque de chair fraîche.

« Je suis prête. Et maintenant, c'est vous qui allez trembler un peu, car qui sait, je ne vais peut-être pas me rendre au Lido.

— J'ai deux de mes meilleurs hommes qui sont en place dans le coffre de la camionnette et croyez-moi, il vous faudra une sacrée partie de jambes en l'air pour les détourner. Si vous faites le moindre faux pas, je leur donne l'ordre de vous tuer sur-le-champ.

— Je parie qu'avec un tempérament pareil, ils doivent être asiatiques. »

La traversée de l'hôtel constitua le moment le plus dangereux du parcours jusqu'à la camionnette. Je devais éviter de croiser le moindre regard. Je quittai discrètement l'étage des grandes fortunes et restai concentrée sur les différentes étapes qui me mèneraient jusqu'à la sortie. Arpenter ainsi les couloirs d'un hôtel de luxe parisien avait quelque chose de grisant.

J'arrivai au rez-de-chaussée sans peine, mais trouvai fermée la porte qui devait me conduire jusqu'aux cuisines. Je gardai mon calme et me forçai à réfléchir davantage. Il fallait que je rebrousse chemin pour sortir par un étage noble. Je commençais à perdre patience et l'énorme bouquet de fleurs que je transportais était trop lourd pour mes petits bras.

Escaliers après escaliers, portes closes après culs-de-sac, les battements de mon cœur s'accéléraient à grande vitesse et je fus rapidement prise de panique. Perdant peu à peu le sens de l'orientation, je fus subitement incapable de me concentrer pour me remémorer le plan que l'on m'avait apporté et que j'avais pourtant si bien étudié. Un maître d'hôtel apparut alors juste devant mes yeux. Je fis comme si de rien n'était en lui souriant alors que je sentais le maquillage couler dangereusement sur mon visage. C'est une sonnette de portes d'ascenseur qui me vint finalement en aide car l'homme se retourna brusquement pour saluer un groupe de clients, coupant ainsi toute tentative de conversation. Je me précipitai alors un peu au hasard dans les couloirs que, fort heureusement, je trouvai vides. Je pris la première porte qui s'offrit à moi pour me retrouver dans les toilettes pour hommes. Je m'enfermai et pleurai tout en retirant la montre que je m'apprêtai à jeter dans la cuvette.

Il fallait tout abandonner. Je n'étais pas assez forte pour participer au grand banditisme financier.

À l'instant où j'étais le plus affolée, quelqu'un entra dans les toilettes. Je penchai ma tête au-dessus de la séparation des cabines et je reconnus un cuisinier. L'homme entra dans le cabinet situé juste à côté de moi et je retins mon souffle. Je pris alors la folle décision de sortir spontanément des toilettes puis de courir vers la sortie de peur qu'il ne me croise, étant de nouveau paniquée et aux limites de la tachycardie. Une sorte de démence m'habita alors et je m'engouffrai sans réfléchir dans l'escalier principal puis je traversai la salle à manger et pénétrai enfin dans la cuisine. Pour ma plus grande satisfaction, il ne s'y passait pas grand-chose à cette heure-ci de la journée et seuls les deux employés présents me regardèrent, médusés.

Soudain, alors que ma main avait atteint la dernière poignée de porte, quelqu'un me héla. C'était une voix d'homme. Je n'osai pas me retourner. De qui s'agissait-il ? L'homme insista. Je ne lui répondis pas. Tant pis, il fallait tenter le tout pour le tout et me tirer d'ici au plus vite quitte à croiser un policier, option qui me faisait très peur désormais.

À peine avais-je mis le nez dehors que je vis deux types qui m'observaient au loin. Il n'y avait personne d'autre. La ruelle était déserte. Je marchai jusqu'à la camionnette en me cachant le plus possible derrière les fleurs, puis je pris la clé, ouvris la serrure et montai dans le véhicule avec l'air le plus détaché possible. J'appuyai sur la pédale de démarrage lorsque j'aperçus l'un des deux types dans le rétroviseur. Il courait dans ma direction. Je laissai précipitamment le volant à l'un des deux hommes qui m'attendaient dans le véhicule et nous démarrâmes à toute vitesse.

La carlingue de la camionnette trembla alors que nous montions sur un trottoir afin d'éviter de justesse la 304 d'une vieille dame qui chargeait son coffre de pâtisseries chics. Pétrifiée, je m'efforçais de regarder les panneaux des rues pour ne pas avoir à penser à autre chose. Une estafette de police vint se flanquer devant nous alors que notre chauffeur tentait de l'éviter en empruntant la rue de Rivoli, artère très large où nous pourrions accélérer et prendre de la distance. Il fut pourtant contraint de prendre la direction opposée à cause d'une paire de motos qui venait de nous barrer la route.

Nous nous retrouvâmes ainsi dans l'impossibilité d'avancer, coincés dans le trafic infernal de la rue du Faubourg-Saint-Honoré. Notre conducteur prit une décision radicale quand des agents de police se mirent à marcher dans notre direction pour nous arrêter. Il fit une marche arrière brutale, arracha au passage le capot d'un minibus de touristes ahuris et s'engouffra dans le hall d'un immeuble en travaux. La camionnette s'immobilisa un moment dans la cour. Nous étions au beau milieu d'un complexe immobilier beaucoup plus grand que ce que nous pensions. Notre conducteur fit alors un ultime geste de désespoir en appuyant sur l'accélérateur. Nous fonçâmes ainsi tout droit sur la devanture d'une boutique du rez-de-chaussée, ce qui signifiait notre fin. Par chance, nous traversâmes sans trop de difficulté quatre cloisons de plâtre et, malgré le fracas et la poussière, nous arrivâmes au beau milieu de la place Vendôme. Sans réfléchir, le chauffeur prit la direction des Champs-Élysées. Il connaissait parfaitement le quartier et nous conduisit vers la place de l'Étoile pour enfin vrombir sur l'avenue Foch, dégagée et plus calme. Jamais je n'aurais cru visiter Paris de cette manière.

« Mais tu es complètement folle, toi ! cria l'un des agents en me regardant. On était à deux doigts de se faire choper !

— Je ne comprends pas. J'ai pourtant respecté le plan à la lettre.

— Ah ouais ? Et tu as vu ta tête ?

Je pris le miroir que me tendit l'autre homme. Mon maquillage avait coulé sur toute la partie inférieure de mon visage à cause de la sueur. J'étais ridicule.

— Oh, mais quelle idiote ! J'aurais dû m'en douter ! C'est tellement évident !

— Tu viens d'où pour te comporter de cette manière ?

— C'est ma première mission et je ne voulais pas la rater.

— Ta première mission ? Le chauffeur freina brusquement, les yeux écarquillés par ce qu'il venait d'entendre. C'est pas Dieu possible ! Avec un enjeu de cette taille ! Je crois qu'on se moque de nous au plus haut niveau, Boris.

— Tout n'est peut-être pas perdu, annonça calmement l'autre, la voix est libre, on les a lâchés. »

La camionnette roulait plus lentement à présent dans les artères calmes des faubourgs de la porte Dauphine. Après quelques minutes supplémentaires, le chauffeur prit un chemin de terre dans le bois de Boulogne. Celui-ci menait à une maison de gardien qui constituerait la fin de notre course-poursuite. Quelqu'un nous ouvrit la porte et nous entrâmes dans un jardin clôt de hautes parois de végétaux, offrant une planque tout aussi idéale qu'improbable.

Une fois arrivée à l'intérieur de la demeure, je constatai que rien n'avait changé depuis la construction qui remontait probablement aux années cinquante et qu'il s'agissait d'un parfait repaire pour malfaiteurs. Les murs de la maison étaient recouverts de papiers peints jaunis aux motifs obsolètes. Des plinthes très hautes en lambris habillaient le couloir et le sol glacial était recouvert d'une interminable mosaïque de carrelage concassé jaune et vert.

Le grand séjour double était vide et les volets fermés ajoutaient à l'atmosphère glaciale et lugubre de l'endroit. Un téléphone sonna à l'étage tandis que la petite équipe, manifestement habituée des lieux, s'installait. Personne ne semblait savoir quelle serait la suite de l'opération quand nous écoutâmes Boris quitter la pièce puis monter les marches à toute vitesse. Je pensai, en écoutant l'écho lointain de sa voix, que notre affaire se terminerait ainsi et que, dans la mesure où il était désormais officiel que la police était à nos trousses, il nous faudrait quitter la France précipitamment.

« Rentrer ? Il n'en est pas question, criait une voix dans le téléphone. Nous poursuivons cette affaire jusqu'à son terme. Tu m'as bien entendu, Boris ? Qu'elle prenne ses affaires et qu'elle se change en boniche. Vous retournerez sur les Champs-Élysées à la tombée de la nuit et vous déposerez votre colis comme convenu.

— Et les flics ?

— On les a mis sur une fausse piste. La petite fratrie

poursuit actuellement la vraie fleuriste en direction du sud de la France. Aucune chance de les croiser sur votre chemin. »

Boris n'eut pas le temps de redescendre pour me prévenir. Je l'avais entendu et me changeai sans discuter. Il me semblait que le risque de croiser les autorités françaises était en réalité élevé et mon envie de quitter cette bande de tordus très amateurs avait de plus en plus de chance de se réaliser.

À ma grande surprise, une 4L nous attendait dans la cour. Une jeune femme, particulièrement jolie et fraîchement apparue sur le perron, me conduirait. Boris et son acolyte nous suivraient quant à eux dans un second véhicule. J'apprendrais plus tard que la fille était une danseuse au Lido et qu'elle rendait un service à Boris dans l'espoir de toucher elle aussi un joli pactole pour pouvoir quitter au plus vite la grande revue parisienne, établissement qui n'était pas si drôle vu de l'autre côté de la scène.

Un silence de plomb régnait dans la cour avant notre départ. Tout le monde s'activait et la tension était remontée à son plus haut niveau. Allions-nous nous faire pincer, cette fois-ci ?

La traversée du bois avait quelque chose de rassurant dans la mesure où la nuit venait de tomber. Nous étions concentrés sur ce qui se passait dehors, ma chauffeuse et moi, et nos yeux analysaient scrupuleusement les alentours tout en fixant les rétroviseurs de temps à autres afin de nous assurer que notre garde rapprochée nous suivait encore.

Je savais que le célèbre Lido se situait au beau milieu des Champs-Élysées, un très grand boulevard que chaque Américain a dans la tête, or nous n'empruntâmes que des petites rues et j'eus l'impression que nous faisions fausse route.

« Où allons-nous, objectai-je ?

— Au Lido, Victoria, comme prévu.

— C'est beaucoup plus long que le chemin que nous avons pris pour nous cacher dans les bois.

— C'est normal, on prend les petites rues pour ne pas se faire repérer.

Son anglais était parfait, elle avait de longues jambes et elle s'était lavée avec un savon qui laissait des paillettes sur la peau. J'aurais bien tenté quelque chose avec elle si j'avais eu des penchants pour la gent féminine.

— Votre anglais est parfait. Vous êtes américaine vous aussi ? lui demandai-je.

— Pas du tout, je suis russe et il paraît que nous sommes très bons pour les langues étrangères, nous autres les Slaves. »

La petite voiture se faufila tranquillement parmi les rues de Paris. Il n'y avait personne pour nous barrer la route et la chasse à l'homme prenait une tournure de balade nocturne.

Ma conductrice entama à présent le tour du pâté de maisons pour la troisième reprise. Elle semblait nerveuse.

« Que cherches-tu ?

— Une place de stationnement, connement.

— Mais nous ne sommes pas arrivées, pourtant ?

— Si. Mais on ne va pas passer par la porte d'entrée, comme tu t'en doutes.

— C'est sûr. Ça ne te gêne pas toi, tout ce qu'on fait ?

— Il y a bien longtemps que j'ai mis la morale de côté depuis que je montre mes cuisses à tous ces groupes de commerciaux baveux et débiles.

— Estime-toi heureuse, car tu es superbement habillée et tu as un statut social.

— Pardon ?

— Je n'avais pas cette chance quand j'étais danseuse nue dans un bordel à New York.

La fille pila sèchement, ce qui envoya mon sac à main sur le pare-brise, heureusement sans plus de conséquences.

— J'ai trouvé une place. Sors de la voiture et attends-moi sur le trottoir. »

Je suivis la grande danseuse russe qui marcha d'un pas décidé jusque dans une rue étroite et remplie de restaurants indiens. Je n'étais pas rassurée à l'idée d'être dehors à la merci du premier policier présent dans les alentours. Elle frappa trois coups secs à la porte de l'une des échoppes et une Indienne nous ouvrit. Celle-ci ne nous adressa pas la parole et nous dirigea à travers la salle de restaurant vide en direction d'un couloir sombre. Elle nous fit monter deux étages puis chercha une clé sous un paillasson. Je me demandais bien comment elle pouvait accepter de toucher quoi que ce soit ici. Les lieux empestaient une cuisine qui me semblait tout sauf comestible. Je fus rapidement prise de nausées qui, mêlées à l'anxiété, me firent renvoyer le peu de nourriture qui me restait dans l'estomac.

« Essuie-toi. On est arrivées, me dit sèchement la Russe. »

Elle ouvrit la petite porte de bois qui se trouvait devant nous puis nous nous retrouvâmes au beau milieu d'un paradis masculin. Une foule de jeunes femmes à moitié nues couraient dans tous les sens. Certaines se paraient de mille plumes pendant que d'autres se concentraient sur leur maquillage flamboyant. Le brouhaha était incessant, une femme autoritaire courait dans les couloirs frappant dans ses mains et donnant des ordres. Nous étions dans les coulisses du Lido. Entourée des plus belles femmes du monde, j'étais habillée en technicienne de surface, sourde et muette, conservant encore certainement quelques traces de mon maquillage de fleuriste.

« Tu vois la vieille femme au regard de tueur sicilien là-bas, me dit soudain la Russe ? C'est la patronne. Tu peux aller la voir avec ce morceau de papier, moi, il faut que je file, adieu. »

Quelque chose de griffonné en français était assorti d'une signature ainsi que d'un tampon. Je me dirigeai vers la sévère matrone, avec mon sourire le plus naturel. « Qu'est-ce que tu me veux, toi ? », me demanda-t-elle d'un air graveleux.

La vieille, gagnée par l'embonpoint, était rougie par l'alcool et ne décollait pas de son siège. Elle s'essuya les mains sur sa blouse crasseuse avant de prendre le papier puis jeta sa cigarette consumée depuis longtemps dans l'évier situé juste à côté.

« Ah oui, c'est vrai. Tu es la sourde envoyée par le grand patron. Tu tombes bien, tu vois la porte, là-bas ? C'est la cuisine de la maison. Cherche la vaisselle sale, c'est ton nouvel outil de travail. Tu seras plongeuse. Toi comprendre ? hurla-t-elle dans mes oreilles. Ah oui, c'est vrai, tu es sourde. Allez, viens, je vais te montrer, ce sera plus simple. »

Elle se leva péniblement puis m'accompagna dans la cuisine où elle m'expliqua les tâches à voix haute avec une série de grands gestes. J'ajoutais au ridicule de la situation des hochements de tête accélérés ainsi qu'un sourire niais.

Au bout d'une heure de vaisselle, j'étais déjà lasse et me demandais vraiment ce que je faisais dans cette cuisine. Il y avait très certainement un moyen plus aisé de faire passer cette maudite montre que j'avais un mal fou à cacher à cause de ma nouvelle fonction. Pourquoi m'infliger tout cela ? Était-ce vraiment nécessaire ? Il est vrai que subsistait un certain nombre de paramètres compliqués. J'étais américaine, sous surveillance chinoise, et il s'agissait d'opérer une transaction avec un Français dans un endroit sécurisé sans éveiller le moindre soupçon. Je me pliai donc à ma fonction de plongeuse en me représentant, pour me motiver, le tombereau de vaisselle sale qui gisait devant mes yeux comme une montagne de billets de banque.

Le cabaret ferma ses portes à minuit, ce soir-là. Une bonne heure était encore nécessaire au personnel pour nettoyer les lieux, autant de temps que je passai en compagnie d'illustres inconnus qui me permirent de penser à autre chose qu'à cet imbroglio dans lequel j'étais tombée depuis mes errances sur les trottoirs de la quatorzième rue. Je m'étais fait régulièrement enguirlander par la matrone aux mains graisseuses pour mon manque de perfectionnisme mais rien ne m'importait plus que l'issue heureuse qui viendrait clore mon premier séjour à Paris. La pauvre femme ne se doutait pas non plus que sa plongeuse portât toute la fortune du monde autour de son poignet.

Le cours de mes pensées s'interrompit lorsque les derniers employés quittèrent les lieux. Une boule d'angoisse remonta brutalement tout droit de mon estomac. Je m'appuyai sur le rebord de l'évier en baissant les yeux. Ma rencontre avec le Français était imminente et je ne parvenais pas à maîtriser quelques tremblements.

« Alors la sourde ! Déjà fatiguée par le travail ? C'est comme ça tous les soirs ici. Va falloir t'y faire. » La vieille matrone s'exprimait d'une façon qui ne m'invitait pas à apprendre le français.

Après avoir observé avec minutie un dernier verre impeccablement nettoyé, la patronne m'envoya dans la grande salle de spectacle vide afin d'y passer un coup de balai, comme l'avait ordonné le grand patron. L'antre doré aux très hauts plafonds se découpait de manière très classique. Un bar aux miroirs entourés de tubes à néons roses d'un côté surplombait la salle de restaurant grimpant en escaliers jusqu'à une imposante scène dont les irrégularités du plancher cachaient je ne sais quels trésors d'ingéniosité. La légitimation du matage fantasmagorique rendu possible par ce genre de club me dégoûta, au fond, car l'endroit n'était pas sans me rappeler mon premier emploi à la seule différence qu'on pouvait venir ici s'amuser en famille.

La salle était sombre et silencieuse. Toute activité avait désormais cessé. Je me sentais particulièrement seule lorsqu'une silhouette apparut dans les hauteurs du salon, devant moi. J'eus beau me rassurer en m'imaginant que les hommes de Chen étaient positionnés aux quatre coins de la pièce, l'homme semblait imposant. Il était vêtu d'une parka beige et d'un chapeau de toile gris. Ses petits yeux sombres scrutant dans ma direction scintillaient. Il s'avança lentement vers moi et, paradoxe incompréhensible des perspectives, plus il s'approchait, plus il rétrécissait. Ses pas résonnaient sur les marches comme autant de coups de fusil dans un silence désormais insupportable. La situation était intenable, j'allais enfin rencontrer le Français. Allait-il sortir son revolver ? Ou bien sa plaque d'officier de police ? Devrais-je finir mes jours dans une prison quelque part en Provence ?

« Vous êtes Victoria, me demanda-t-il d'une voix très grave dans un anglais approximatif.

— Oui, c'est bien moi, répondis-je en essayant de contenir ma peur.

— Où sont les fichiers ?

— Je ne suis pas autorisée à vous les montrer tant que nous ne serons pas en présence d'ordinateurs connectés au réseau bancaire français. Vous êtes censé connaître les codes du système et nous envoyer vingt-cinq millions de dollars sur un compte dont je vous donnerai les coordonnées. C'est à ce moment-là que je vous communiquerai nos codes, comme vous le savez.

— Eh bien ! J'ai rarement entendu parler une femme de ménage de cette façon, lâcha-t-il alors.

Nous échangeâmes un sourire qui détendit immédiatement

l'atmosphère.

— Très bien, ajouta-t-il. Suivez-moi donc jusque dans la fameuse salle des marchés.

L'homme me conduisit vers la porte de sortie principale du club, sur les Champs-Élysées, une avenue qui constituait pour moi le lieu le plus risqué au monde.

— Vous voulez ma mort ? Il est hors de question de sortir directement sur les Champs-Élysées.

— On ne vous a pas prévenue ? Mes ordinateurs sont situés dans l'immeuble d'à côté. Nous ne sortirons que quelques secondes, peut-être une minute, pas plus.

— Mais je ne suis pas sûre que…

— Suivez-le, nous nous chargeons de vous couvrir, répondit Chen, subitement sorti de la pénombre.

— Quelle heureuse surprise ! Vous êtes Monsieur Chen, je suppose ?

— Et vous, vous êtes maître Hubertz, mi-avocat, mi-crapule et grand défenseur des magouilles en tout genre, n'est-ce pas ?

— Voilà une description bien sommaire de mes activités en

effet. Mais pourquoi vous cachez-vous dans la pénombre ?

L'avocat sortit son passeport de la poche intérieure de son imperméable tout en se dirigeant vers Chen.

— Je me cache, car on ne sait jamais ce qui peut se passer avec vous, les Français. C'est elle le pigeon et c'est sur elle que vous auriez dû tirer si vous aviez été un agent de police.

— Tirer sur une si jolie femme m'eut été impossible quelle que fut ma position. Je suis effectivement maître Jean-Denis Hubertz, grand spécialiste du contournement légal, amateur des fraudes fiscales et des jolies jambes. J'ai deux faiblesses, l'argent et les femmes. Je jouis d'une réputation certaine à Paris et à Genève et, croyez-moi, je suis bien trop malin pour pouvoir envisager une quelconque carrière dans la police française. Encore moins pour quelques milliers de francs par mois.

Monsieur Hubertz montra son passeport à Chen qui le lui arracha des mains pour le transmettre à un type à lunettes.

— Prends ça toi, et va le comparer avec les fichiers que nous avons. Allez, dépêche-toi, le temps presse.

Le jeune homme à lunettes s'empara du papier d'identité

puis s'exécuta sur-le-champ. Il revint avec une réponse affirmative.

— C'est le bon passeport, Monsieur Chen, n'ayez crainte.

— Très bien Monsieur Hubertz... Vous pouvez y aller maintenant mais je vous invite à vous méfier de cette femme. Je ne lui fais pas confiance…

— Ne vous inquiétez pas trop, interrompis-je, Monsieur Chen a peur des femmes qui s'affirment et il est très contrarié par le peu d'avantages que la nature a bien voulu lui accorder. Allons-y maintenant. »

La prétendue minute annoncée à l'extérieur dura bien plus longtemps que prévu mais la présence de l'homme de loi à mes côtés me rassura. Une fois dans la rue, je compris pourquoi l'homme avait tant rétréci en descendant à ma rencontre ; il était tout simplement très petit. Brun, aux frêles épaules, son manteau était largement trop grand pour lui. J'aurais pu tomber amoureuse s'il n'avait pas eu quelques légers problèmes de bégaiement ainsi qu'une affreuse paire de lunettes venant contrarier son visage de petit garçon sage.

« Vous m'aviez dit que nous ne resterions pas plus d'une minute à l'extérieur, dois-je comprendre qu'il ne faut pas faire confiance à un avocat français ?

— Ne vous inquiétez pas, Victoria. Il est une heure du matin et la police a autre chose à faire que de suivre un type en imper blanc crème accompagné par sa femme de ménage. »

Hubertz sortit de sa poche un petit morceau de plastique bleu qu'il posa contre le mur, près du digicode. La clé magnétique ouvrit une porte de verre très épaisse. Je m'apprêtais à franchir le pas de la porte lorsque quelqu'un croisa mon regard. Étrange impression alors. L'homme me sourit et je crus reconnaître un visage familier.

Nous traversâmes deux sas de sécurité avant d'arriver dans un hall aussi austère que luxueux. De grands murs aux carreaux de pierres polies sur lesquelles étaient posés des miroirs filant du sol au plafond, deux lustres à pampilles et quatre ascenseurs composaient le décor sans âme de cet intérieur de bureau. J'échangeai un bref regard avec l'avocat-bandit puis chacun scruta le bout de ses chaussures durant l'interminable attente de l'ouverture des portes d'ascenseur.

Les bureaux de l'avocat aménagés en plateaux ouverts étaient à peine éclairés par la lumière des lampes de veille. Je devinais à travers les différentes parois de verre un balcon puis, plus loin, la Tour Eiffel. Hubertz n'alluma pas les plafonniers auxquels il préféra la lumière de quelques écrans d'ordinateur.

Les machines se mirent en marche et, après un long moment ainsi que d'innombrables manipulations effectuées par le petit homme, un écran afficha enfin un logo où on pouvait lire « Logitransax, le moyen le plus sûr pour transférer vos fonds ».

« Voilà. Le réseau français est ouvert. Il n'y a plus qu'à se servir. Donnez-moi les coordonnées bancaires de vos amis et je vais transférer vingt-cinq millions de dollars sur leur compte immédiatement. Puis, sous vos yeux ravissants, je virerai ensuite deux millions de dollars de plus vers le compte suisse que je viens de créer pour vous.

— Quoi ? Un compte en Suisse ? Deux millions de dollars pour moi ?

— Oui. Deux petites patates supplémentaires que vous garderez à l'abri de votre vieille chouette de mari juste pour les jours pluvieux. La vie est plus belle avec deux millions de dollars en Suisse, non ?

— C'est vraiment trop aimable, répondis-je, incrédule. Mais êtes-vous certain que je ne risque rien ? On m'a parlé d'un système de contrôle fiscal puissant en France appelé Tracfino.

Hubertz rit aux éclats.

— Voyez plutôt ceci.

Il manipula un instant un autre poste et une longue liste de noms apparut sous mes yeux.

— Qui sont ces gens ? demandai-je, bluffée par les sommes inscrites en francs français.

— Il s'agit de hautes personnalités internationales. La liste contient les identités d'hommes politiques, de grands patrons, de personnalités du cinéma et même des membres de Tracfino, eux-mêmes. Tous ces gens bénéficient de comptes en Suisse depuis des lustres. Je vais vous faire une copie de cette liste. Je ne devrais pas, mais ce sera le gage de votre tranquillité, au moins sur le territoire français.

— Oh mon Dieu ! Je n'en reviens pas ! Mille mercis, Monsieur Hubertz !

— Allons, ce n'est rien. Je connais parfaitement votre situation et suis ravi de vous libérer à la fois de l'emprise de votre mari et de celle de la police française. Voici un CD sur lequel figure la précieuse liste. Si toutefois vous étiez arrêtée, demandez à parler à un commissaire et fournissez-lui quelques extraits. Il vous laissera tranquille, soyez-en certaine. Alors, on dirait que vous l'avez finalement trouvé ce bienfaiteur que vous cherchiez depuis si longtemps ?

— Oh mais je suis si confuse ! Vous... vous êtes un ange ! Pourquoi tout cela... Il ne me laissa pas finir et m'embrassa longuement.

— Vous êtes tellement belle, Victoria.

Il s'affala sur moi et entreprit rapidement quelques caresses intimes.

— J'apprécie beaucoup votre absence d'hésitation ainsi que vos bonnes manières mais occupons-nous d'abord de notre transaction si vous le voulez bien. Pour le reste, on verra plus tard.

— Très bien. Mais je sais que je vous plais. Alors, dépêchons-nous. J'ai envie de vous.

— Le microfilm est logé dans ma montre. Je ne sais pas comment l'ouvrir, déclarai-je en lui montrant l'objet afin qu'il se concentre sur ce qui l'intéressait au moins autant que ma personne.

Hubertz s'empara du bijou et l'observa.

— Il y a une petite fente là, derrière, un simple trombone devrait faire l'affaire.

L'homme mit toutes ces forces pour essayer de faire sauter le couvercle de la montre mais rien n'y fit, le socle semblait soudé sur la monture. Il revint alors quelques instants après avec un marteau.

— Vous n'y pensez pas, j'espère ?

— Désolé, Victoria. Dans le pire des cas, vous vous retrouverez avec des pierres précieuses et quelques grammes d'or à vendre.

— Et si vous détruisiez le microfilm ?

— Mais non, voyons ! Il suffit d'un peu de dextérité.

Il mit la montre dans un sac plastique et frappa sèchement sur l'ensemble. Le craquement du bijou se fit entendre. Hubertz s'empressa de vider les débris sur le bureau. Le microfilm était sérieusement endommagé.

— Si c'est ça votre dextérité, alors je préfère en rester là avec vous, mon vieux.

— Ouvrons-le et regardons d'abord ce qu'il en est vraiment.

La loupe électrique nous démontra en effet que le rouleau de film était intact.

— Nous avons eu un sacré coup de bol. J'aurais été très contrariée si vous m'aviez fait venir ici pour rien.

— Je sais ce que je fais. Prenez un crayon et recopiez ce que je vous dicte. Je connais bien ce genre de hiéroglyphes. »

Le déchiffrage des différents codes lui prit une demi-heure environ. Il m'observait tout en décryptant le film, mais j'avais perdu toute envie de lui depuis que la lampe sur laquelle il collait ses yeux faisait ressortir des boutons de peau particulièrement inesthétiques. De plus, la lumière de la lampe fit briller son alliance.

« Voilà qui est fait ! Mission accomplie, Victoria ! Voici la clé qui m'ouvre le monde ! Avec elle, j'ai un accès direct aux comptes des banques du monde entier ! C'est fantastique ! Me voilà plus riche que riche ! Et si nous copulions pour fêter ça ?

— Vous êtes marié ?

— Oui, et alors ?

— Alors, restons-en là. »

J'observais dans le miroir de l'ascenseur les ridules de mon sourire comme autant de marques de joie. Je me demandais ce qui était le plus jouissif. Empocher ma première fortune ou avoir repoussé les avances d'un grand avocat prétentieux.

« Mon seul regret est de ne pas t'avoir conquise, jeune américaine. Je penserai à ton visage quand je batifolerai avec Aurélie, ma secrétaire. Elle te ressemble beaucoup. Elle sait que je suis marié, mais ça ne la dérange pas, elle.

— Vous, les Français, décidément !

— Nous sommes comme tout le monde. Peut-être un peu moins hypocrites parfois. »

Le retour dans notre clapier perdu au fin fond du bois de Boulogne fut des plus enthousiastes. Tout le monde semblait satisfait alors que nos indics nous annonçaient que la police trébuchait sur une piste quelque part dans les environs de Marseille. Il nous fallait reprendre un avion en direction des États-Unis rapidement et le tour serait joué. Edgar m'appela pour me féliciter.

« Je savais que tu réussirais. Nous avons eu chaud mais tu as parfaitement maîtrisé la situation. Je ne suis pas un homme à la hauteur pour une grande dame comme toi.

— Arrête un peu ton baratin, Edgar et tâche de mettre à disposition mes cinq millions au plus vite.

— C'est déjà fait.

— Très bien.

— Tu m'en veux, c'est ça ?

— J'avais des sentiments élevés à ton égard. Au fil des années, tu as réussi à me faire croire que le monde n'était pas aussi pénible.

— Ah oui ? Et comment est le monde avec deux millions de dollars sur un compte en Suisse ?

— Comment ? Mais... tu es déjà au courant ?

— Maître Jean-Denis Hubertz est notre ami à présent et il m'a tout dit. J'ai fait virer ta commission sur le compte qu'il t'a créé en Suisse. Te voilà donc à la tête d'une fortune de sept millions de dollars. »

En route pour l'aéroport du Bourget, je goûtai enfin au bénéfice d'une profonde détente. Hubertz avait probablement été déçu de ne pas pouvoir me faire l'amour et s'était empressé de raconter notre rencontre à Edgar mais tout ceci m'était parfaitement égal à présent.

J'insistai pour revoir le centre de Paris une dernière fois, mais le Chinois nous imposa, avec sa rigueur habituelle, le boulevard périphérique extérieur. Je venais de passer vingt-quatre heures dans la ville et j'avais l'impression de la connaître par cœur. Ah, la France ! Ah, ces Français ! J'étais triste à l'idée de partir mais, je ne le savais pas encore, je reviendrais très vite.

CHAPITRE 5 – Marie-Antoinette

Alors que le bonheur presque parfait s'annonçait enfin sur le chemin de l'aéroport, un pneu éclata subitement et envoya le véhicule dans toutes les directions. Notre chauffeur eut à peine le temps de redresser la voiture que nous entendîmes les sirènes de police retentir au loin. Il appuyait de tout son poids sur l'accélérateur, mais rien n'y faisait, nous étions trop lourds, trop lents. Les trois gardes du corps présents dans notre voiture sortirent leurs fusils par les fenêtres et commencèrent à tirer sur les autorités françaises, ce que nous n'aurions pas fait si j'avais été accompagnée par des âmes sensées. Des coups de feu partaient dans tous les sens et nous fûmes très vite dépassés par un puis deux véhicules banalisés. Chen sortit alors une énorme carabine et tira à son tour sur les voitures. Elles volèrent en éclats sur notre passage. Tout le monde était très tendu quand quatre nouveaux véhicules arrivèrent en contresens pour nous barrer la route. Une dizaine d'hommes cagoulés et suréquipés braquèrent leur artillerie sur nous. Chen tenta un ultime coup en tirant dans le tas mais d'autres véhicules arrivèrent par l'arrière et les policiers se mirent à tirer dans notre direction. Chen et deux de ses acolytes furent tués sur le coup, puis vint le tour du chauffeur qui, dans son trépas, nous envoya valdinguer dans la barrière des voitures de police.

Il me fallut un long moment avant de reprendre connaissance et les airbags de notre véhicule ayant fonctionné correctement, je me réveillai sans aucun dommage important, ce qui relevait du miracle. Un homme vint rapidement m'accoster alors que j'étais encore tout abasourdie. Je le reconnus immédiatement. Il s'agissait du personnage que j'avais croisé à la sortie du Lido sur les Champs-Élysées.

« Au nom d'Interpol et du FBI, je vous arrête, Madame Freney. »

« Cette fois-ci, tout est bel et bien fini », pensai-je alors.

La rude épreuve que je venais de traverser m'avait fait oublier la précieuse liste que m'avait donnée Hubertz.

Le voyage dans le fourgon des autorités françaises fut moins insupportable que la déconfiture que je venais de vivre. Il me laissa le temps de sombrer dans l'amertume. Je n'avais plus envie de me livrer à la police. Je n'avais pas envie de finir en prison. C'eût été trop injuste.

Loin de ce à quoi je m'attendais sur l'élégance française, on me maltraita pendant plusieurs heures puis on me plaça dans une cellule réservée aux femmes. J'allais passer dans cette geôle les moments les plus humiliants de ma vie.

« Qu'est-ce tu fous là, toi, la Blanche ? me lança une détenue.

— Je ne parle pas français, désolée.

— Oh les filles, regardez ça un peu ! Une Blanche et étrangère en plus !

La jeune femme s'adressa de nouveau à moi dans un anglais hésitant.

— Tu viens d'où ?

— Je suis américaine.

Je compris très vite que je n'aurais pas dû dire cela.

— D'après ce que je sais, on n'aime pas beaucoup les gens comme nous dans ton pays de juifs, non ? T'es pas juive toi, par hasard ?

— Non. Pas du tout. Il ne faut pas croire tout ce qu'on raconte sur les Américains. Mon pays a une forte culture migratoire et assimilatrice.

— Ouais, c'est ça. Regardez-la, les filles. Cette pimbêche veut nous faire la leçon en plus !

— Pas du tout, répondis-je en lui montrant mon passeport comme pour demander la paix.

— Passe-moi ça que je vérifie que t'es pas juive, sinon,

crois-moi, on va bien s'marrer.

Je lui donnai le document à contrecœur. C'était la seule preuve qui me rattachait à mon argent en Suisse. La femme m'arracha le passeport des mains et le donna à lire à une autre fille qui tenta de le déchiffrer péniblement.

— Freney ? C'est quoi ce nom ? Ça fait pas vraiment amerloque comme nom ça. Tu ferais mieux de me dire la vérité. On est six contre toi et on s'ennuie ici.

— Je ne suis pas juive et quand bien même l'aurais-je été, je ne vois pas où aurait été le problème.

— Le problème, c'est que l'on est entre musulmanes ici. Toutes des purs produits de cité. Alors on n'est pas trop branchées par les Américains, tu vois ? Allez, je suis sûre que tu gardes du fric sur toi. Vide tes poches et baisse ta culotte. On va te faire une fouille au corps.

Je leur montrai mes poches vides sans broncher, imperturbable, puis en poussant leur logique stupide à l'extrême, je me mis à nu.

— Alors ? Heureuse ? Je n'ai rien sur moi. Les policiers m'ont déjà fouillée.

— Qu'est-ce que tu fais ici, alors ?

— Ceci est un faux passeport, insistai-je. Je suis ici car j'ai volé les banques.

— Quoi ? répondit la fille.

— Je suis venue jusqu'ici contre mon gré pour voler vingt-cinq millions de dollars aux banques en truquant les comptes, mais le plan a échoué. »

Le regard de mon public changea subitement. Une des filles, cachée derrière le groupe, s'approcha de moi avec le même air rustre et haineux que ses compagnes. Baraquée et tatouée du drapeau marocain sur le bras droit, elle sentait la sueur et avait l'air très coriace. Elle envoya une gifle monumentale à la jeune fille qui m'avait accostée la première. Le visage de la jeune femme alla immédiatement heurter la grille de la cellule à grand renfort de cris et de pleurs.

— C'est bien fait pour toi, Farida ! T'es qu'une fouille-merde et tâche de parler plus poliment que ça, la prochaine fois. Juif ou Arabe ou rien de tout ça, c'est pas ton comportement qui va nous faire sortir d'ici. Alors, dis-moi, toi, l'Américaine. Combien pour des faux passeports comme celui-ci ?

— Pardon ?

— Combien pour ce genre de papier ? J'ai vu ton passeport, je sais qu'il est faux mais la qualité est bonne. Chapeau ma belle. Je m'incline. Pas vrai les filles ?

Quelques « oui » timides sortirent du lot.

— Je peux vous en fournir autant que vous voudrez, ajoutai-je fébrilement.

— Combien pour l'unité ? insista-t-elle.

— Peut-être une centaine de dollars.

— Comment ça peut-être ? Tu te fous de moi, c'est ça ?

— Pas du tout. J'ai un très bon contact qui pourrait t'intéresser. C'est de cette personne que je tiens mes papiers mais je ne connais pas ses tarifs.

— M'en fiche pas mal de ton contact. C'est toi qui vas nous aider. Il m'en faut une trentaine par mois et tu vas me les transmettre contre quatre-vingts dollars l'unité.

— C'est trop peu.

— Ah oui ? Et ton doigt là, le petit, il coûte combien ? On te fiche la paix contre quelques petits passeports, un point c'est tout. Je vais faire passer le message pour qu'on te suive à la trace donc pas de grabuge entre nous, sinon tu le paieras cher.

— Et comment comptes-tu faire passer le message depuis notre cellule ?

— J'ai des amis partout. Même chez les petits flics. Maintenant, ferme-la et laisse-nous prier. »

Je n'avais pas l'intention de quitter un trafic pour me plier à un autre alors que ma liberté venait tout juste d'être mise en cause. J'avais au moins gagné la paix et j'écoutai pour le restant de la soirée et non sans intérêt les voix de ces femmes chuchoter leur amour pour Dieu.

Après plusieurs heures de sommeil sur le modeste banc de bois qui empestait la soude caustique, on vint finalement me chercher. Les moments qui allaient suivre allaient être terribles. Interrogatoire musclé et mise sous pression permanente, il me semblait que je ne verrais pas le bout du tunnel avant longtemps quand on m'annonça mon extradition imminente vers les États-Unis. Le verdict du commissaire me confirma en effet que mon cas était sans espoir et que les divers délits que j'avais commis en France, bien que très graves, n'étaient rien à côté du vol commis à la banque, crime qui me vaudrait probablement perpétuité dans mon pays. On m'enferma ensuite pour le reste de la journée dans une cellule individuelle, une pièce très étroite avec un haut plafond et une peinture verte délavée digne d'un hôpital psychiatrique. Épuisée et loin de mon pays, je réalisai que je m'étais mise dans un sacré pétrin.

Deux longues journées plus tard, l'homme au visage familier me fit sortir de ma cellule. J'étais presque heureuse de voir quelqu'un de « connu » après un enfermement si pénible. Je l'accompagnai dans les méandres de l'immeuble de la police, menottée et escortée par un agent plus petit que moi et très efféminé.

« Attendez-moi là tous les deux », ordonna l'homme dont le

visage me rappelait quelque chose. Je m'assis alors à côté d'une fenêtre et j'observai la vue magnifique sur la Seine et la place du Châtelet. La vue s'étendait jusqu'au palais du Louvre. Je ne pus résister à l'envie de rompre le silence après ces deux jours de solitude intense.

« C'est magnifique, n'est-ce pas ? tentai-je auprès du petit homme qui préféra se concentrer sur son paquet de chips.

— Oui, c'est très beau Paris. Savez-vous que nous sommes ici dans la tour où Marie-Antoinette a été emprisonnée avant d'être guillotinée ?

— Vous plaisantez mon ami, n'est-ce pas ?

— Pas du tout. Nous sommes à la Conciergerie, une ancienne prison où la reine a été enfermée en 1793, juste après la Révolution.

— Vous, les Français, vous n'avez aucune classe avec les femmes.

— Oh moi, vous savez, je connais des bonnes femmes à l'apparence très élégante mais qui dérobent des millions à la banque.

— Terminez donc votre snack. Les mains grasses vous vont si bien. »

Je n'eus pas le temps d'expliquer la relativité de mes actes au gardien. Son supérieur apparut sur le pas de la porte et ordonna que l'on me détache puis que l'on me laisse seule avec lui.

J'étais émue par la beauté et le confort inouï du bureau dans lequel il me fit entrer. La richesse du mobilier, l'épaisseur des rideaux et l'imposante bibliothèque représentaient un style qui tranchait franchement avec le reste de l'immeuble.

« Asseyez-vous, je vous en prie. Qu'est-ce qui vous ferait plaisir ? Une verveine ? Un bourbon ? Peut-être un cigare ?

— Merci Monsieur. Si j'osais, je vous demanderais les trois à la fois.

L'homme rit franchement.

— Je reconnais là un excès typiquement américain. Un ou deux glaçons ?

— Je préfère me passer de glace et j'aimerais surtout savoir tout de suite ce qui m'attend.

— Je me prénomme Laurent Dupré et je suis le commissaire divisionnaire de ce bel établissement.

— Très bien, Monsieur. Pourriez-vous m'informer de la suite des événements ?

— Je suis venu vous annoncer une bonne nouvelle. Vous êtes libre.

— Écoutez, Monsieur le commissaire, je n'ai pas dormi depuis deux jours et je suis au bout du rouleau. Je ne suis vraiment pas d'humeur à plaisanter comme vous pouvez vous en douter alors allons droit au but, si vous le voulez bien.

— J'insiste, ma chère. Je voulais trinquer avec vous pour vous annoncer votre libération et je suis un peu déçu, à vrai dire, que vous ne vous souveniez pas de moi.

Cette réflexion m'anéantit.

— C'est-à-dire que… comment dire, votre question est des plus déroutantes, car il se trouve que justement…

— Il vous semble que vous m'avez déjà vu quelque part, c'est bien cela ?

— Tout à fait.

— Eh bien, tout ceci est parfaitement vraisemblable. Interpol et le FBI collaborent de manière très rapprochée dans l'affaire Edgar Freney. Les deux institutions m'ont confié la lourde tâche de le suivre à la trace. Nous nous sommes ainsi croisés, il y a quatre jours, sur la promenade de Brooklyn devant le feu d'artifice. Je vous observais vous et Monsieur Freney et c'est grâce à un micro capteur que j'ai réalisé qu'il vous imposait votre nouvelle tâche contre votre gré.

— Oh, mais quelle immense joie que de vous entendre !

— On peut dire que vous avez eu de la chance, ce jour-là. J'ai mené une petite enquête sur vous et mon rapport est on ne peut plus clair. Vous êtes une ancienne gogo-danseuse ayant perdu sa mère et qui a agi sous le commandement de la nécessité, sans volonté de nuire. Vous avez été victime à la fois d'une manipulation et du harcèlement de Monsieur Freney.

— Je crains que les autorités de mon pays ne soient pas aussi clémentes.

— Mon rapport a été validé par mon confrère du FBI. Vous êtes parfaitement libre.

— Bon sang, mais c'est inouï ! Pourrais-je avoir un autre bourbon ? Je suis tellement heureuse ! Après toutes ces épreuves, j'ai bien cru que j'allais y laisser ma peau.

— Soyez rassurée, on ne vous embêtera plus.

Je savourai mon verre largement rempli.

— Vous m'avez donc suivie à la trace et jusque devant l'immeuble des Champs-Élysées l'autre soir, n'est-ce pas ?

— Juste avant d'accomplir votre tâche avec l'aide de cette crapule d'Hubertz, en effet.

— Monsieur Dupré ! Vous vous êtes donc joué de nous depuis le début. Vous êtes un génie !

— Juste un inspecteur qui fait son travail et qui souhaite que vous repreniez votre liberté sans condition, enfin presque.

— Ah ! Je me doutais bien que tout ceci était trop idyllique. Que me voulez-vous donc ?

— Il faut que vous nous aidiez à arrêter Monsieur Freney.

— À la bonne heure !

— Mais ce n'est pas tout. J'aime mon métier passionnément car j'ai la chance de contribuer à l'amélioration du monde, même modestement. Je me sens hautement utile aussi. Seulement voilà. Comment dire... ça ne paie pas vraiment.

— Où voulez-vous en venir, Monsieur ?

— Vous ne vous en doutez pas ?

— Je... non. Je ne crois pas.

— Vous ne croyez pas ? C'est pourtant simple. Je vais vous renvoyer chez Monsieur Freney et vous allez continuer à travailler pour lui. La petite différence, c'est que vous penserez à moi lorsqu'il s'agira d'empocher sept millions de dollars la prochaine fois.

— Oh, mais... commissaire ! Vous me demandez de contribuer à votre propre corruption ?

— Cela fait trop longtemps que j'évolue à la brigade financière et j'en ai ma claque de passer pour le dindon de la farce pendant que beaucoup de gens en profitent en toute impunité. Je suis tombé sur un CD dans votre sac à main qui m'a dégoûté. Vous voyez ce que je veux dire ?

— Oui, très bien. Où est-il d'ailleurs ?

— Vous retrouverez toutes vos affaires à la sortie de l'établissement, ne vous inquiétez pas. Le CD se trouve dans votre sac à main. Vous n'aviez pas besoin de cette liste pour être libre, mais bon, en attendant, je veux ma part du gâteau. Nous mettrons tout sur le compte de Freney, si vous le voulez bien. Rentrez à New York. Jetez-vous dans les bras de votre employeur et continuez à franchir les bornes de la légalité, vous avez la bénédiction des plus hautes autorités occidentales. Je reviendrai vers vous au moment le plus opportun. »

La vie réserve parfois des surprises incroyables. J'étais venue ici sans le vouloir, pour accomplir des choses à regret. Emprisonnée, je rêvais de rentrer en hâte aux États-Unis et voici que je me retrouvais libre comme l'air dans la plus belle ville du monde avec sept millions de dollars à disposition. Je décidai de me rendre en territoire helvétique dès ma sortie de prison afin de vérifier si mon pactole était bien réel et en sécurité. C'est en haillons et non douchée depuis près de trois jours que j'entrai dans une agence de voyages où je demandai un aller simple pour Genève « en classe affaires », s'il vous plaît Madame. L'employée me proposa plusieurs compagnies, mais je choisis Air France, en hommage au pays qui me portait chance.

« Allô, Edgar, c'est Victoria. Je t'appelle pour te dire que je suis libre !

— Victoria ?

— Oui, c'est bien moi. Je suis libre, Edgar !

— Mais qu'est-ce qui te prend de m'appeler ainsi ? Nous sommes certainement sur écoute !

— Ne t'en fais pas. Tout va pour le mieux. Je suis libre comme l'air à présent et je dispose d'une immunité redoutable contre les forces de police !

— Écoute, tu ferais mieux de rentrer sur-le-champ si ton job t'intéresse toujours. Je ne veux pas prendre plus de risques. Je vais raccrocher maintenant. Au revoir. »

Genève me plut immédiatement. Ses grandes avenues, ses boutiques de luxe et la tranquillité immense qu'imposaient les montagnes alentour. Je me demandais toutefois si les Suisses étaient des gens plus stupides que les autres étant donné leur accent ralenti ou bien si c'était l'ennui qui les faisait parler si posément. J'entrais ce jour-là au Crédit Helvète par la grande porte où m'attendait Alina Hodener, ma nouvelle conseillère.

« Voilà Madame. Tout est réglé. Nous avons placé vos avoirs sur un compte d'épargne à sept pour cent annuels, ce qui vous procurera un revenu de…

— Vous avez bien dit sept pour cent ?

— Oui Madame, vos intérêts sont garantis sans aucun impôt bien entendu, nous sommes en Suisse. Votre placement vous rapportera près de cinq cent mille dollars par an. J'ai pris soin de laisser deux cent mille dollars sur votre compte courant comme vous me l'avez demandé. Voici votre carte de crédit. Je vous demande de bien vouloir vous rendre au guichet et de signer les documents habituels afin d'être définitivement authentifiée comme l'unique titulaire des sommes déposées chez nous. Je vous remercie d'avoir choisi le Crédit Helvète et vous souhaite une excellente journée, Madame Freney. Oh, j'ai une dernière question si vous le permettez. Qu'allez-vous faire des deux cent mille dollars que vous venez de retirer ?

— Je vais les flamber, tout simplement. »

Aucun homme ne pourra jamais comprendre l'hystérie d'une femme qui dispose de deux cent mille dollars à dépenser en quelques heures dans le plus luxueux et le plus vaste centre commercial d'Europe.

J'achetais tout ce qui me passait par la tête au gré des vitrines qui se présentaient à moi. Quatre sacs à main, sept paires de chaussures, une immense malle Vuitton à double fond idéale pour mes futurs voyages, un smoking Dior que je fis immédiatement envoyer à James, le réceptionniste new-yorkais qui m'avait aidée à trouver mon premier toit, jadis. J'excellais dans la frivolité des achats compulsifs à outrance et pestai volontiers sur ce directeur de magasin qui malmenait le petit personnel tout en pratiquant un zèle excessif envers quelques veuves expulsées de France pour cause d'accident fiscal.

Vinrent ensuite les heures délicieuses passées au spa de La Réserve et puis, enfin, un inoubliable dîner aux chandelles sur la terrasse chauffée de ma suite présidentielle.

Tout m'était dû. Je savais qu'il me faudrait repartir tôt le lendemain mais comme c'était bon de sentir enfin le pouvoir terrifiant de l'argent.

*

****

*

« Victoria ! Mais qu'est-ce que tu fiches ici Dieu du ciel !

— Il me semblait normal de venir te rendre visite avec ce qui m'est arrivé en France. Et, comme je te l'ai dit hier, je suis une femme libre comme l'air désormais.

— Je me méfie des flics. Entre et explique-moi. »

Edgar se tenait debout dans la grande pièce lumineuse de son loft, l'air contrarié. La jeune fille que j'avais aperçue jadis était à ses côtés. Elle était affalée dans un canapé, simplement vêtue d'un tee-shirt de coton blanc et d'un short de jean découpé qui laissait pendre de larges franges irrégulières. Elle tenait dans sa main droite un magazine de presse à scandale. C'était une enfant et elle me fit de la peine malgré son air arrogant.

« J'ai à te parler Edgar, mais sans la gamine s'il te plaît.

— Je suis tout ouïe, Victoria. Donne-moi d'abord ton manteau et laisse-moi passer le détecteur de métaux sur ta robe. Quant à toi, va donc nous cueillir un bouquet de nérines dans le jardin. Ne touche pas aux blanches, il en reste peu.

— Edgar, franchement, tu me dégoûtes. Elle n'est même pas majeure, cette fille.

— Tu n'as pas toujours dit ça et tu sais mieux que quiconque combien je suis attentionné envers les jeunes filles.

— Je ne crois pas qu'il existe la moindre forme de compensation matérielle à la barbarie des hommes de pouvoir. Elle finira comment cette enfant quand elle saura vraiment qui tu es ?

— Ce sont mes oignons et, apparemment, je ne traite pas toujours mes compagnes de manière ignoble, si j'en juge à ta tenue.

— Nous avons été arrêtés. J'ai passé trois jours enfermée grâce à tes galanteries.

— Ce sont les risques du métier, hélas, et j'en suis désolé.

— Foutaises !

— Écoute Victoria, tu es manifestement venue ici pour chercher je ne sais quelle réparation et c'est très maladroit de ta part. Jules, mon garde du corps, vient de me faire signe de la tête. Il n'y a pas de flics aux alentours. Je peux te faire disparaître comme j'en ai envie maintenant que tu es toute seule, tu vois ce revolver ?

— Tu ne me fais pas peur et regarde plutôt ça.

Je brandis un morceau de papier devant son nez.

— Il s'agit d'un tout petit extrait d'une liste beaucoup plus vaste sur laquelle tu trouveras des noms et des sommes d'argent envoyées en Suisse. Il y a même les numéros de compte.

— Et tu crois m'impressionner avec un bout de papier ? Qui sont ces personnes ?

— Je dispose d'une liste complète qui peut faire mettre en prison les plus hautes personnalités françaises. J'ai même retrouvé des noms de citoyens américains proches du pouvoir. Ce « papier », comme tu dis, c'est de l'or. C'est le sésame pour protéger tes activités.

— Très bien.

Il était perplexe et prit son temps avant de me répondre.

— Je ne crois pas que tu puisses détenir de telles informations. Pas toi. Ta liste doit être fausse.

— Pourquoi ne pas vérifier alors ? Laisse-moi te donner un nom. Alors, voyons voir...

Je parcourus la liste patiemment.

— Un certain David Thompson, par exemple, a envoyé cent

trente mille dollars sur le compte numéro 132 144 801 la semaine dernière. Je te laisse vérifier par toi-même. »

Il prit son téléphone et m'arracha le papier des mains. Je n'eus pas le temps de bouger. Le garde du corps, positionné derrière moi, me prit par le bras et pointa son couteau sous ma gorge.

Edgar décrocha son téléphone et fit vérifier l'ensemble des noms présents sur l'extrait de la liste. Il revint vers moi, le visage assombri.

« Combien pour cette liste ?

— Qu'il me lâche d'abord.

— Tu l'as entendue ? Relâche-la, ordonna-t-il au garde.

— J'imagine qu'il y a bien plus de noms sur cette fameuse liste.

— Quatre cent cinquante et une personnes en effet, dont à peu près un tiers d'Américains.

Il réfléchit un long moment.

— Combien pour cette liste ?

— Trente pour cent de tous les transferts de fonds dans lesquels je serai personnellement impliquée.

— Tu rêves.

— C'est dommage, parce que j'ai négocié pour toi la possibilité de continuer ton activité avec l'entière protection d'Interpol et du FBI.

— Tu veux dire que ces connards sont derrière ma porte ?

Il se mit à courir en direction de la fenêtre.

— Non ! Calme-toi. Il y a personne, je t'assure. Moi seule dispose de cette liste et l'on m'a confirmé au plus haut niveau que je ne serais jamais embêtée. Je suis donc devenue essentielle à ton petit commerce.

— Qui me dit que tu ne me dénonceras pas ?

— Pas pour trente pour cent.

Un long silence s'installa de nouveau. Edgar réfléchissait en faisant les cent pas dans le salon.

— Je n'ai pas besoin de toi, Victoria. Je te donne dix millions tout de suite et tu me donnes cette liste en retour. Et c'est déjà cher payé pour un morceau de papier.

Il s'énerva.

— Prend garde, Edgar. Je n'ai pas besoin d'avoir une escorte de police derrière mon dos, car j'ai prévenu suffisamment de monde de ma visite chez toi. Si je disparais plus d'une journée, tu es enfermé à vie et tout ton commerce s'effondre. La paix de ton affaire dépend de moi et de moi seule à présent. Soit nous continuons ensemble ta belle entreprise moyennant la rémunération que je fixerai, soit je te jette aux lions. Et je ne suis pas sûre que ce genre d'animaux apprécie beaucoup la vieille carne.

— Espèce d'ordure ! Tu me le paieras, sale petite garce !

— Voici mes nouvelles coordonnées. J'attends tes instructions. J'ai tellement hâte de retourner en France, c'est un si beau pays. Un dernier conseil, Edgar. Calme-toi un peu. L'hypertension n'est pas bonne à ton âge. »

Je quittai les lieux en regardant avec mépris la jeune femme effrayée.

En dépit des circonstances nouvelles et malgré toute l'affection que je lui portais autrefois, je ne ressentis aucun scrupule à rendre la pareille à Edgar, quand bien même m'avait-il été utile sur le plan matériel. J'éprouvais même un certain contentement à avoir jeté mon époux de la sorte. Il y avait bien d'autres hommes sur Terre après tout.

CHAPITRE 6 – Classe conomique

J'avais presque trente ans lorsque je pus enfin apprécier une vie sans trop d'ennuis. Je relativisais les mauvais côtés de ma nouvelle activité et me sentais prête pour en profiter largement.

Je m'assis ce jour-là à la terrasse d'un café de Lexington Avenue puis je me mis à observer le reflet d'un seau à champagne placé dans la vitrine juste derrière moi. Les tours de Manhattan déformées par l'objet étincelaient sous l'effet du soleil et du métal. Elles semblaient me faire du gringue en se montrant ainsi à moi une nouvelle fois comme un bon présage, m'annonçant que la ville serait bientôt mienne.

Ravie d'être enfin seule à New York, je flânais dans les boutiques du quartier avec l'étrange impression qu'il fallait que je change d'air. Je décidai alors de retourner dans Lower East Side à la rencontre de mes propres fantômes.

En dix ans, le paysage avait un peu changé. Le quartier semblait plus propre et nombre d'ouvriers s'affolaient sur des échafaudages pour nettoyer les façades des vieux immeubles. L'hôtel qui me servit de première demeure était toujours intact et fort heureusement, James se trouvait toujours à l'intérieur.

« Nom de Dieu, Louise ! s'exclama-t-il devant un groupe de touristes japonais.

— James ! Mais que se passe-t-il ici ? Tu travailles avec de vrais touristes maintenant ?

— Oh Louise, je suis si content de te voir ! Mais regarde-toi ! Tu es splendide ! Que s'est-il passé ? Tu as trouvé l'amour et la fortune ?

— On verra ça plus tard si tu le veux bien. Ah, mais je vois que Monsieur a reçu mon cadeau de Genève !

— Oui ! Alors, comme ça Madame voyage en Europe et fréquente les boutiques de luxe ? Tu me scotches, ma fille. Allez ! Viens dans mes bras.

Nous nous embrassâmes longuement devant les touristes mécontents de devoir patienter autant de temps avant de pouvoir prendre leur chambre.

— J'ai pris la taille un peu au hasard, mais je suis heureuse. Ce costume te va comme un gant.

— Il m'est parvenu comme un don du ciel. J'ai besoin de m'habiller maintenant, car les choses ont bien changé ici. Il faut que je te raconte. Tu veux bien m'attendre chez moi une petite heure, le temps que je finisse mon service ? Tiens, voilà les clés, j'habite toujours au même endroit. Je donne une petite soirée ce soir pour mes quarante-cinq ans, tu n'as pas le droit de rater ça.

— Comment, mais c'est ton anniversaire aujourd'hui ?

— Oui ! Et tu dois venir. C'est une obligation.

— Très bien James, je vais me balader puis je passerai me reposer chez toi. »

L'appartement de James ressemblait beaucoup à celui dans lequel je vivais jadis avec ma mère. Il avait le même plan et, curieuse coïncidence, la même vue sur les gratte-ciel depuis la fenêtre de la cuisine.

En attendant James, je fis livrer quelques fleurs et du champagne pour son anniversaire.

« Pardon James, j'ai pris cette liberté, car j'ai pensé que ça te ferait plaisir.

— Il n'y a pas de mal, Louise, au contraire. T'aurais pu penser au caviar après ce que j'ai fait pour toi.

— Oh mais quel abruti ! Tu dois m'appeler Victoria maintenant. J'ai changé de nom.

— Et ça t'a réussi ?

— Oui. Enfin, si on veut. Je suis passée par des chemins un peu tortueux et je ne possède pas grand-chose en comparaison de la richesse de ce monde, même si je n'ai pas à me plaindre.

— Peu importe. Ce soir, tu vas faire la fête avec nous !

Ouvre le champagne puisqu'on en a. Je vais bouger quelques meubles. »

Les premiers invités arrivèrent dès la tombée du jour et l'atmosphère devint rapidement sulfureuse. Les amis de James étaient danseurs ou photographes et je ne vis pas l'ombre d'une prostituée, denrée pourtant si commune chez lui, il y a quelques années. Je me retrouvai rapidement dans une ambiance artistico-culturelle composée de fumeurs de marijuana et de porteurs de lunettes Ray Ban qui tentaient d'imiter assez admirablement le style vestimentaire d'Andy Warhol ou autre Truman Capote.

« Tu as vu comme les choses ont changé ici ?

James criait pour tenter de dépasser le volume de la musique et du brouhaha environnant.

— Oui, c'est dingue ! Mais, dis-moi, tu vis toujours seul à quarante-cinq ans ?

— Je sors d'une relation très difficile à vrai dire.

— Oh, je suis désolée.

— Viens, on va parler dans ma chambre.

— OK, je te suis.

L'appartement s'était transformé en une orgie de drogue et d'alcool et il nous fallut dix bonnes minutes pour atteindre la chambre et trouver un coin de lit pour nous asseoir.

— Je vais mieux depuis quelque temps, reprit James. Je suis juste un peu fatigué de l'hôpital.

— De l'hôpital ?

— Édouard, c'était son nom, est rentré en Grande-Bretagne, car il est tombé gravement malade et préférait se rapprocher de sa famille.

— Oh je suis navrée, James ! Mais que lui est-il arrivé ?

— Il a eu la maladie tout simplement.

— Excuse-moi, mais de quoi parles-tu ?

— Mon ami est mort du sida. C'est probablement trop homo pour que tu saches ce que c'est, mais je ne t'en veux pas.

J'eus une première réaction de recul, puis je me ressaisis. Cela ne pouvait quand même pas se transmettre par un simple courant d'air.

— Bien sûr que je connais le sida. Je suis tellement triste pour toi.

— Parlons plutôt de toi. Tu es resplendissante ! Raconte-moi ton conte de fées.

— C'est loin d'être un conte de fées. J'ai été ramassée par un habitué du Blue Moon, un riche banquier de l'Upper West Side qui m'a épousée.

— Quelle veinarde !

— Pas vraiment. Je me suis aperçue qu'il était en réalité un immense escroc – une espèce de faussaire de chèques – et je me suis retrouvée mêlée à ses affaires avant même que je ne puisse réagir.

— Tu plaisantes, j'espère ? Ma pauvre enfant, mais… tu es recherchée par la police ?

— Pas du tout. Les autorités sont au courant et je suis actuellement protégée par la police française pour voler de l'argent aux banques.

— Je ne comprends rien, Louise !

— Victoria.

— Pardon, Victoria. Mais dans quel pétrin te trouves-tu à présent ? Que comptes-tu faire ?

— Sortir de tout ce cirque le plus rapidement possible.

— Comment vas-tu faire ?

— Je vais d'abord commencer par ne pas m'en faire !

— Comme tu voudras. Sache que tu pourras toujours venir ici si tu as besoin. J'ai un ami qui fabrique des passeports plus vrais que nature au cas où tu désirerais prendre une troisième identité.

— Je vois que les commerces de proximité n'ont pas tous disparu, ma très chère !

— Ta gueule, Louise, je ne suis pas ta très chère.

Nous rîmes un long moment.

— Je suis sincèrement désolée, James. J'espère que tu retrouveras quelqu'un. Tu es tellement beau.

— J'espère aussi et on est à New York après tout, la ville où tout est possible ! »

Nous nous quittâmes sur une chaleureuse accolade. J'aimais bien James. C'était un homme simple et je fus heureuse d'ouvrir avec lui un nouveau tiroir dans l'armoire grandissante de mes relations sociales.

*

****

*

« Allô, Victoria ?

— Edgar, demandai-je surprise. C'est bien toi ? Je vois que tu n'as pas attendu très longtemps pour me rappeler. Tu as besoin de quelque chose ?

— Je n'ai que faire de tes mesquineries.

— Allons. Cesse d'être aussi dur. Comment va ta nouvelle petite amie ?

— Tu te fous de moi ? C'est insupportable à la fin !

— J'aime beaucoup ce mot, insupportable.

— Écoute, j'ai bien réfléchi et je te propose une nouvelle

mission.

— Excellente nouvelle !

— Tu repars demain matin pour la France. Un taxi viendra te chercher à ton domicile à neuf heures. Il te remettra une nouvelle montre. Je veux quatre-vingts millions dont huit pour toi, si tu es d'accord.

— Quatre-vingts millions ? Mais c'est impensable !

— Tu peux tout te permettre à présent, non ?

— Avec certaines limites ! Il faut impérativement rester discret dans ce genre d'affaires. Je pars donner les nouveaux codes à Paris demain et nous verrons sur place quelle somme on te livrera. C'est à prendre ou à laisser.

— Comme tu voudras.

— Et il y aura trente pour cent pour moi dans tous les cas.

— Je te demande pardon ?

— Tu m'as très bien comprise, Edgar, je t'ai dit que je ne travaillerais pas en dessous de trente pour cent de commission. Ce point n'est pas négociable.

— Je veux bien monter jusqu'à dix, mais pas plus.

— Très bien. Rappelle-moi quand tu auras une meilleure offre.

— Attends ! Victoria, ma chère amie, tu veux ma mort ou bien quoi ? Je ne suis qu'un maillon du système, tu sais, je ne suis pas seul à décider et…

— Trente pour cent sinon rien.

— Tu n'es qu'une garce.

— J'ai été à bonne école. La différence, c'est que tu t'es enfin rendu compte que ton petit commerce ne tiendra désormais la route que grâce à mes services. J'ai le pouvoir de t'éliminer dès que je le désire et tu n'imagines pas à quel point je suis heureuse de t'avoir à mes pieds.

— Si je plonge, tu plonges aussi.

— Rassure-toi comme tu pourras, pour l'instant, c'est moi qui te couvre. Donne-moi plutôt tes instructions.

La voix d'Edgar se fit plus neutre, on pouvait y déceler une certaine aigreur.

— Tiens-toi prête à la première heure, monte dans cet avion et rejoins Paris. Une fois là-bas, inutile de sortir de l'aéroport Charles-de-Gaulle. Rends-toi directement au bar du Sheraton au terminal 2. L'un de nos correspondants t'y attendra. Il te reconnaîtra. Je n'ai rien de plus à te dire. Ah si, j'oubliais, c'est une affaire urgente et nous n'avons pas pu trouver mieux qu'un billet sur une petite compagnie dont j'ignore le nom. Tu voyageras en classe économique avec une correspondance à Londres. Il s'agit de quelques heures de vol supplémentaires, mais ça n'a aucune importance étant donné tes origines et ton manque de classe.

— Espèce de vieux... »

Il raccrocha sans me laisser finir. J'attendis le lendemain matin pour me présenter au guichet Air France de l'aéroport avec la ferme intention de voyager dans de meilleures conditions.

« Bonjour, je suis Madame Freney, j'ai un renseignement à vous demander.

— Bonjour Madame, que puis-je faire pour vous ?

— Je dois me rendre à Paris en urgence et je souhaiterais réserver un aller simple pour partir le plus vite possible.

— Très bien, Madame. Je vous prie de patienter un instant, s'il vous plaît.

J'attendis patiemment en écoutant les doigts de l'opératrice parcourir le clavier d'ordinateur.

— Je suis navrée Madame, mais il ne reste que des places en classe affaire à moins que vous ne souhaitiez faire escale à...

— Depuis quand un service de votre réputation propose-t-il de faire escale pour un trajet aussi court ?

— Je vous demande pardon, Madame, laissez-moi trouver la meilleure option.

Un autre moment d'attente, puis la jeune fille reprit la parole, plus fébrile encore.

— Je peux vous proposer dix heures quarante-cinq ou onze heures trente, ce matin même.

— Celui de dix heures quarante-cinq me convient parfaitement.

— Parfait ! Madame Freney... Oh non, pardon, un instant s'il vous plaît, quelques soupirs accompagnèrent cette fois les touches du clavier. Veuillez me pardonner Madame mais il ne reste que des places en première pour ce vol.

— Va pour la première !

— Très bien, Madame. Le total de votre dossier s'élève à onze mille sept cents quarante et un dollars. Comment souhaitez-vous régler ?

— Portez ce montant sur le compte de la banque Freney. Voici ma carte.

— Comme vous voudrez, Madame. Je vous souhaite un bon voyage », me dit-elle avec le plus blanc des sourires, une fois le paiement validé.

Si mes calculs étaient bons, Edgar n'aurait vent de ce petit achat qu'à la fin du mois, lorsque le relevé de ma carte de crédit lui arriverait. Le vieux bougre ne méritait vraiment aucun autre traitement.

CHAPITRE 7 – Banque Bug

« Commissaire Dupré, quelle immense surprise ! Alors comme ça, c'est vous que je devais trouver à cet endroit aujourd'hui ou bien avez-vous descendu l'intermédiaire de mon cher Edgar ?

— Bonjour Victoria. Je suis surpris de constater à quel point les heures de vol n'ont aucun effet sur votre visage. Vous êtes resplendissante.

— Essayez la première classe, commissaire et vous comprendrez mieux mon secret de beauté.

— J'aimerais bien avoir vos moyens, très chère, mais ce n'est pas le cas pour l'instant.

— Ce n'est plus qu'une question de temps. Mais que faites-vous ici en lieu et place du complice d'Edgar ?

— Je vous expliquerai tout ceci dans le train. Nous partons pour Lyon.

— Pour Lyon ? C'est en France ? Ah, je comprends. Vous m'emmenez voir les lions au zoo, c'est ça ? Votre anglais a croché, Monsieur l'inspecteur.

— Mon anglais n'est peut-être pas terrible, mais votre géographie française est absolument déprimante, Victoria.

Nous nous rendons dans la ville de Lyon, en France.

— Je suis américaine et j'ai des palpitations cardiaques à l'idée de prendre le métro pour aller à Versailles, alors s'il faut prendre le train…

— Lyon est à deux heures de Paris en TGV, notre grande fierté nationale.

— C'est ce train ultra rapide, n'est-ce pas ? Je n'aime pas cette idée inspecteur, il paraît que c'est dangereux.

— C'est ce que vous fait croire le lobby américain de l'automobile. Suivez-moi donc, vous ne le regretterez pas. Nous voyagerons en première, apparemment c'est bon pour votre teint. »

La vue du train français était assez impressionnante car la machine disposait de deux étages. Plusieurs centaines de personnes s'engouffraient sans appréhension à l'intérieur des wagons comme si rouler à plus de trois cents kilomètres à l'heure était absolument banal.

Dupré ne m'avait pas menti, l'espace réservé aux premières classes était généreux et très confortable. De grands sièges à commande électrique offraient plus d'espace qu'il n'en fallait pour une personne de ma taille et cette partie du wagon était recouverte de moquette épaisse et insonorisée. Le train était vraiment superbe. Nous nous assîmes l'un en face de l'autre, l'inspecteur ayant eu la délicatesse de me laisser la place du sens de circulation. Le train démarra et prit rapidement de la vitesse de manière imperceptible. Je pris la parole alors que nous traversions la banlieue parisienne, déjà loin de la capitale.

« Je ne comprends pas pourquoi c'est vous que j'ai trouvé à l'aéroport, inspecteur.

— Je n'ai eu aucune peine à me substituer à l'agent embauché par Edgar Freney. Il n'est pas le seul à pouvoir jouer avec les fausses identités. L'important, c'est qu'il vous croit en sécurité avec l'un de ses complices.

— C'est certain. Êtes-vous sûr qu'il en est de même pour les Chinois ? Les événements récents m'ont rendue un peu paranoïaque et j'ai peur d'être espionnée.

— N'ayez aucune crainte. Ce genre de bandit est pragmatique. Les Chinois n'ont aucunement l'intention de venir ici pour risquer de se faire cueillir par mes services, tout comme Edgar Freney. Ils savent que vous êtes couverte par la police, ils vous laissent donc opérer seule, c'est très simple et sans risque.

— Tout de même, j'ai une sacrée chance. Avec vous à mes côtés, j'ai l'impression que je vais toucher le pactole de la loterie nationale avec certitude. C'est assez grisant.

— Je suis heureux que vous preniez les choses de la sorte.

— Nous devrions tout de même nous méfier d'Edgar. Il a un mauvais fond.

— Voici mon faux passeport. Je m'appelle Justin Garnier et cela suffit à Monsieur Freney. Qu'a-t-il à perdre au fond ? Vous ? Plusieurs millions ? Est-ce si grave que cela, selon vous ?

— Je suis sûre qu'il se doute que la police le recherche, mais peu m'importe. Pourquoi partons-nous pour Lyon ?

— C'est un heureux concours de circonstances. J'ai choisi cet endroit pour deux raisons. La première est que le siège d'Interpol y est installé et que j'y passe la plupart de mon temps et la seconde raison est que la ville de Lyon est toute proche de Genève. C'est depuis ce bel endroit que nous penserons à moi.

— Décidément.

— Je sais que vous connaissez Genève et nous nous y rendrons pour les mêmes raisons qui vous ont poussées à visiter cette si jolie ville.

— Mais pourquoi ne pas aller en Suisse directement, alors ?

— Je travaille trois jours par semaine à Lyon et je ne veux pas éveiller les soupçons. Je profite donc de mon emploi du temps professionnel pour vous emmener avec moi en toute discrétion. Vous ferez quelques jours de tourisme là-bas puis nous partirons pour Genève afin de rencontrer une vieille connaissance qui nous aidera à régler nos affaires.

— Combien voulez-vous au juste ?

— J'ai bien réfléchi. Je prends des risques extrêmes et je souhaite agir une seule fois. Je demande dix millions de dollars américains.

— Vous êtes tous complètement timbrés ! C'est impensable.

— Cela peut paraître disproportionné mais je n'ai pas l'intention de risquer ma peau pour moins que cela.

— Vous êtes inconscient. Si j'ajoute la part d'Edgar ainsi que ma commission, nous arrivons à une somme astronomique. Je ne peux tout simplement pas creuser un trou aussi énorme dans les comptes des banques.

— Sauf si vous vous faites passer pour l'État français.

— L'État français ? Comment ça ?

— Nous allons emprunter sur le marché américain en nous faisant passer pour l'État français.

— Mais vous êtes dingue !

— Absolument pas. La France emprunte près de deux milliards de dollars par an aux banques américaines pour couvrir ses besoins de financement. Notre opération passera complètement inaperçue. Nous allons émettre un faux bon du trésor français et rediriger discrètement la somme vers la Suisse.

— Comment comptez-vous créer un faux bon du trésor français ?

— Mon ami le Suisse s'en chargera. Il est en relation avec un certain Jean-Denis Hubertz que vous connaissez et les deux hommes savent très bien s'y prendre pour capter une partie des emprunts français. Ils n'en sont pas à leur coup d'essai.

— Encore cet avocat ? Je ne suis vraiment pas au bout de mes surprises. Enfin bon, vous semblez déterminé et réfléchi. Et puisque vous êtes commissaire de police, alors je vous suis. Mais une somme pareille doit être dérobée avec beaucoup de minutie. Ayez conscience que vous me demandez de subtiliser la Joconde aux Français sous leur nez.

— Je n'ai pas terminé. Il faudra aussi commissionner mon interlocuteur en Suisse.

— Bien sûr. Pourquoi pas ! Combien veut-il, celui-là ?

— Dix autres millions. Rien de plus.

— Rien de plus ! Je nage en plein surréalisme ! Vous ne semblez pas comprendre, Monsieur l'inspecteur. Nous ne pouvons raisonnablement pas faire disparaître cent millions sur le compte d'une banque comme ça. Il va falloir être beaucoup plus raisonnable.

— Je pense que vous êtes trop raisonnable et que c'est là notre véritable problème.

— Je préférerais encore vous donner la liste noire des fraudeurs du fisc. Vous pourriez très bien la monnayer après tout.

— Je ne pourrais pas l'utiliser.

— Comment cela ?

— C'est pourtant simple. Autant me demander d'appeler le Président de la République française pour lui expliquer que je suis au courant de l'existence de ses comptes en Suisse. Si j'agissais ainsi, j'aurais de graves ennuis. Les pressions diplomatiques seraient trop fortes et je n'ai pas envie de mettre ma famille en danger car, voyez-vous, j'ai une famille. Je n'ai pas le soutien des plus grandes mafias du monde et je ne suis pas seul, comme vous. Je suis donc vulnérable.

— Mais pourquoi ne pas transmettre cette liste à un journal contre rémunération ?

— Combien pourrais-je en tirer selon vous ? Deux cent mille, trois cent mille francs tout au plus ? Et que faire avec cet argent ensuite ? Fuir en Amérique du Sud comme James Mason dans *L'Affaire Cicéron* pour me retrouver embêté par les autorités locales ? Non merci. Vous représentez bien plus d'argent pour bien moins de risques.

— Vous me donnez l'envie de rebrousser chemin.

— Ne comptez pas sur mon soutien pour vous débarrasser de

Monsieur Freney dans ce cas.

— Ce que vous me demandez est beaucoup trop délicat.

— Non, car j'ai un plan.

— J'ai hâte de savoir de quoi il s'agit.

— Ne me prenez pas pour un imbécile, Madame. Nous allons faire porter le chapeau à votre mari.

— Ah ! Je vous écoute.

— Mon contact en Suisse est agent de change. Il possède une trentaine de comptoirs répartis dans toute la Suisse. Il peut aisément brouiller les pistes en créant un compte au nom de votre mari dans l'une de ses boutiques. Nous pourrons alors déposer les fonds sur ce compte que nous ferons disparaître sitôt notre mise récupérée. Il a l'habitude de recevoir et de transmettre des sommes importantes. L'État français et les banques prêteuses mèneront alors une enquête qui aboutira à un compte suisse au nom d'Edgar Freney. Tout le monde pensera alors qu'il fraudait le fisc et les banques en expédiant l'argent volé vers la Suisse. Réfléchissez bien, Madame. J'ai les moyens de faire porter l'intégralité de la responsabilité de cette affaire sur Edgar Freney. Mais ce n'est pas tout.

— Je suis toute ouïe.

— Je peux facilement faire arrêter votre mari et vous libérer définitivement de son emprise.

— Comment cela ?

— Nous connaissons parfaitement le trafic auquel se mêle votre époux. Le FBI est prêt à le cueillir dès mon signal. Imaginez. Votre mari est arrêté pour trafic de chèques et les médias apprennent au même moment qu'il envoie l'argent volé vers la Suisse. N'est-ce pas fantastique pour l'opinion publique ?

— Vous me surprenez beaucoup. J'avoue que faire porter le chapeau à mon mari est une délicieuse idée.

— D'autant plus que son arrestation s'inscrit dans une opération globale de très grande envergure. Il s'agit de mettre cent soixante personnes sous les verrous en même temps et tout ceci dès que je l'aurai décidé. Il nous aura fallu beaucoup de temps pour remonter la filière des faussaires de chèques mais nous sommes parvenus jusqu'au cerveau de l'affaire, un vieil homme qui vit reclus en Toscane.

— Je sais. Il se fait appeler Gran Del Torino.

— Tout à fait. Alors à nous les cent millions. J'ai faim à présent et j'ai aussi envie d'une bière fraîche. Allons nous dégourdir les jambes au bar. Vous verrez comment l'alcool est encore plus enivrant à trois cents kilomètres heure. »

La nourriture industrielle servie au bar, un espace standardisé d'une couleur gris terne, était assez lointaine d'une certaine idée que je me faisais de l'art culinaire français. Patientant calmement jusqu'à ce qu'on me serve une ration de risotto crémeux aux morilles – un tas de riz gluant sur lequel était déposée une crème poudreuse à base d'eau et dont la transparence douteuse n'était pas sans me rappeler les pires plats surgelés des chaînes de magasins américains –, je réfléchissais en admirant la campagne française. L'inspecteur Dupré semblait avoir mûrement pensé son plan qui, s'il fonctionnait, aurait des effets redoutables. L'homme était très rusé et son intelligence ajoutait au charme trouble de ce personnage d'apparence timide et quelque peu mystérieuse.

Une bouchée de tarte au citron allégée en sucre digne d'une semelle de botte de soldat parti gambader dans la boue me fit définitivement oublier tout désir sexuel.

« Votre raisonnement semble parfait, cher Laurent, déclarai-je alors que nous retournions nous asseoir.

— Vous m'en voyez particulièrement heureux.

— Peut-on vraiment compter sur votre ami suisse ?

— Je vous le garantis. Je connais cet homme depuis très longtemps.

— Très bien. Dans ce cas, je vais mettre les banques américaines dans le rouge et c'est Edgar qui paiera la note. »

Lyon était une petite ville charmante. Elle rassemblait un

étrange mélange de style haussmannien et de grosses maisons italiennes. On aurait dit un petit Paris. Son intérêt architectural était concentré sur la presque île dont on pouvait s'apercevoir, en regardant un plan, qu'elle était la copie conforme de Manhattan. La même composition en forme de cravate entourée d'eau.

« C'est très charmant ! On dirait Paris et Rome réunies sur un Manhattan en modèle réduit, lançai-je à l'inspecteur qui marchait d'un pas rapide.

— Ne vous fiez pas aux apparences. À la différence de la Big Apple, on a vite fait le tour de ce gros lopin de terre prétentieux et ruiné par des magasins sans intérêt.

— Vous n'aimez pas Lyon ?

— Je passe la plupart de mon temps ici et je m'y ennuie.

— Je crois que je pourrais m'y plaire. Il est vraiment très curieux que cette ville ne soit pas plus connue sur le plan international.

— C'est normal. Il fut un temps où les autorités locales œuvraient pour le rayonnement de la ville, mais aujourd'hui on a laissé la place à un dandy plus gestionnaire que visionnaire.

— Je comprends. Permettez-moi de rester sous le charme malgré tout.

— Oh, mais je vous en prie ! Vous êtes américaine et vous

ne risquez pas d'être confrontée au second problème de cette ville.

— C'est à dire ?

— Les Lyonnais. Rares sont ceux qui savent avancer correctement une phrase en anglais et c'est mieux ainsi.

— Excusez-moi mais vous n'avez pas l'air d'être un individu très bavard d'une manière générale et cela ne m'étonnerait pas que vous ayez des difficultés pour vous intégrer ici comme ailleurs.

Il s'arrêta pour demander l'heure à une passante. Elle ne lui répondit pas.

— Vous voyez ? Lyon est une ville très française et beaucoup trop bourgeoise. Les gens d'ici parlent de l'esprit lyonnais, ils abordent avec fierté le passé de cette ville comme ancienne capitale des Gaules et s'endorment sur leurs lauriers. Et puis, ici, il faut être bien comme il faut. Il n'y a pas de place pour l'originalité. Les Lyonnais voyagent trop peu et n'ont aucune perspective sur le monde. Bien qu'il y ait un million d'habitants dans cette agglomération, personne ne semble s'intéresser à ce qui se passe hors de la ville. Lyon est un immense paradoxe, un tissu de contradictions. Elle ressemble à un îlot surpeuplé mais perdu entre la montagne et la mer.

— Vous exagérez, j'en suis sûre.

— Non ! Je vous assure ! Les Français préfèrent Paris. Lyon est vraiment la grande oubliée et il y a des raisons à cela, croyez-moi.

— C'est tout de même une analyse très cruelle.

— Certainement. J'ai passé trop de temps ici et j'ai toujours été un incompris avec mes idées progressistes.

Après une bonne heure de balade, nous nous arrêtâmes un moment à la terrasse d'un café. Je sentais l'air chaud descendu tout droit des montagnes et j'avais bien du mal à croire les paroles de l'inspecteur qui continuait sa description assassine.

— Voyez, par exemple. Le grand sujet du moment ici, c'est la construction d'un musée qui serait situé dans un endroit magnifique, à la croisée de la Saône et du Rhône, les deux cours d'eau qui traversent la ville. J'ai un ami au conseil municipal et je lui ai demandé de militer pour la création d'un musée prestigieux de type Guggenheim, mais il ne m'a pas suivi. Et pourtant, l'essor de Bilbao est indéniable, son école d'art, ses millions de touristes, c'est une évidence ! Monsieur le Maire, un certain Gérard Lintestaing, a préféré un projet plus modeste, une erreur monumentale née du cerveau d'un inconnu, probablement l'un de ses amis. Il se vante par ailleurs de sa grande réalisation, une cité internationale construite loin de la ville, sans métro et desservie par une ligne de trolleybus qui s'arrête à vingt et une heures trente.

— Je suis navrée. J'ai comme l'impression que vous avez un souci avec cette ville.

— Ce sont surtout les politiques qui me gênent, en réalité. J'ai l'étrange impression que Lyon est à la merci de réseaux d'influences plus ou moins occultes et qu'il s'agit surtout de faire plaisir à ses amis quitte à ruiner l'architecture. Enfin, peu m'importe à présent, vous allez bientôt m'offrir les moyens de m'évader, n'est-ce pas ?

— Vous devriez sérieusement penser à une mutation, en attendant.

— Impossible ! Interpol est ici et, d'ailleurs, nous allons nous y rendre dès à présent.

— Je vous accompagne ?

— Il s'agit d'une simple visite, soyez rassurée.

— Mais je n'ai aucunement envie de me retrouver coincée au beau milieu de tous les flics d'Europe. Vous voulez ma peau ?

— Allons, allons. Il est préférable que mes collègues vous connaissent. Rappelez-vous que je vous ai décrite comme la victime d'Edgar Freney et que j'ai fait de vous le témoin principal de notre action dans mon rapport. Que se passerait-il en effet si un agent de police vous bouclait par erreur et que vous décidiez de balancer vos connaissances fiscales sur les personnalités françaises en retour ? Il faut que nous divulguions un certain nombre d'informations à votre sujet comme vos empreintes et une photo, par exemple. Il en va de votre sécurité.

— Je ne suis pas sûre que ma présence dans vos bureaux soit une bonne idée, mais puisque vous insistez, je vous suis. »

Le déterminisme de l'inspecteur me surprit. Il était décidément un individu très spécial.

Le chemin qui menait jusqu'à Interpol était très agréable. L'immeuble, une bâtisse quelconque, était isolé dans un parc qui bordait le Rhône. Il s'agissait d'un bloc de verre recouvert d'un filet de sécurité aussi mal entretenu que ridicule. Je m'attendais à ce que nous empruntions l'entrée principale, mais l'inspecteur changea de chemin. Il gara sa voiture sur un emplacement attenant et m'invita à le suivre à pied.

« Ici, c'est l'entrée des touristes, me dit-il. Il y a un accès beaucoup plus discret par-derrière. »

Nous nous retrouvâmes ainsi sur un sentier cabossé et recouvert de hauts buissons. Nous marchâmes le long de l'enceinte de l'immeuble alors qu'un nombre impressionnant de badauds – tous des hommes – semblait se promener dans les alentours.

« Mais que font tous ces hommes ici ? chuchotai-je à l'oreille de l'inspecteur.

— Nous sommes ici dans l'un des lieux de rencontre pour hommes les plus importants de la région.

— Dites-moi que je rêve ! Les gays viennent se bécoter au pied de l'immeuble d'Interpol ?

— Outre le fait que cela doit être très pratique pour certains, peut-on rêver meilleure couverture ? »

Avant même que je puisse comprendre ce qui se passait dans le sentier, Dupré nous entraîna dans un tunnel humide au bout duquel se trouvait une porte blindée. Il composa un code sur un petit clavier caché dans un mur de pierres puis nous entrâmes dans un complexe de bureaux flambants neufs. Une foule de gens travaillait dans une ambiance très détendue.

« Dis, Kelly, cria soudain un gros type dégarni à un jeune homme à l'air égaré, tu sais comment on appelle le bout de gras qui se trouve autour du vagin ?

— Je ne sais pas, Monsieur Suarez, répondit le garçon fébrilement.

— La femme, pauvre idiot.

— Voilà, Madame Freney, interrompit soudain Dupré, gêné, bienvenue chez nous. Veuillez excuser l'humour parfois graveleux de mes collègues.

— Il n'y a pas de mal, Monsieur Dupré. C'est tellement drôle d'entendre un gros plein de soupe railler sur le gras supposé des femmes. »

L'ensemble de l'équipe se mit soudain à rire et je compris que je venais de parler un peu vite. Je n'aimais pas beaucoup l'attitude machiste de l'homme bedonnant à la chemise tachée qui me rappela mon père et je décidai de continuer à l'irriter en embrassant sur la bouche son jeune collègue.

« C'est peut-être un pauvre idiot, mais il a suffisamment de charme pour plaire sans avoir à sortir son porte-monnaie, déclarai-je au petit homme trapu devenu tout rouge.

— Qui c'est celle-là, Dupré ? Encore une fille de l'Est que tu as été cueillir sur le quai Perrache ?

— Gardez votre calme, Monsieur Suarez, je vous présente Madame Freney. La femme qui va nous aider à cueillir Edgar Freney.

— Oui, ajoutai-je et si vous aviez été un peu plus finaud, vous auriez remarqué mon accent américain. Je suis donc une fille de l'Ouest au cas où vous ne sauriez pas où se situe l'Amérique sur une carte.

L'homme quitta la grande pièce en pestant contre une secrétaire. Dupré me prit par le bras avec force pour me conduire vers une pièce fermée.

« Mais vous êtes folle à lier, nom de Dieu ! C'est l'inspecteur général.

— Oh, mais ce que vous pouvez être rabat-joie à la fin. Qu'est-ce que cela change ?

— C'est lui qui attribue les primes de fin d'année et je peux dire au revoir à la mienne grâce à vos frasques.

— Non, mais je rêve ! Est-ce qu'il sait, votre inspecteur de mes deux que je m'apprête à virer l'équivalent de trois mille ans de son salaire sur votre futur compte en Suisse ?

— Tenez-vous correctement. C'est tout ce que je vous demande. Nous allons à présent vous passer au scanneur puis nous prendrons vos empreintes ainsi que le timbre de votre voix, après quoi nous serons libre.

— Je suis désolée mais j'ai du mal à contenir mes émotions parfois. En attendant, à vos ordres mon Général ! »

J'aurais été pétrifiée à l'idée d'entrer dans un bâtiment rempli de policiers quelques mois auparavant mais rien ne me paraissait vraiment risqué depuis l'expédition parisienne. Je prenais les choses plus à la légère dorénavant en observant les agents récupérer mon identité sans la moindre objection.

« Vous êtes une névrosée doublée d'une cinglée ! reprit Dupré à la sortie du bâtiment.

Nous rîmes en chœur sur le chemin du retour.

— J'ai pris une semaine de congé, ajouta Dupré. Allons

récupérer mes affaires et partons pour la Suisse sans attendre. »

L'appartement de Dupré, un homme pourtant si délicat, était un vrai désastre. Un capharnaüm où s'entassaient des dizaines de journaux, des quantités de livres poussiéreux et la plus impressionnante collection de disques et de films que j'avais encore jamais vue. Le deux pièces aurait pourtant pu être coquet s'il avait été rafraîchi. Le papier peint était jauni et les hauts plafonds constellés de toiles d'araignées. Le mauvais goût des peintures était indéfinissable. Un jaune orangé dans la cuisine invitait à se plonger dans je ne sais quel esprit provençal alors qu'un vieux rose couvrait les murs de la salle de bain du sol au plafond. Plus curieux encore, il n'y avait pratiquement pas de meubles. Somme toute, cet endroit ressemblait à la caverne d'Ali Baba d'un gosse de huit ans abandonné par ses parents.

« C'est un peu le cirque ici, mais nous n'allons pas nous formaliser. Puis-je vous offrir un café ?

— Il y a une cafetière ici ? Pardon… je ne voulais pas dire cela. Je préférerais un Jim Beam bien tassé, s'il vous plaît. »

Dupré nous servit largement. Je fermai les yeux un instant lorsque j'approchai le verre de mes narines. Le whisky sentait bon l'Amérique. Laurent Dupré se mit ensuite à étendre des vêtements fraîchement lavés sur un étrange sèche-linge de fortune. Il était très méticuleux avec ses vêtements, ce qui tranchait franchement avec le manque d'entretien de l'appartement.

« C'est un peu rustique chez vous. Vous n'aimez pas les meubles ?

— Ne vous moquez pas de moi. Le fait de quitter Paris en catastrophe a été particulièrement difficile à supporter. Je me plais à vivre ici en transit.

— Et depuis combien de temps ?

— Tout ça n'a plus guère d'importance. Je vais bientôt pouvoir démissionner et me payer une femme de ménage.

— Elle n'aura certainement pas votre talent pour étendre le linge.

— Cela vous fait peut-être rire mais le linge doit être étendu correctement, sinon il sèche mal.

— J'en suis certaine et de la même façon, mettre des ampoules sur ses plafonniers permet de mieux contrôler le niveau de séchage quand il fait nuit. Et que faites-vous de ce beau linge lorsqu'il est sec ? Il a une place réservée sur le sol quelque part ? Jamais je n'aurais cru qu'une simple étagère puisse faire autant d'effet.

— Nous avons tous nos lubies, je suppose. Regardez-vous, par exemple. Vous avez manifestement la folie du sac à main mais vous ne savez pas l'assortir à votre robe. C'est sans doute très américain ce manque de goût. Quant à vos maisons, là-bas, ce ne sont que des châteaux de paille recouverts de stuc, plagiant un vague style européen. Dans votre pays, c'est surtout l'apparence qui compte, n'est-ce pas ? »

Le bougre avait réussi à me faire rougir. Mais je ris aux éclats lorsque je le vis repasser une chemise avec frénésie sur une plaque de verre posée sur deux tréteaux faisant office à la fois de bureau, de table de salon et de planche à repasser.

« S'agissant de la tenue, il me semble que nous avons au moins un point commun, Monsieur l'inspecteur. Enfin, peu m'importe. Savez-vous où nous allons passer la nuit ?

— Nous sommes attendus par mon ami dans son chalet près de Genève. C'est un endroit charmant. Vous allez pouvoir apprécier le beau mobilier et l'argenterie bien ordonnée dans des vitrines. »

Bien que je fus incontestablement attirée par le charme de l'inspecteur Dupré et par son esprit obstiné, il ne m'inspirait plus la moindre envie sexuelle à présent. Très cultivé, obsédé par la propreté corporelle – il m'avait avoué prendre jusqu'à six douches par jour – et profondément désintéressé par toute considération matérielle outre celle procurant la liberté, il semblait lui-même très peu enclin à la copulation, probablement par narcissisme. Il aurait fait un bon ami tout au plus s'il n'avait pas eu un tempérament parfois incontrôlable.

Dès notre arrivée à la gare des Eaux-Vives, une voiture de maître vint nous chercher. Elle avait été commandée par le contact de Dupré. Le luxe du véhicule était annonciateur d'un mode de vie plus élevé encore que ce que je connaissais. J'éprouvai même une certaine gêne une fois installée dans la voiture. Le déploiement d'un tel apparat semblait m'indiquer que j'étais dans ce palace roulant comme une chômeuse en fin de droit malgré les millions de dollars qui traînaient sur mon compte. Je pensais pourtant m'être accoutumée aux mœurs de la haute société grâce à mon séjour sur Madison Avenue mais rien n'y faisait, je serrais les fesses et regardais le bout de mes souliers comme Marie-Antoinette allant à la rencontre de son futur promis. Notre arrivée devant le porche de ce qui ne devait être qu'un modeste chalet de montagne ruina tous mes efforts de rationalisation. Impressionnée par la forteresse de bois et de pierres, je souhaitai faire demi-tour sur-le-champ quitte à partir à pied dans les montagnes. Je m'imaginai alors les pires scénarios. Contrainte et forcée de me faire ramener en ville par un berger, je me retrouverais assise dans la paille de je ne sais quelle charrue en compagnie de mes amies les chèvres. Je préférais pourtant cette hypothèse à l'entrée dans la grosse maison qui m'effrayait tellement.

La vue de l'homme qui se présenta devant la porte cette nuit-là me fit changer d'avis en un éclair. Il lui suffit d'un sourire pour que mon opinion sur les alentours change en un instant.

Ni le plus unique des véhicules de luxe, ni même la réunion des châteaux de Bavière à mes pieds n'auraient pu me procurer le même plaisir. Il était immensément beau, particulièrement élégant dans son peignoir de soie pourpre, les traits de son visage étincelaient bien qu'il semblât avoir dépassé la cinquantaine et ses cheveux grisonnants lui donnaient une maturité réconfortante. Je tombai immédiatement amoureuse pour la première fois de ma vie et me sentis prête à lui offrir bien plus que dix millions de dollars pour qu'il m'enlève loin vers les sommets des Alpes.

« Bonsoir, Madame Freney. Soyez la bienvenue dans mon modeste cabanon, annonça-t-il d'un ton précieux.

— C'est en effet très bucolique, ajoutai-je afin de ne pas paraître trop idiote.

Dupré s'interposa, l'air ravi.

— Tu parles d'un cabanon !

— Oh ! Cher inspecteur. Mais quelle heureuse surprise que de croiser de nouveau votre route. Comment vas-tu, vieille crapule ?

Les deux amis rirent en échangeant une franche accolade.

— On dirait que Monsieur s'est enfin décidé à suivre mes recommandations, n'est-ce pas ?

— Je n'ai jamais pensé que ta vision de la finance était mauvaise ou erronée, Larry, il me fallait juste attendre le bon moment.

— Et quel délicieux instant ! Vous êtes ravissante Madame et le fait que votre cœur soit déjà pris brise mes entrailles comme le Rhône étonne la vallée de Martigny.

— Vous me voyez surprise d'apprendre que mes amis d'Interpol ne vous aient pas renseigné. Mon cœur n'a pas encore été ravi par quiconque jusqu'à présent. Voulez-vous bien me montrer votre demeure ? Il commence à faire frais à cette altitude. »

Le sourire du milliardaire entrant dans son palace au milieu des montagnes helvètes fut certes un peu cliché, mais le charme de cette image à la fois stupide et pittoresque agissait positivement sur moi. Sa présence à mes côtés me mettait dans un tel état que l'homme m'aurait plu tout autant s'il avait été douanier.

Vue de l'extérieur, l'immense bâtisse ressemblait à un château fort. Deux grosses tours terminaient la façade de chaque extrémité alors que le chalet s'élevait sur une dizaine d'étages. Il me fit penser à la dernière demeure de Balthus, dans une version plus somptueuse encore.

L'immense entrée ovale chapeautée par un dôme de poutres me rappelait la salle principale du château de Vaux-le-Vicomte et un imposant escalier de bois virevoltait le long des murs, à l'infini. Un lustre à pampilles démesuré ainsi qu'une console centrale sur laquelle était posé le plus chatoyant des bouquets de violettes composaient l'unique mobilier de cette salle plus grande que la gare de ma ville natale. Le propriétaire des lieux évoluait dans ce donjon impérial avec beaucoup d'humour et un certain détachement.

« Je suis fatigué de tout ce bois. Tout ce sapin naturel me fait penser à un cercueil et me rapproche de la mort. Je vais m'en séparer un jour. Laissez donc vos valises dans l'entrée et suivez-moi plutôt jusque vers la piscine ; nous allons prendre un rafraîchissement. »

La simplicité des matériaux utilisés – beaucoup de bois et des dalles de pierres de roche – rappelait au visiteur qu'il n'était que dans un chalet. Pourtant, l'opulente décoration qui s'étalait de pièce en pièce démontrait combien nous étions loin des réalités rustiques de la montagne et je crus un instant que mon cœur allait s'arrêter lorsque nous franchîmes les portes du salon. Une véritable cathédrale de bois se dressait devant nous. Une grande baie vitrée ouvrait la pièce sur une terrasse couverte par de la vigne et une piscine à débordement illuminait l'ensemble. La chaîne des Alpes qui s'étirait à l'horizon offrait à ce spectacle retentissant un air majestueux à tel point que je me demandai quel endroit, de l'intérieur ou de la terrasse, était le plus convivial. Le décorum de la pièce était tout aussi spectaculaire. Une bibliothèque rassemblant l'intégrale de la Pléiade et des disques d'Elvis Presley, un interminable canapé de cuir marron dessiné sur mesure pour habiller un angle mort, une cheminée de granit bleu au conduit apparent et des tapis turcs nous donnaient l'impression de partager la dernière demeure de James Bond.

« J'aime l'air frais à la tombée de la nuit ici, déclara soudain le dandy des montagnes. Trop de gens s'entassent dans les stations de ski l'hiver et oublient les délices de l'été dans les montagnes.

— Très juste, Larry. Je prendrai un bourbon avec trois glaçons, s'il te plaît, ajouta l'inspecteur, déjà à ses aises.

— Monsieur l'inspecteur est ici chez lui.

— Un bourbon pour moi, dix millions de dollars pour toi, cela te convient-il ?

— Dieu du ciel ! J'en avais oublié l'objet de votre visite.

L'homme sembla s'amuser d'une telle nouvelle et remplit nos verres avec des doses étonnamment modestes.

— C'était sans compter sur la générosité et la détermination de Madame Freney qui a bien voulu accepter ma demande. Et je dois dire, Victoria, que j'apprécie beaucoup votre geste.

— Il n'y a aucune morale dans ce bas monde sauf celle des véritables amis, du moins, je l'espère. Et puis c'est surtout d'avoir la peau d'Edgar qui me motive.

— Je serai ravi de vous aider sur ce dernier point, ma chère, lança Larry qui nous avait rejoints sur la terrasse avec un grand plateau en argent.

— Vous ne semblez pas particulièrement enthousiaste quant à l'importance de ce gain, Monsieur…

— Danberg, Larry Danberg. Mais appelez-moi Larry.

— Très bien, Larry.

— Autant être clair avec vous, Victoria, permettez-moi de vous appeler ainsi, cette somme ne représente rien comparée à mes revenus. Je suis ravi de gagner un tel butin sans difficulté, mais cela ne va pas changer grand-chose à mes habitudes. Il y a longtemps que je suis comblé sur le plan matériel et mes soucis sont tout autres. Je me sens très seul et j'aimerais bien trouver une compagne pour partager ma vie.

— Bon. Comment allons-nous procéder et où ira l'argent

lorsqu'il arrivera en Suisse ? interrompit brutalement l'inspecteur Dupré.

— Ne soit donc pas si impatient, cher Laurent.

— Tu es hallucinant, Larry. Tu ne connais pas encore Madame Freney que tu veux déjà la conquérir. Je n'ai pas envie que nous nous égarions.

— Je te propose que nous passions une nuit tranquille et que nous opérions demain matin. Le plan est très simple, la somme sera virée sur un compte factice que j'ai déjà créé au nom d'Edgar Freney. Nous l'enverrons immédiatement après sur un autre compte X qui se situe quelque part dans un paradis fiscal que je possède et que moi seul connais. C'est ce que l'on appelle user de sociétés écrans, c'est aussi simple que cela.

— Comment peut-on être sûr qu'il n'y aura pas de fuite là-bas ? s'enquit Dupré.

— C'est très simple. Je vais envoyer l'argent sur une île dans laquelle il n'y a rien.

— Comment ça, rien ?

— Absolument pas le moindre habitant. La seule chose que l'on y trouve, c'est un cabanon muni d'un ordinateur et une boîte postale.

— Tu veux dire que tu vas envoyer notre argent sur une île où il n'y a rien d'autre qu'un ordinateur ?

— Hélas, mon très cher Laurent, je crains que ce ne soit aussi simple que cela en effet.

— Alors, levons nos verres à un avenir radieux ! »

Dupré se leva en fléchissant légèrement ses jambes, signe que l'alcool commençait à faire ses effets sur ce grand sportif.

Le lendemain matin avait comme un air de fête. L'odeur du café frais et du bacon grillé avait excité mes papilles et je m'habillai d'une tenue légère afin de m'exposer au mieux devant l'homme auquel j'avais rêvé toute la nuit.

Il était six heures trente lorsque je descendis dans le salon et la même impression féerique me sauta aux yeux lorsque je vis la chaîne des Alpes à peine éclairée par le soleil naissant. Il faisait déjà doux malgré l'heure matinale et tout le monde se retrouva une nouvelle fois sous les tonnelles de la terrasse.

« J'ai pensé qu'un petit-déjeuner typiquement américain vous ferait plaisir Victoria, annonça Larry déjà disponible et parfaitement habillé.

— Vous êtes décidément un être délicieux, Larry. Je n'ai pas avalé de bacon ni d'œufs brouillés depuis près de quinze ans, date de mon entrée dans le beau monde.

— Et pourquoi donc ?

— Le gras et les excès de protéines complètes ne sont pas compatibles avec la haute société new-yorkaise, hélas.

— Au diable les coutumes new-yorkaises, chez nous, les juifs, il n'y a pas de limite aux bonnes choses.

— Vous m'en voyez ravie. »

L'inspecteur Dupré était excessivement calme. Isolé à un coin de la table, il avala son petit-déjeuner sans prendre part à la conversation.

« Que se passe-t-il, Monsieur l'inspecteur ? Vous m'avez l'air soucieux ?

— Je n'ai pas dormi de la nuit. Je pense que tout ceci n'est peut-être pas une bonne idée. Nous allons nous attirer les foudres des médias américains et la pression sera tellement forte que le FBI va mener une enquête très poussée. Je connais bien vos compatriotes, Victoria. Ils ne laissent rien passer. Peut-être devrions-nous renoncer ?

— J'ai toujours apprécié ta bravoure, Laurent, lança Larry.

— Il ne s'agit pas de courage ici mais de raison.

— Mais si j'avais suivi la raison, je ne serais pas là ! La raison ! Mais qu'est-ce que cela veut bien dire à la fin ? Regarde-toi, tu as toujours été honnête et tu ne peux même pas t'acheter des vêtements neufs pour me rendre visite. Pendant ce temps, des milliers de spéculateurs font des profits sur le dos de gens comme toi. Où est la raison lorsqu'une banque prête à huit pour cent l'argent qu'elle empreinte à zéro virgule trois ?

— Je connais quelqu'un qui pense comme vous, Larry, rétorquai-je.

— Et bien, ce Monsieur est hautement sensé, ma chère. Nous avons nous aussi un point commun avec Monsieur Freney. Nous n'aimons pas les banques mais je me suis aperçu plus jeune que j'avais perdu beaucoup trop de temps à les haïr alors qu'il valait mieux les imiter. Mieux vaut nous suivre, Laurent. Il est trop tard à présent.

— C'est facile à dire pour toi qui vis reclus dans les montagnes. Tu n'es jamais exposé au public et tu agis dans l'ombre.

— Je ne suis pas toujours caché mais c'est un autre problème. Écoute, je peux t'assurer que je brouillerai suffisamment les pistes pour que nous n'apparaissions jamais. Et, d'ailleurs, le FBI sera ravi d'avoir trouvé un coupable aussi facilement. Ils ne vont pas aller plus loin que le compte en Suisse et s'ils veulent le faire, il va falloir qu'ils passent par moi !

— Et moi qui croyais que vous n'étiez pas intéressé par ces millions, Monsieur Danberg ! Finalement, je vous trouve bien animé lorsque le sujet est évoqué.

— L'argent constitue en effet l'une de mes faiblesses, Madame.

— Vous en avez beaucoup d'autres ?

— Les jolies femmes constituent mon seul et unique penchant véritable.

Larry me sourit en m'envoyant un clin d'œil.

— Je suis fatigué de vous voir faire du gringue de la sorte. Je vais prendre une bonne douche et vous rejoindrai d'ici une demi-heure.

L'inspecteur Dupré se leva puis quitta les lieux.

— Je vais monter moi aussi, annonçai-je à Danberg. Je tiens à régler cette affaire au plus vite avant que l'inspecteur ne décide de nous lâcher définitivement. »

Danberg se leva et me suivit. Il m'attrapa par l'épaule et m'arracha le baiser dont j'avais envie depuis l'instant où j'avais croisé son regard. Mais, au moment où je le repoussais, mon pied accrocha le chambranle de la fenêtre et la chute m'entraîna sur le canapé.

Monsieur Danberg profita de cet instant de faiblesse et c'est remplie de frissons que je goûtai au confort du magnifique divan.

L'instant que je venais de vivre était le plus heureux de ma vie. Je n'avais pas succombé à l'une de mes diverses tentations charnelles comme cela m'arrivait parfois, mais je venais de faire l'Amour avec un grand A.

Une heure s'écoula avant que je ne sorte de la salle de bains qui me rappelait celle des plus beaux magazines de luxe. Larry et l'inspecteur Dupré m'attendaient, déterminés. Le riche homme d'affaires suisse nous conduisit jusqu'à sa voiture puis nous demanda subitement de sortir du véhicule.

« Nous allons emprunter un petit raccourci. Ce sera beaucoup plus discret. »

Il nous fit faire le tour de la maison à pied, jusqu'à un petit sentier en contrebas de la piscine. Nous marchâmes ainsi quelques minutes en plein sous-bois. L'air était chaud sous les noisetiers sauvages et le sourire de Larry mêlé aux parfums des fleurs des champs donnait à la marche un petit air bucolique.

La végétation s'arrêta soudain devant un immense mur de pierre. Dupré et moi levâmes les yeux en chœur pour découvrir le sommet d'une montagne vertigineuse. Larry, qui menait la marche, nous dirigea du côté droit sur près de cinq cents mètres au-delà desquels nous sortîmes de la propriété. Après qu'il eut ouvert une barrière dissimulée parmi les grillages et les buissons de la clôture, nous arrivâmes enfin au bord d'un cours d'eau d'assez grande taille que nous longeâmes jusqu'à un point précis puis Larry s'arrêta.

« Nous sommes presque arrivés, dit-il, le pied dangereusement posé près du cours d'eau. Il ne nous reste plus qu'à traverser la rivière et vous serez riches, mes enfants.

— Très bien, cria Dupré pour dominer le bruit des flots, mais comment fait-on maintenant ? La rivière est trop profonde ici, et le courant semble très dangereux.

— Voyons mon cher Laurent, tu me surprends ! Ce n'est pas le cours d'une rivière qui va m'arrêter, loin de là. »

L'homme d'affaires approcha la montre de sa bouche et prononça une succession de sons incompréhensibles qui me rappelèrent le grec ancien qu'utilisait Edgar dans de rares mais non moins importantes conversations. Au bout de quelques secondes, quatre gigantesques rochers jaillirent de l'eau. Ils dessinèrent un pont jusqu'au flanc de la montagne. Larry monta le premier et, arrivé à mi-parcours au-dessus du torrent, il mit les pieds dans deux trous parfaitement adaptés à la semelle de ses chaussures. La roche se déplaça devant nous et ouvrit une porte dans la montagne.

« Dépêchez-vous, cria-t-il, nous n'avons que quelques secondes avant que la porte ne se referme. »

La porte se referma effectivement très rapidement derrière nous et c'est ainsi que nous nous retrouvâmes enfermés dans une cage d'ascenseur qui montait à une vitesse vertigineuse. L'inspecteur et moi eûmes à peine un moment pour croiser nos regards, stupéfaits, que les portes de l'ascenseur s'ouvrirent.

À notre plus grande surprise, nous arrivâmes en haut d'une tour en plein centre-ville. Le spectacle n'avait ni queue ni tête. Le couloir ressemblait à n'importe quelle pièce d'un bureau de Wall Street. On y voyait des murs recouverts de fausses cloisons en plastique blanc et de vitres derrière lesquelles s'activaient des employés. Des plafonniers irradiaient une affreuse lumière de tubes à néons blancs ; une moquette grise et quelques fausses plantes vertes achevaient ce décor quelconque. Larry marchait à grands pas et saluait les gens comme un PDG assuré de son succès puis il ouvrit une porte et nous céda enfin le pas.

« Bienvenue dans mon bureau.

— Qu'est-ce que c'est que cette farce ? s'enquit Dupré après avoir choisi une place de premier choix dans un Chesterfield.

— Oui. Où sommes-nous donc ? insistai-je, incrédule.

— Nous sommes à Martigny, petite ville suisse sans histoire connue pour sa Fondation d'art contemporain.

— Mais c'est bien sûr ! s'exclama Dupré qui s'était levé pour observer l'horizon depuis la fenêtre. La Fondation Pierre Gianadda connue pour son jardin de sculptures impressionnantes et son Musée gallo-romain !

— Ou le sein de César, rappela Larry, confus.

— Mais pourquoi cette ville ?

— C'est une petite ville tranquille coincée au milieu d'une vallée et difficile d'accès. Nous sommes ici dans un bureau qui ne me sert pratiquement jamais. L'immeuble fonctionne en partage de services et figurez-vous que je ne loue que la petite pièce dans laquelle nous nous trouvons à présent. Je n'ai pas de secrétaire, je ne connais pas les gens qui travaillent à cet étage, et le contrat du bail est passé au nom d'une société fictive, bien entendu. Somme toute, nous évoluons dans cette tour en parfaits inconnus, ce qui est idéal pour ce qui nous amène.

— Vous êtes incroyable, Larry ! ajoutai-je, définitivement amoureuse. Je nage en pleine confusion ces dernières heures et je m'aperçois que je ne vous connais pas. Mais qui êtes-vous donc, Monsieur Danberg ?

— Je suis surpris que vous n'ayez jamais entendu parler de la « LDCB », entendez Larry Danberg Corporation Bank. J'ai eu envie de m'acheter un gros avion lorsque j'avais treize ans et l'idée ne m'a jamais quittée puis, étant d'une nature plutôt obstinée, j'ai trouvé le moyen de construire une petite fortune six mois seulement après ma majorité. Je gère aujourd'hui près de dix-sept milliards de dollars d'épargne et mes clients viennent du monde entier.

— Je comprends maintenant pourquoi la somme qui est en jeu aujourd'hui vous fait sourire.

Mon attitude langoureuse commençait à agacer sérieusement Dupré qui nous ramena une nouvelle fois à la réalité.

— Il doit être dans les deux heures du matin à New York. C'est maintenant qu'il faut agir.

— Très bien, ajouta Danberg, vous allez utiliser mon ordinateur portable, Victoria, et je suivrai les mouvements de fonds depuis un autre poste.

— Votre quoi ? demandâmes-nous, Dupré et moi, les yeux rivés sur le spéculateur.

— Vous n'êtes vraiment au courant de rien, les amis.

Danberg ouvrit la porte d'une grande armoire et retira précautionneusement une étagère complète de livres. Il sortit de sa cachette un immense bloc de plastique blanc qui s'ouvrit sur le devant pour dévoiler un clavier et un minuscule écran vert. Nous étions en 1982 et à l'époque personne ne s'intéressait aux révolutions technologiques, jugées trop peu sérieuses.

— Et voici l'avenir du monde ! Ceci est un Osborne 1. C'est l'un des tout premiers types d'ordinateur réellement portatifs. Comme vous pouvez le voir, cette petite machine est tout à fait opérationnelle et permet d'effectuer les mêmes opérations, de manière un peu plus lente certes, qu'un poste habituel. La différence, c'est que je peux l'emporter presque partout avec moi. Chaque foyer du monde possédera bientôt une telle machine et vous verrez que tous ces objets seront reliés les uns aux autres par une sorte d'immense réseau. Les ménagères pourront même acheter leurs savonnettes en ligne et recevoir leurs produits directement chez elles. J'ai investi une grosse part de ma fortune dans cette technologie qu'on appelle Arpanet car elle est pour moi une évidence. Et, s'agissant de l'ordinateur en lui-même, c'est un outil formidablement efficace pour brouiller les pistes.

— Explique-nous donc pourquoi, s'enquit l'inspecteur, perplexe.

— Eh bien, voyez-vous, chaque machine possède une mémoire qui enregistre toutes les opérations réalisées sur l'ordinateur. C'est un petit disque dur que la police épluche en cas d'enquête. Ce qui est fantastique avec un appareil portable, c'est qu'il suffit de le détruire pour faire disparaître les preuves. Par ailleurs, je peux enregistrer cette machine comme appartenant à un certain Edgar Freney afin d'aider encore les futurs enquêteurs.

— C'est vraiment extraordinaire ton machin, Larry ! s'exclama Dupré, définitivement conquis.

— Il suffit donc de jeter cet ordinateur portable dans la rivière et le tour sera joué ? annonçai-je à mon tour.

— Tout à fait, chère Madame. C'est d'ailleurs ce que je ferai dès que nous aurons terminé notre travail. Cet appareil coûte une petite fortune mais je préfère le sacrifier ainsi sur l'autel de la stupidité du système et pour faire plaisir à mes amis.

— Alors, finissons-en, déclara Dupré calmement.

— Très bien. Je vais entrer dans le réseau des banques américaines grâce aux codes qu'Edgar m'a transmis puis je le débiterai à la hauteur d'un montant tout à fait astronomique au nom de l'État français.

Je m'exprimais lentement et posément malgré l'effroi qui me traversait.

— Je ne comprends pas trop ce qui m'arrive à cet instant précis, ajoutai-je, car j'ai le sentiment de pirater le système de la loterie nationale américaine. Enfin, peu importe. Je n'ai utilisé qu'une fois le logiciel international de fonds mais je sais qu'il devrait se passer moins d'une heure avant que l'argent n'arrive jusqu'ici. Il sera alors quatre heures du matin à New York, ce qui représente une sécurité supplémentaire sachant que les premiers employés n'arriveront pas avant neuf heures trente.

— Très bien, donnez-moi un instant et vous aurez à disposition les coordonnées bancaires d'un compte au nom d'Edgar Freney en Suisse. »

Chacun se concentra ensuite sur son poste tandis que l'inspecteur Dupré faisait les cent pas dans la pièce. L'ambiance était studieuse et calme jusqu'à ce que je pousse un cri d'inquiétude.

Le logiciel annonça que, pour des raisons de sécurité, le montant des virements était limité à quatre millions par connexion.

« Pour raisons de sécurité, dites-vous bien ? s'étonna Larry.

— Oui, c'est bien cela, regardez par vous-même ! ajoutai-je l'air perplexe.

— Mais alors, cela veut dire qu'il va falloir que vous fassiez plus de vingt virements à la chaîne, calcula Dupré, dépité.

— Tout à fait. Et j'ai bien peur que cette succession de débits ne déclenche une alarme réveillant le président de la banque lui-même.

— Allons, allons ! Vous n'arrêtez pas de parler d'automatismes et d'énormes virements réguliers dans le monde entier et nous voilà bloqué tous les quatre millions ? C'est ça votre affaire ? Hein ?

Dupré s'énervait sérieusement. Je regrettais son manque de calme.

— Je ne comprends pas, ajouta Larry. Les mouvements de ce réseau peuvent varier pour atteindre des sommets de l'ordre de cinq à six milliards de dollars par jour en période de tension sur les marchés. Faites comme vous pouvez, Victoria, et finissons-en vite sans prendre de risques inutiles. »

Après avoir vécu près d'une heure d'anxiété intense et de sueurs froides dues à des pannes informatiques en tous genres – l'ordinateur n'était décidément pas un appareil aussi fiable que le prétendait Larry –, l'argent arriva enfin. La torpeur qui nous avait envahis laissa place à un soulagement qui nous transporta de joie. J'avais fait peur à mes deux compères pour rien. Des lignes représentant quatre millions de dollars s'inscrivirent en cascade sur le compte nouvellement créé et le petit écran d'ordinateur verdâtre scintilla de bonheur lui aussi jusqu'à ce qu'un heureux incident se produise.

« Mais, c'est insensé, s'exclama Larry ! Il y a plus d'argent que prévu qui arrive, regardez, la machine a l'air de s'emballer et le compteur explose ! Victoria, faites quelque chose, nous en sommes à deux cents millions !

J'étais dans tous mes états et je me mis à haïr de nouveau les ratés des nouvelles technologies.

— Je ne comprends pas ! C'est impossible ! Laissez-moi vérifier.

Trente minutes supplémentaires s'écoulèrent avant que je ne puisse reprendre la parole. Mon visage exprimait une béatitude enfantine.

— Messieurs, je crois que c'est notre jour de chance et peut-être bien également celui d'Edgar. Je viens de repérer l'erreur. Cette maudite machine, si l'on peut dire, a tout simplement généré un bug en notre faveur et les comptes se sont finalement arrêtés à trois cent quarante millions et quelque, soit plus de cent millions chacunv! Je crains que grâce à quelques approximations technologiques nous ne soyons devenus plus riches que prévu !

— Mince, s'exclama Dupré. Freney va donc pouvoir plaider l'erreur de la banque.

Je ne pense pas, reprit Larry. Je viens de clôturer son compte et les inspecteurs vont lire ce motif de fermeture lorsqu'ils mèneront leur enquête :

VIVE LA LIBERTÉ

— Sa culpabilité ne fera donc aucun doute, ajoutai-je en souriant.

— Il ne nous reste plus qu'une seule petite démarche à accomplir et nous pourrons aller jeter l'ordinateur dans la rivière », indiqua enfin Larry.

Il se concentra de nouveau sur son poste pendant un long

moment durant lequel nous ne fûmes pas autorisés à lui parler.

« Mes amis. Comme je m'y étais engagé, je me suis dessaisi de votre argent que j'ai envoyé sur mon île. J'ai ensuite transféré votre part à la China Bank, une institution avec laquelle je suis lié depuis longue date. Je suggère que nous nous rendions à Hong Kong dès à présent afin de régler certaines formalités. Il va falloir que vous vous habituiez à la vie mondaine des gestionnaires de fortunes à présent.

— Je vais vous laisser batifoler en Chine tous les deux, rétorqua Dupré. Je vais d'abord passer chez un de mes meilleurs contacts à Rio. C'est un excellent chirurgien. Je vais me payer une nouvelle tête et changer mes empreintes génétiques puis organiser ma mort en France.

— Ne soyez pas stupide, enfin. Et vos enfants ? Et votre famille ? demandai-je, inquiète.

— Je sais comment me débrouiller avec eux. Adieu mes amis. »

C'est ainsi que le commissaire Dupré disparut à tout jamais de ma vie. Je garde un souvenir ému de ce personnage qui m'avait arrêtée mais qui partageait les mêmes aspirations que moi. Je l'admirai une dernière fois depuis la fenêtre du taxi avec un léger pincement au cœur. Lui et moi n'étions pas si différents en effet et je ne m'étonnai pas que le pouvoir de l'argent puisse affecter si profondément les esprits les plus graves.

*

****

*

« Allez Victoria, aide-moi, puisque je te le demande !

— Je voudrais bien, mais ce machin est tellement lourd que mes talons s'enfoncent dans les graviers.

— Très bien, on va le laisser près de la voiture et faire une petite pause. »

Larry et moi rîmes en chœur. Le ciel était poisseux et le bruit de la rivière assourdissant. Le taxi nous avait déposés chez lui après un arrêt à la Grande Cave de Genève où un jeune homme nous avait proposé un magnum de Nuits-Saint-Georges. Larry avait ensuite pris le volant de sa voiture pour nous conduire près d'une rivière à un mémorable pique-nique avec une mystérieuse valise de métal blanc. Après avoir partagé un repas frugal, il me demanda de le suivre avec l'ordinateur afin que nous jetions ensemble la machine à preuves dans le ravin pour sceller notre éternelle complicité. Nous avions beaucoup bu et l'opération s'avéra plus délicate que prévu.

« Ne te loupe surtout pas ! me dit-il le plus sérieusement du monde. On va tenir la valise tous les deux puis la balancer au-dessus du vide.

— Le champagne me donne des crampes. Tout ceci me fait peur.

— Une femme comme toi connaît donc la peur ?

— Je préférerais mille fois dérober la Joconde en plein jour devant cent cinquante Chinois que de risquer ma vie d'une manière aussi puérile. Nous avons dérobé plus de trois cents millions de dollars et j'ai peur que l'enquête ne remonte jusqu'à nous.

— Fais-moi confiance. Je te le promets, après ces moments désagréables, je t'emmène visiter le monde ! Il me prit par la taille et m'embrassa. La valise tomba alors sur la phalange de mon petit orteil.

— Grand Dieu, que ce fichu machin m'a fait mal !

— Prends la poignée avec moi. Je compte jusqu'à trois et nous jetons le tout, d'accord ? À la une, à la deux et à la trois ! »

Le premier choc de l'objet sur un rocher fit comme une sourde déflagration. Nous nous penchâmes tous les deux pour suivre le fruit de notre exploit et il sembla que nos efforts avaient été payants. L'ordinateur fut éjecté de son caisson et l'on aperçut l'écran voltiger puis rebondir pour se briser loin en face, de l'autre côté du ravin.

« Malheur, s'écria soudain Larry. Regarde là, plus bas, l'objet qui brille. C'est ce maudit disque dur et il semble intact !

Le cerveau de l'ordinateur pendait à un fil électrique qui s'était accroché à une branche.

— Il va falloir le décrocher, reprit Larry.

L'objet de notre délit vacillait en effet à quelques mètres au-dessous de nos pieds. Et, prémisse d'un mauvais augure, le fameux disque débarrassé de toute carapace nous éblouissait en jouant avec les rayons du soleil.

— Cet engin veut vraiment notre peau, nom de Dieu ! Récupérons quelques galets et tirons-lui dessus », lançai-je tout excitée.

Une certaine frénésie nous anima alors jusqu'à ce que le but soit atteint. On pouvait effectivement observer de loin une étrange motte de terre, mélangée à des circuits électriques, sombrer dans les abîmes de la rivière.

— Nous y sommes parvenus ! s'écria Larry rempli de joie.

— Comment pouvons-nous être absolument certains que personne ne retrouvera de débris ?

— Il y a deux raisons pour lesquelles j'ai choisi cette rivière. La première, c'est la vitesse du courant. Il n'y a rien de pire qu'un objet qui s'enfonce dans un cours d'eau comme celui-là. Le lit de cette rivière est jonché de pierres tranchantes, ce qui en fait un véritable ciseleur. Ne sais-tu pas que la première chose que l'on apprend lorsque l'on pratique le rafting, c'est la position en étoile que le corps doit adopter en cas de chavirement afin d'éviter de couler ?

— Je suis du New Jersey et les seuls cours d'eau que je connaisse sont artificiels. Donne-moi plutôt la deuxième raison qui constitue ton stratagème, je suis un peu inquiète.

— Eh bien, vois-tu, ce cours d'eau est l'unique endroit des Alpes à être salé.

— Il y a du sel dans cette eau ?

— Rien d'équivalent à l'océan Atlantique bien entendu, mais le taux d'iode est anormalement élevé. Or, le sel est terrible pour les composants électroniques. Il les ronge.

— Rongé, broyé, que pourrait-on rajouter à cela n'est-ce pas ?

— Le fait, par exemple, qu'il n'y a pas d'habitation à plus d'un kilomètre de part et d'autre de la rivière et que celle-ci se déverse dans la Durance, un cours d'eau français. Donc, la seule chance pour qu'un policier retrouve, ne serait-ce qu'une partie infime de ce disque, consisterait à ce qu'un membre de sa famille tombe à l'eau directement sur un fragment que l'agent déciderait d'analyser. Il n'y trouverait rien d'autre qu'une succession de chiffres incompréhensibles. Et puis, tu sais comment sont les Français face aux crimes d'argent, n'est-ce pas ? "Tant que personne ne meurt, ce n'est pas bien grave." », insista-t-il avec son plus bel accent.

Après une nuit d'avion, quelques cachets contre les insomnies et trois bouteilles de Gigondas rosé de Font-Sane, nous arrivâmes au siège social de la China Bank dans un état proche du coma. Je me sentais comme un ours à la fin de l'été cherchant un endroit confortable pour dormir environ six mois.

Préférant garder mes lunettes de soleil à l'intérieur du hall de la banque – un lieu opulent et glacial –, je me sentais aussi à l'aise qu'Audrey Hepburn entrant chez Tiffany pour la première fois.

Un homme en costume noir et au regard vitreux vint nous accueillir. Il nous conduisit ensuite dans un salon d'attente qui ressemblait à une grande brasserie française du dix-neuvième siècle. Je remarquai d'emblée son badge. L'identité du pauvre homme avait été substituée à un numéro. Observant d'autres employés, je constatais par ailleurs qu'un code de couleur était apposé au-dessus des numéros et qu'il déterminait l'échelon de ces petites mains. La Chine me parut décidément un pays dénué de toute humanité.

En très peu de temps, la copie conforme de l'employé vint nous rejoindre. Son badge était doré et, comme tous les autres mammifères de sexe masculin de cette contrée, il m'ignora volontairement en préférant s'adresser au mâle du couple.

« Bonjour Monsieur. Je suis très heureux de vous retrouver chez nous. Vous avez fait un bon voyage ?

— C'est le moins que nous puissions dire, en effet. Ces dernières heures ont été les plus belles de ma vie.

— Très bien, Monsieur Danberg. Suivez-moi vers notre lieu habituel, si vous le voulez bien.

Nous poursuivîmes alors l'homme à travers un méandre infini de couloirs puis il se mit à parler de nouveau avec son petit accent saccadé tellement pittoresque.

— Pardonnez-moi, Monsieur Danberg mais vous semblez différent aujourd'hui. Vos yeux ont une lumière étrange et votre visage est anormalement gai. Quelque chose ne va pas ?

— J'ai la gueule de bois, espèce d'idiot, lâcha-t-il en français. Non… je, comment dire… au contraire ! Je viens de passer du bon temps avec Madame et nous sommes un peu fatigués, voyez-vous ? Elle a un compte ouvert chez vous depuis peu et j'aimerais bien qu'elle en dispose librement.

— Très bien, Monsieur. Puis-je avoir l'identité de Madame ?

— Je peux vous la donner moi-même, ajoutai-je en

m'interposant, ce qui contraria immédiatement le banquier.

— Comme vous voudrez, Madame.

— Voici mon passeport.

L'homme chercha mon nom dans la machine puis, après un moment, arbora un sourire commercial que seuls les hommes d'affaires asiatiques connaissent et auquel je n'adhérerai jamais.

— J'ignorais que j'avais à faire à Madame Freney et je suis ravi de vous compter parmi nos clients. Voici un formulaire à remplir pour valider définitivement l'ouverture de votre compte. Faites bien attention à l'empreinte de signature, c'est elle qui nous permettra de vous reconnaître où que vous soyez dans le monde. »

Cette signature qui constitue habituellement une pure formalité resta gravée dans ma mémoire comme la marque d'une étape fondamentale de ma vie. Lorsque l'employé de la banque me donna un extrait de relevé de compte, mon cœur cessa de battre un instant. Je comptais bien garder cet argent pour toujours. Je souriais à Larry en sortant de l'établissement même si je restais très inquiète. Nous n'avions encore aucun écho de ce qui se déroulait probablement à la banque des Amériques et aucune enquête ne semblait avoir été ouverte.

L'inspecteur Dupré et Larry avaient sans doute raison. Trop d'argent transitait entre les deux continents occidentaux et l'opération devait avoir un caractère habituel. J'étais stupéfaite quant aux sommes d'argent qui transitaient dans le monde et je réalisai combien le mal que j'avais commis ne représentait finalement pas grand-chose. Je pensais à ma mère, à la rue qui semblait jadis être mon destin et j'envisageai pour la première fois de revoir mon père. Loin d'éprouver un sentiment euphorique, une certaine mélancolie s'empara de moi alors que je marchais sous la chaleur moite d'un mois de septembre à Hong Kong.

« Où allons-nous maintenant ? demandai-je à Larry.

— Tu vois cette immense avenue ? C'est la manifestation la plus absolue de la puissance chinoise. Il doit y avoir cinq cents commerces sur cette artère. On peut les faire un par un si tu veux.

— Allons plutôt nous coucher. Je suis crevée.

— Je te laisse décider Victoria, même si maintenant tu m'appartiens. »

Nous passâmes les vingt-quatre heures suivantes dans le lit d'un hôtel de luxe qui ne m'a guère bouleversée par son originalité. À vrai dire, je ne me rappelle pas avoir eu aucun sentiment de ce genre en Chine. La ville de Hong Kong ressemblait à un immense parc d'attractions où les clichés américano-européens étaient recopiés et neufs. Je ne comprenais pas pourquoi le monde s'évertuait à voir dans ce pays un éden au dépaysement garanti, car la réalité montrait plus un champ de bataille commerciale au parfum de dictature. Le seul souvenir que j'en garde est l'infinie tristesse d'une population sans paroles, hébétée par son labeur monotone ainsi que l'apartheid inavoué existant entre Blancs et Chinois, chacun restant confiné dans son monde. Il m'avait semblé en effet que toute tentative de communication avec les Chinois était vaine et suspecte et je ne voyais pas en ces gens un peuple fondamentalement inquiétant ni dans Hong Kong la future cité du commerce international.

Fort heureusement, notre séjour fut de courte durée. Le lendemain matin, deux billets d'avion pour Istanbul accompagnèrent notre petit-déjeuner.

« Je suis à peine remise en forme que tu me proposes d'aller en Turquie ? Est-ce bien raisonnable ?

— Je me suis engagé à te faire visiter le monde et je respecterai mon pacte. Je suis fou de toi depuis le premier jour où je t'ai vue et suis ravi de te faire découvrir les endroits que j'aime. Par ailleurs, il vaut mieux rester loin de la Suisse pour le moment.

— Toi aussi, tu es inquiet ?

— Je suis un peu surpris qu'il n'y ait aucun retour dans la

presse, même si cela me réconforte. L'opération, malgré le problème informatique, était finalement banale et je suis convaincu qu'elle est passée inaperçue.

— Larry, tu me rends dingue.

— Cela tombe à pic. Je pense que nous arrivons à un point de notre existence où nous avons tous les deux besoin de folie. Prépare tes bagages, nous partirons à midi. »

Je ne vis pas passer les heures de vol, ce jour-là, et découvris pleinement les avantages de voyager avec l'un des hommes les plus riches de Suisse. C'est aussi le lendemain, au lever du jour, que je compris que la douce tournure des événements allait continuer à jouer en ma faveur pour longtemps encore, en tout cas je l'espérais.

Il était environ six heures du matin lorsque je me réveillai à Istanbul. Et, alors que je n'avais vu de la ville que la voie expresse d'une autoroute ainsi qu'un chauffeur de taxi ayant refusé de mettre en marche le compteur, je m'approchai de la baie vitrée de notre chambre pour voir ce qui se trouvait derrière le rideau. Le paysage qui s'offrit à moi restera gravé pour longtemps au plus profond de ma mémoire. Il était époustouflant.

Alors que je tirais doucement sur la cordelette pour faire entrer un peu de lumière dans la pièce, les méandres du

Bosphore ondulèrent sous mes yeux ébahis. Le large serpent d'eau luisait de mille feux sous les reflets des premiers rayons du soleil. Nous logions en haut d'une tour, à la toute fin du continent européen alors que l'Asie se dessinait juste devant moi sur l'autre rive. Des bateaux de toutes tailles avançaient lentement sur le fleuve accentuant encore le sentiment majestueux qui se dégageait de la scène. J'eus ainsi le sentiment de me situer à la croisée de deux mondes, devant un tableau intemporel et grandiose et j'en eus le souffle coupé.

En contrebas se dressait un vaste rond-point surplombé d'une statue et j'observai la circulation déjà très dense. Je restai ainsi debout un long moment, interdite et subjuguée par la délicatesse de cet écrin unique puis Larry vint se blottir contre moi en m'enveloppant dans ses bras. Je réalisai alors que je n'avais jamais rien vu d'aussi beau.

« Je t'aime Victoria et je veux passer le restant de mes jours avec toi.

Quelques larmes d'émotion coulèrent sur mon visage comme autant de marques de joie et je me blottis contre lui à mon tour.

— Moi aussi je t'aime Larry, depuis le premier jour. Cette ville a l'air tellement envoûtante !

— Je vois que tu sembles mieux apprécier l'Asie depuis cette fenêtre.

— C'est absolument féerique.

— Habillons-nous et sortons. »

Je fus immédiatement happée par Istanbul. Ses odeurs, son atmosphère, l'énergie de sa jeunesse toujours souriante et de ses habitants tellement hospitaliers. Nous étions loin des clichés extrémistes et de l'ultra religion.

À mesure que défilaient les quartiers, je découvrais les vestiges de Byzance puis de Constantinople ainsi que la quiétude des jeunes gens prêts à tout pour nous faire visiter leurs échoppes. Un jeune homme, plus rusé que les autres, proposa de nous conduire jusqu'à l'entrée de la basilique Sainte-Sophie. Puis, à notre grande surprise, nous le vîmes, à notre sortie, posté sur le perron du monument exhibant un échantillon de sa production de tapis.

Larry succomba devant un tel instinct commerçant et accepta qu'on le suive jusque dans son magasin. Une fois dans la boutique, une femme d'un certain âge, la mère du jeune homme très certainement, nous expliqua les différentes qualités de tapis turcs en nous offrant du thé et quelques baklavas[3]. « Il suffit de retourner le tissu, me dit-elle, pour compter les nœuds sur un centimètre environ. Plus le nombre de nœuds est

---

[3] Pâtisserie orientale à pâte feuilletée contenant du miel, des amandes et des pistaches. (N.D.T.)

important et plus le travail est soigné. Une belle pièce comporte habituellement entre quinze et vingt nœuds », ajouta-t-elle.

Elle disparut ensuite de la pièce en nous laissant avec trois jeunes filles qui travaillaient sur des métiers à tisser puis elle revint avec un morceau de tissu de moins d'un mètre carré qui représentait les deux rives de la ville. « Celui-là, c'est notre grande fierté, me dit-elle, on est à plus de quatre cents heures de travail et un mois de labeur. Ce bijou a été confectionné avec cent vingt nœuds par centimètre carré, vous pouvez vérifier par vous-même. » Je préférai sortir ma carte de crédit sans discuter et rentrai ainsi à l'hôtel avec un tapis turc à quinze mille dollars.

Durant les mois qui suivirent, notre pèlerinage multiculturel se déroula à un rythme effréné. Il y eut l'Italie, la Grèce, l'Égypte puis Israël.

Je me réveillai un matin à Lisbonne et réalisai en sortant sur le balcon de notre hôtel que le vent frais marquait la fin de l'été. J'eus l'impression d'être comme une jeune fille de dix-huit ans qui sortait de boîte de nuit avec un amant dont elle ne savait pas grand-chose.

Comme elle, j'avais la gueule de bois et les idées confuses. Aucune enquête n'avait encore été ouverte et je commençais à croire que mon cambriolage était de l'histoire ancienne, classée dans les archives de la banque des Amériques.

J'avais régulièrement Edgar au téléphone et lui expliquais que l'opération avait réussi, mais qu'il s'agissait d'une très grosse somme que j'avais placée en lieu sûr et que je préférais rester un long moment hors des États-Unis jusqu'à ce que l'affaire soit définitivement oubliée. Il n'eut guère le choix que d'accepter mes explications.

J'allumai une cigarette en regardant Larry à travers la fenêtre de notre hôtel. Il dormait encore. Plus nous voyagions et plus il se découvrait sous son véritable jour. Un homme très attentionné, sensible à la misère et avec un cœur aussi vaste que son humour.

Je m'aperçus alors que j'étais tombée éperdument amoureuse et m'interrogeai sur cette faiblesse. Allait-elle me faire perdre la raison ?

*

****

*

« Désirez-vous un petit rafraîchissement, Madame ? me demanda l'hôtesse en souriant.

— J'aimerais bien un petit jus de fruit frais, en effet.

— Nous avons du jus de mandarine, de pomme ou bien une boisson citronnée aux feuilles de menthe.

— Cette dernière option me va à ravir. C'est à croire que vous devinez les moindres désirs de vos clients dans cette compagnie. Quel est son nom d'ailleurs et où allons-nous s'il vous plaît ?

— Je vous demande pardon, Madame ?

— Sur quel vol sommes-nous et quel est le nom de votre compagnie ? insistai-je.

— Vous êtes sur le vol 3312 de Singapour Airlines et nous survolons actuellement le golfe de Thaïlande en direction de Singapour, Madame, me répondit-elle surprise.

— Très bien. Merci. Pourriez-vous m'ajouter un peu de glace, vous seriez bien aimable. »

Je ne savais plus où j'étais ni où nous allions. Larry tint ses promesses et m'emmena visiter avec lui tous les endroits qu'il affectionnait sur la Planète. Notre quatorzième destination s'affichait au compteur et, comme moi, il semblait épuisé bien que nous n'osions pas encore nous l'avouer. Il s'était endormi et je le bordais en regardant l'océan Indien à travers le hublot. Au-delà de tous les bienfaits que pouvait m'apporter un compte bancaire au crédit illimité, ma plus grande satisfaction de statut de femme riche était incontestablement de pouvoir voyager. J'avais rapidement développé un goût très prononcé pour le voyage et spécialement le voyage en avion. Il me semblait même que je pourrais vendre mes bijoux et mes stock options contre un tour du monde en seconde classe. Tout m'était égal, tant que je voyageais en avion. Peu m'importait la destination ; je me sentais libre et intouchable. Je frissonnais de joie dès que j'entrais dans un aéroport. Qui y a-t-il de plus exotique en effet que cette atmosphère ? Peut-on vraiment s'y accoutumer ? Tous ces gens qui se croisent avec pour point commun l'attente parfois interminable – mais tellement courte au fond – du départ. Ce personnel constamment préoccupé et cette foule excitée, à la fois immense et provisoire. J'aimais les aéroports car ils rassemblaient une conscience collective de la dernière liaison terrestre avant un départ irrévocable.

Sirotant le breuvage offert par la compagnie à l'aigle jaune, je flirtai un moment avec un jeune copilote qui avait laissé la porte du cockpit ouverte un instant afin d'offrir une vue privilégiée aux passagers de première classe. Je savais que cette belle attention m'était destinée et je m'endormis paisiblement à mon tour, pensant aux avantages indéniables d'une vie faite d'opulence matérielle. Il fallait vraiment n'avoir jamais connu la misère pour ne pas se rendre compte des bienfaits que procure l'argent.

Nous arrivâmes quelques heures plus tard dans ce qui ressemblait au bout du monde. Une femme énergique nous conduisit jusqu'à une embarcation de bambou d'assez bonne taille et nous déposa sur une île appartenant au plus petit archipel du monde, les Sisters Island, au large de Singapour. Durant le voyage en mer, Larry m'expliqua que le minuscule lopin de terre sur lequel nous nous rendions appartenait à l'un de ses clients et faisait l'objet de grandes convoitises, car il n'apparaissait pas sur les cartes. L'île promettait un calme et une sérénité absolus et je ne savais pas encore que nous y séjournerions plusieurs semaines.

Lorsque nous entrâmes dans la baie, je fus de nouveau transportée par la beauté des paysages. Nous découvrions la parcelle de terre la plus reculée du petit archipel et bénéficions d'une vue sans égal sur la mer. On pouvait distinguer en effet d'immenses pics de roche recouverts de végétation jaillissant des eaux tels de grands navires de guerre naufragés. Ces montagnes de roche et d'arbres centenaires à demi ensevelies dans l'océan Indien formaient un mur splendide et surnaturel protégeant la baie. L'endroit me fit penser à une petite réplique de la baie d'Ha Long avec beaucoup moins de touristes bien que quelques gondoles ajoutent un air poétique à ce paysage de rêve.

Notre îlot était effectivement petit mais il était recouvert de sable fin et, comble du privilège, il ne comptait qu'une seule habitation perdue dans un bosquet de hauts roseaux et de saules pleureurs. C'était une maison de style victorien aux façades de bois avec un grand porche sous lequel nous attendaient deux hamacs.

La demeure n'était pas très grande et j'étais un peu déçue de retrouver dans cette partie du globe un lieu au goût trop américain même si le charme environnant comblait largement l'erreur excentrique de je ne sais trop quel compère de Larry.

Une sorte de sérénité intemporelle se dégageait des lieux. La maisonnée bénéficiait de nombreuses fenêtres grâce auxquelles on pouvait sentir la brise légère venant de la mer. La fraîcheur de l'endroit était encore accentuée par les nombreux bouquets de fleurs blanches qui avaient été installés spécialement pour nous. J'eus alors une pensée pour la petite maison de campagne qu'occupait Nick Carraway dans *Gatsby le Magnifique*.

Chacun y prit ses repères selon un rite devenu habituel. Larry prenait toujours le côté du lit le plus près de la porte afin de me laisser la vue sur la fenêtre ou sur le balcon si nous bénéficions de cette commodité. Nous dépliâmes nos vêtements chacun dans son armoire et agençâmes notre petit espace personnel dans la salle de bain. La première douche était toujours prise en commun comme pour prendre possession des lieux.

Nous passâmes notre premier après-midi sur une plage qui se trouvait derrière la maison avec une bouteille de Château Margaux et quelques Gitanes. Je profitai de ce moment de relaxation pour questionner Larry. J'étais tombée dans la spirale infernale de l'amour et je comptais bien savoir à qui j'avais à faire cette fois-ci. Je décidai d'entamer la conversation de manière un peu brutale.

« Que penses-tu du mariage, Larry ?

— Très peu pour moi ! J'ai été marié deux fois et ce fut une véritable catastrophe émotionnelle, juridique et économique.

— Ne me fais pas croire que tu as été ruiné par un mariage.

— Ruiné serait un bien grand mot. J'ai toujours préféré l'argent aux femmes, je le trouve plus fidèle.

— Tu as certainement raison. Qu'as-tu fait, au juste, pour en arriver là, aujourd'hui ?

— J'ai gagné la confiance des gens en spéculant subtilement avec leur argent.

— Tu as donc été un excellent conseiller financier et… voilà tout ?

— Et bien, voyons, par où commencer ?

Il s'assit sur le bord du transat en grattant nerveusement sa barbe.

— Je suis né à Los Angeles dans une famille modeste. Ma mère travaillait dans une pharmacie et mon père était cinéaste. C'était un grand rêveur et aucun de ses films n'a jamais vu le jour. Après une adolescence entre errance et délinquance, je suis parti à Atlantic City à dix-neuf ans pour travailler comme garçon de chambre dans un hôtel déclassé.

— Atlantic City ! J'y ai vécu moi aussi !

— Non, vraiment ?

— Oui, et qu'as-tu fait là-bas ?

— J'ai été réceptionniste puis groom dans divers casinos. Mais ce genre de petit boulot contrariait mes ambitions. J'en voulais davantage. Puis j'ai trouvé une voie qui m'a permis de prendre le même chemin que ton mari et créer ma propre banque. Ce fut une incroyable réussite.

— Edgar est un malfrat et un magouilleur fantastique, pas un banquier.

— Tout comme moi, ma chère. Freney et moi avons ceci en commun d'avoir choisi la banque pour gagner de l'argent parce que nous savons très bien qu'il s'agit d'un système lui-même très injuste.

— Eh bien, vois-tu, je ne le pense pas. En tout cas, pas tout à fait. Je ne suis que partiellement d'accord avec votre conception à Edgar et à toi. Je pense que la banque est utile. Il faudrait peut-être mieux encadrer certains débordements, mais la banque joue un rôle majeur dans notre économie et je m'implique peu dans les actions que m'impose mon mari parce qu'elles me procurent un gain substantiel.

— Te voilà riche de plus de cent millions, en effet !

— Parlons franchement. Tu es donc un patron de banque-arnaque, toi aussi ?

— Disons que j'ai longtemps cherché à devenir riche jusqu'au jour où un plan m'a sauté aux yeux.

— Un plan ?

— Oui. Un plan extraordinaire que j'ai déniché dans une corbeille à papier et qui a bouleversé ma vie.

— Je m'attends au pire…

— Je ne sais pas si je dois t'en parler. Je te livrerais ainsi mon plus grand secret.

— Est-il plus grand encore que les trois cents millions de dollars que nous avons dérobés ensemble ?

— Certes, nous avons ce point commun, désormais.

— Et puis, tu sais tout de moi. Je ne vois pas en quoi je te serais dangereuse. Alors je préfère que tu me dises la vérité. Je suis joueuse, mais il faut que tu sois franc avec moi si tu veux que nous restions ensemble.

— C'est une menace ?

— Ne sois pas sot. De plus, au-delà d'un passé très similaire, j'ai remarqué que nous avons cette chose en nous.

— À quoi penses-tu ?

— À cette incontrôlable adrénaline qui nous enivre chaque fois que nous prenons des risques.

— Voilà qui est bien dit. Bon, après tout, tu as raison, les risques me semblent très limités. Alors voilà, mon idée fut, comment dire… honteusement simple.

Il se mit debout, prit une posture guindée et s'exprima à grand renfort de gestes plus ou moins contrôlés.

— Lorsque j'étais encore à Atlantic City, j'ai troqué mon style de jeune délinquant contre un magnifique smoking hors de prix pour me faire passer pour un banquier. J'ai arpenté les rues de la ville en cherchant des clients, prétendant que j'étais engagé par une grande banque d'affaires internationale. J'expliquais à mes premiers pigeons que l'institution que je représentais offrait de très hauts rendements.

— Combien par exemple ?

— Jusqu'à dix pour cent en six mois seulement.

— Comment as-tu pu fait croire une chose pareille ?

— C'est tout l'art de la comédie. Non seulement je

garantissais ce rendement mais je me suis arrangé pour honorer chacune de mes échéances jusqu'à ce jour.

— Comment as-tu fait ? Tu as emprunté de l'argent ? Tu es criblé de dettes ?

Larry sourit en levant les yeux au ciel.

— J'avais vingt ans à l'époque et même pas de compte bancaire.

— Et bien alors ! Comment as-tu fait ? insistai-je.

— J'ai pratiqué ce que certaines banques elles-mêmes font depuis la nuit des temps. J'ai donné aux uns ce que je prenais aux autres.

— J'ai bien peur de ne rien comprendre.

— J'ai créé une chaîne de dépôts et de remboursements, tout bêtement.

— Intéressant.

— Et tellement simple aussi. C'est l'argent des nouveaux épargnants qui couvre le remboursement du capital et des intérêts de ceux qui partent.

— Je... je suis un peu troublée. Si je te confiais mille dollars, tu me reverserais mille cent dollars au bout de six mois et tu prendrais l'argent sur l'épargne que te confieraient de nouveaux clients, c'est bien cela ?

— Tu viens de définir en peu de mots la clé de mon système.

N'est-il pas génial ?

— Toute la combine consiste alors à trouver de nouveaux clients en permanence.

— Les épargnants sont tellement naïfs ! Il m'a suffi d'honorer un premier remboursement et les gens sont venus de tout le New Jersey pour me solliciter ! J'ai alors fait des gens heureux en leur rendant leur argent ainsi que les intérêts escomptés et j'ai donc gagné en crédibilité puis conquis toute la côte Est en seulement quelques mois !

— Avec l'argent des autres.

— Les banques elles-mêmes utilisent les fonds d'autrui. J'ai eu cette idée en tombant tout à fait par hasard sur une liasse de contrats types dans une benne à ordures devant la porte d'une agence bancaire. J'ai lu et relu les documents, je suis retourné les jours d'après pour recueillir d'autres contrats que j'ai patiemment falsifiés et le tour était joué. Qui lit ce genre de papiers de nos jours ? Seuls le sourire et la jolie cravate du banquier suffisent et, extraordinairement, lorsqu'il s'agit de leur argent, tous les citoyens du monde se fient à l'apparence d'une belle agence et à leur instinct, ce qui est une grave erreur.

— Je suppose que tu te sers largement au passage ?

— Le plus légalement du monde, avec une grille tarifaire clairement établie.

— C'est très fort, mais immensément risqué aussi.

— La seule difficulté consisterait à ce que tous mes épargnants réclament leurs fonds en même temps. Mais avec l'encours que je gère, je ne me fais aucun souci.

— Et moi qui pensais qu'Edgar était le plus malin.

— Jamais je ne traiterais avec des chèques. Il faut être fou pour laisser autant de traces écrites. Mon activité est bien plus discrète et ô combien plus rentable.

— Pour autant, je peux t'affirmer que vous êtes les mêmes brigands tous les deux !

— Certainement. Mais moi je n'ai pas besoin de chercher les vices du système, je préfère l'imiter. J'ai ma propre banque à présent et j'en suis très fier. Crois-moi, si je dois aller en prison, ce sont tous les banquiers du monde qu'on enfermera à ma suite.

— Je suis à la fois horrifiée et passionnée par votre intelligence à Edgar et à toi. J'ai un peu mal au cœur aussi pour les honnêtes gens. Je pense maintenant à ma propre mère, à tous ces gens qui se sacrifient pour boucler leurs fins de mois.

— Tu devrais te débarrasser définitivement d'une telle éthique. L'important est de se positionner du bon côté de l'échiquier. Mais d'ailleurs, inconsciemment peut-être, tu l'as certainement déjà fait. »

Je passai le reste de la soirée dubitative. Je savais qu'il existait des façons beaucoup plus honnêtes de garantir des intérêts aux épargnants. Pourtant, je devais bien me l'avouer, il fallait bien commencer quelque part lorsque l'on naissait désargenté. Et, dans la mesure où, tant Edgar que Larry avaient construit des institutions qui étaient aujourd'hui honorables et contrôlées, je me résignais à penser que la fin justifiait effectivement les moyens parfois et je cherchais à présent une façon d'en profiter moi aussi en créant peut-être un jour la Victoria Freney Corporation Bank. Fort heureusement, je pouvais désormais compter sur un joli capital de départ.

Larry décida de m'emmener déjeuner dans un restaurant huppé du quartier de Boat Quay à Singapour, le lendemain matin. L'établissement était situé en haut d'une tour avec vue imprenable sur la ville. Larry commença à parler après avoir goûté le vin comme à son habitude.

« As-tu bien dormi, ma tendre amie ?

— Assez bien, oui.

— Mes révélations n'ont-elles pas trop perturbé ton joli cerveau ?

— Oh non, au contraire. J'ai mis du temps pour faire la part des choses et je pense toujours que le monde est mal fait. Mais je ne fais pas partie des gens faibles et n'ai pas envie de me

La Trillionnaire

morfondre pour le reste de ma vie. J'admire votre forme de génie à Edgar et à toi et suis déterminée à obtenir ma part du gâteau.

Je m'exprimais avec la plus grande franchise.

— En voilà une excellente déclaration ! À ta santé, Victoria !

— Santé, mon bel ami ! Si nous parlions d'autre chose. J'en ai un peu soupé de la banque.

— Comme tu voudras. Je suggère que…

— Monsieur Danberg ?

Un serveur s'était approché de notre table.

— Oui ? Qu'y a-t-il ?

— On vous demande au téléphone, Monsieur.

— Très bien. J'arrive. »

Larry quitta soudainement la table et je ne le retrouvai qu'une bonne demi-heure plus tard.

« Ah enfin ! J'ai presque fini de déjeuner !

— Je t'en prie. Prends ton temps. Victoria, il faut que je m'absente pour une heure ou deux. J'ai quelque chose à régler.

— Mais…

— Pas de "mais". Je t'expliquerai.

Il se pencha sur moi et me désigna un homme assis près du bar.

— Tu vois ce type, là-bas. C'est le banquier chinois qui t'a donné ta carte bleue. Il me confie son épargne, figure-toi ! Je te retrouverai dans le hall de cette tour dans deux heures. Te voilà libre. Profites-en pour faire les boutiques de Singapour. »

Je reconnus immédiatement le Chinois endimanché au faux sourire et me fis une raison.

Arpenter les rues de Singapour seule n'était pas chose aisée, il y a vingt-cinq ans de cela. Je décidai de m'arrêter dans un salon de thé arborant un drapeau anglais sur la carte du menu. Je m'installai paisiblement en attendant que l'on vienne me servir. Je vis alors qu'un vieil homme m'observait. Il resta les yeux fixés sur moi pendant de longues minutes jusqu'à ce que je l'invite finalement à ma table.

« Bonjour, me dit-il, dans un anglais parfait.

— Bonjour, Monsieur. Que me voulez-vous ? Cela fait un bon quart d'heure que vous m'observez. Suis-je tombée dans l'un de ces endroits où les hommes cherchent des femmes occidentales contre de l'argent ? lui lançai-je, un peu agacée.

— Absolument pas. J'étais assis derrière vous au restaurant et j'ai vu votre mari en pleine discussion avec le banquier chinois qui m'a volé près de quarante ans d'épargne. Je voulais vous prévenir.

— Ce Monsieur n'est pas mon mari, en tout cas pas encore, et il est en affaires avec le Chinois pour lui soutirer de l'argent, pas pour lui en confier.

— Me voilà rassuré dans ce cas.

— Je suis navrée pour votre épargne. Je n'aime pas ce personnage non plus.

— Vous savez, à quatre-vingt-six ans, on apprend à relativiser. J'ai monté une association de défense des consommateurs et elle bénéficie d'une grande notoriété à Singapour. J'estime avoir largement répandu un message de défiance vis-à-vis des banques dans mon pays et, quelque part, j'en suis heureux. Permettez-moi de vous prévenir, prenez garde avec la banque !

— C'est la poisse qui me poursuit.

— Je vous demande pardon ?

— Je suis fatiguée par tout ce que j'entends sur la banque. Je suis venue ici pour faire du shopping et me voilà assise aux côtés de quelqu'un qui s'apprête à me faire la morale, c'est bien ça ?

À cet instant précis, le courant se coupa dans tout le quartier, ce qui déclencha un incroyable vent de panique.

— Ce n'est rien, rassurez-vous, continua l'homme, imperturbable, les gens d'ici sont assez sensibles voire hystériques mais cela passe très vite, vous verrez.

— C'est invraisemblable tout de même !

— Je crois que nous sommes condamnés à passer quelques instants supplémentaires ensemble.

Je m'assis de nouveau dans mon fauteuil, résignée à entendre un sermon de plus sur la banque, comme si les événements voulaient me prouver que j'avais fait le bon choix.

— Que savez-vous sur la banque, Madame ?

— Bien trop de choses !

— Allons. Laissez-moi au moins vous raconter comment cette institution est née. Je suis seul et je m'ennuie beaucoup, vous savez.

— Alors, allez-y. Non, attendez une minute, vend-on du brandy à Singapour ? »

J'avais avalé la moitié de la bouteille avant que le vieil homme ne finisse son monologue et que l'électricité ne fonctionne de nouveau. Je voulais lui expliquer qu'il fallait arrêter de regretter et qu'il était possible d'être plus rusé mais j'aurais amorcé une conversation dont je ne voulais pas. Je n'en pouvais plus de tous ces sermons issus de tant de bouches différentes.

Ivre morte, je n'eus aucun scrupule à dépenser quatre mille dollars en une heure. Le temps et les événements récents m'avaient finalement délivrée de tout sens moral. Définitivement.

CHAPITRE 8 – Dieu Dollar

J'étais avachie sur le canapé cet après-midi-là, occupée à feuilleter un magazine sur la cuisine locale, un plaid sur les genoux avec pour seule musique le bruit du vent dans les arbres et les remous de la mer quand, soudain, mon visage se figea.

Une image diffusée sur le téléviseur resté allumé me frappa. Mon verre de kirsch glissa entre mes doigts et alla se briser sur un angle de la cheminée.

« Larry ! Viens voir ! C'est impensable, viens vite !

Je bondis hors du fauteuil tandis que Larry accourait en peignoir, les cheveux ébouriffés et le visage aussi sévère que celui d'un homme de cinquante ans extrait de son sommeil malgré lui. Il arracha la télécommande de son support et monta le volume. Une nouvelle importante hypnotisa notre regard tandis qu'un son de mauvaise qualité envahissait la pièce. La journaliste semblait elle-même sous le choc.

"Le respectable homme d'affaires Edgar Freney a été arrêté tôt ce matin par la brigade criminelle de l'État de New York. Il est suspecté d'avoir détourné la somme astronomique de trois cents millions de dollars vers la Suisse. Le Président américain tente de faire pression sur les autorités de ce pays afin d'obtenir plus d'informations, car l'argent a mystérieusement disparu en territoire helvète. La banque des Amériques, victime de la fraude, porte plainte et mène une enquête interne. La famille d'Edgar Freney et le monde de la finance sont en état de choc."

— Ils vont nous rechercher ! Je te l'avais bien dit !

— Du calme, Victoria. Il n'a aucune raison pour que tu sois mêlée à ça.

— Ah oui ? Aucune ? En es-tu vraiment sûr ?

— J'en doute fort. L'enquête interne de la banque va aboutir au compte suisse que j'ai ouvert au nom de Freney, comme tu le sais. Ce document constitue la preuve formelle de sa culpabilité. Quand bien même Freney nous accuserait en retour, il le ferait sans preuve. Par ailleurs, Dupré m'a confirmé que la police américaine tenait à cœur de le coincer depuis longtemps. Ils ne vont donc pas chercher plus loin que les preuves matérielles qu'ils ont déjà en leur possession. Ton cas ne les intéresse pas. Quant à l'opinion publique, tu sais comment cela se passe dans ces cas-là. L'emballement médiatique jouera en défaveur de ton mari. Dès notre retour à New York, tu pourras expliquer à la presse le désaveu de votre mariage et les infidélités de ton mari, histoire d'enfoncer encore un peu le clou. J'ai bien peur que Freney ne doive subir le revers de la médaille qui menace chaque grand truand de ce monde. Quels que soient ses rapports avec l'ennemi, il faut toujours savoir composer habilement avec une entente relative dans ce milieu. Freney n'a pas été assez méfiant à ton égard. Je suis convaincu qu'il s'en mord les doigts à présent.

— J'espère que tu es sûr de ton coup. Je ne pourrai dormir tranquille que quand l'enquête sera close. »

Le téléphone sonna et Larry se précipita vers le combiné. On lui expliquait qu'il était préférable de rentrer immédiatement aux États-Unis et de se montrer le plus possible pour ne pas éveiller de soupçons. Je devais, quant à moi, rester à l'écart de Larry pendant tout le temps que durerait l'enquête. Nous apprenions également que Dupré avait finalement repris son poste lui aussi, signe d'un bon sens policier qu'il était préférable d'imiter.

Nous nous séparâmes ainsi pour la première fois le lendemain à l'aéroport de Singapour, non sans une certaine contrariété.

Je quittai la Malaisie les nerfs à vif et très inquiète. Le mystère restait entier. Il s'était passé plusieurs mois avant que la banque des Amériques ne s'aperçoive du trou béant que j'avais creusé dans ses caisses. Que s'était-il passé réellement ?

Qu'avaient pensé les employés lorsqu'ils avaient découvert cette succession de virements vers l'étranger ? Était-ce vraiment une opération courante pour la banque ? Il est vrai que j'avais pris soin de masquer mes opérations par une série d'écritures comptables obscures, mais qu'importe, j'avais beau être couverte par la police, mon inquiétude allait continuer à me tarauder encore longtemps.

Larry et moi nous étions donnés deux semaines avant de pouvoir nous revoir. L'enquête avait pourtant duré près de six mois, six longs mois pendant lesquels il m'avait été interdit de l'approcher. Les antidépresseurs devinrent les plus fidèles amis de mon âme en peine. J'avais été très forte jusqu'à présent mais je sentais que la tension allait avoir raison de mon être et j'éprouvais un immense désir de repentir.

La solitude, sentiment que je n'avais pas éprouvé depuis longtemps, m'était plus insupportable encore. J'étais comme une jeune promise que l'on arrachait à son futur mari pour des raisons obscures et sans aucune certitude quant à la possibilité de le revoir un jour. C'est aussi dans cette période sombre que je découvris le sentiment amoureux, son imprévisibilité, son pouvoir et la dépendance incontrôlable qu'il crée entre deux âmes. Je sus alors que je n'aimais pas être amoureuse. Je considérais cet état d'esprit comme une bactérie affectant les facultés essentielles de l'esprit et je l'observais grandir en moi comme le cancer de ma raison.

Il était midi, peut-être quatorze heures, le jour où la police vint frapper à ma porte. L'agent qui se présenta devant moi était aussi beau que Dana Andrews et j'avais refermé mon peignoir aussi maladroitement que Gene Tierney. Sa voix était légèrement aiguë bien que ferme et l'homme s'exprimait avec détermination.

« Lieutenant Treadwell, police criminelle, pourrais-je entrer ? J'ai à vous parler.

— Mais je vous en prie, c'est bien naturel avec tout ce qui se passe actuellement.

— Bien. Je préfère aller droit au but, Madame Freney, nous savons ce que vous avez fait.

La surprise qui se dessinait sur mon visage n'échappa pas un instant à l'agent.

— Je... je peux tout vous expliquer.

— Inutile, encore une fois, nous savons tout. Votre virée à Paris, l'origine de votre liaison avec Edgar Freney et la façon dont il vous manipule. Mais tout ça ne m'intéresse guère.

— Comme je suis heureuse que vous compreniez la situation dans laquelle je me trouve !

— Vous n'êtes pas près d'avoir la paix. Freney porte des

accusations très graves à votre encontre et j'ai bien peur que ses avocats ne viennent vider vos tiroirs pour débusquer je ne sais quelle preuve qui lui permettrait de sortir de prison. Or, pour le bien de l'Amérique et la stabilité des banques, il est fondamental qu'il reste enfermé jusqu'à la fin de ses jours. C'est pourquoi je suis venu personnellement vous prévenir que nous faisions garder votre immeuble et nous accompagnerons vos déplacements vingt-quatre heures sur vingt-quatre jusqu'à la fin de l'enquête.

— Je comprends très bien. N'ayez crainte, je suis prête à collaborer et je partage votre opinion sur le danger que représente mon mari.

— Très bien, j'en suis heureux, je passerai vous voir régulièrement pour vous faire part de l'avancement de l'enquête.

— Entendu, lieutenant. J'espère que les choses iront vite. J'ai hâte d'être libérée de tout ceci.

— Je comprends votre désarroi. Il est vrai que je ne m'attendais pas à vous voir en peignoir, les cheveux ébouriffés au beau milieu de l'après-midi même si cela n'enlève rien à votre charme, Madame.

— Au revoir, lieutenant. À bientôt, j'espère. »

Je m'empressai de refermer la porte et glissai jusqu'au sol de soulagement. Un verre de bourbon que j'attrapai depuis le guéridon ainsi que la cigarette qui traînait sur un coin de ma bouche achevèrent de me détendre. Et dire que, pendant un instant, je m'étais faite à l'idée de la prison !

Mon repos fut de courte durée car le lieutenant rappliqua dès le lendemain après-midi.

« Bonjour, Madame Freney. Je viens vous annoncer une bonne nouvelle.

— Voici des paroles que je n'ai pas entendues depuis longtemps ! Entrez donc, je vous prie.

Le lieutenant entra, ôta son chapeau et s'exprima de manière solennelle.

— L'enquête est close depuis ce matin. Le résultat est sans appel.

— Vraiment ? Allez-y, parlez, je suis impatiente !

— Edgar Freney et Ronald McJagger, le président de la banque des Amériques ainsi que dix-sept autres personnes ont été incarcérées ce matin pour détournement de fonds publics, fraude fiscale, faux et usage de faux en écritures privées.

— Oh ! Mais c'est impossible ! Ils n'ont rien fait ! Enfin, je veux dire… Mais, attendez un peu, ils ont enfermé le président de la banque aussi ?

— Il se trouve, chère Madame, que tous les comptes de la

très respectable banque des Amériques ont été trafiqués par des traders peu scrupuleux pendant des années et que leur cuisine a été couverte par le président de la banque lui-même. Tout ce petit monde détournait paisiblement la plus grosse partie des gains générés par la spéculation vers la Suisse et ce avec la complicité de l'autorité de contrôle des marchés financiers.

— Grand Dieu, mais c'est impensable ! Comment avez-vous découvert un tel stratagème ?

— Nous devons tout à la très grande perspicacité du juge Wideldrop qui a constaté beaucoup de contradictions dans les témoignages. Il s'est notamment demandé pourquoi la banque avait mis près de quatre mois avant de déclarer la fraude.

— Et Monsieur Freney dans tout ça ?

— Outre ses activités de falsification de moyens de paiement, nous avons découvert que votre mari a réussi à déverrouiller plus de deux mille codes secrets permettant d'accéder aux comptes internes des plus grandes banques du monde. J'imagine qu'il s'est alors retrouvé un peu comme Ali Baba. Il n'avait plus qu'à se servir, ce qui ne va pas arranger ses déboires avec la justice.

— Déchiffrer des codes secrets est une chose, mais de là à virer de l'argent sur ses comptes personnels en Suisse, vraiment, je ne trouve pas cela très futé. Je suis un peu surprise par une telle légèreté, cela ne lui ressemble pas.

— L'argent et la cupidité ne font jamais bon ménage, Madame. Freney a transféré la somme astronomique de trois cents millions de dollars vers la Suisse. Il connaissait sans doute très bien les agissements de la banque des Amériques et a voulu en profiter mais nous avons en notre possession un extrait de compte à son nom qui est extrêmement détaillé. Les preuves contre lui sont accablantes et je vous conseille de demander le divorce, ce qui ferait de vous une femme libre...

Je m'approchai de l'homme avec fermeté et lui mis la main en dessous de la ceinture.

— Commence par te déshabiller, jeune imbécile, je passe l'étape des préliminaires que tu pourras réserver à la cruche que tu épouseras plus tard.

— Comment, mais... si vite ? Madame... je... je suis confus. S'il vous plaît, un peu de patience.

— Ça fait quatre mois que je tourne en rond dans cet appartement et j'ai besoin de célébrer la bonne nouvelle avant de m'engager pour la vie. Ferme-là et baisons à présent, c'est ce que tu voulais, non ? »

Il n'avait pas fallu un jour de plus avant que Larry ne se manifeste. Il m'avait fait parvenir un magnifique bouquet de fleurs des champs alpins accompagné d'un petit mot doux. Il me donnait rendez-vous au bar du restaurant The Boathouse à Central Park, un endroit très romantique dans lequel nous étions supposés nous rencontrer par hasard pour tomber de nouveau amoureux.

Ces fleurs de montagne que Larry avait dû avoir un mal fou à dénicher à New York me réconfortaient. Mon scepticisme sur la nature masculine avait en effet joué de son jeu le plus malicieux et le doute s'était installé dans mon esprit pendant ses longues semaines d'absence. Je mis toute mon énergie à me préparer et lui offrir ma plus belle tenue pour notre déjeuner de retrouvailles qui serait forcément féerique.

J'attendais Larry depuis près d'une heure au bar du restaurant lorsqu'il apparut enfin devant moi. Un frisson remonta le long de mon dos, mes mains se mirent à trembler et mon cœur palpita à m'en faire perdre la raison. Je réalisai qu'il m'avait manqué et je substituai d'instinct la poignée de main qu'il me proposa contre une étreinte passionnelle bien que beaucoup moins discrète.

« Alors ma jolie, on l'achève ce tour du monde ?

— Emmène-moi où tu voudras, mais promets-moi que tu resteras à mes côtés, cette fois-ci.

— Commençons donc par un tour de barque sur le lac. Je ne voudrais pas être reconnu ici et ton attitude capte tous les regards.

— Et encore, tu n'as pas vu ma robe, je me levai et ma robe fendue révéla l'une de mes jambes jusqu'en haut de la cuisse.

— Sortons d'ici, me dit Larry en tentant vainement de masquer la scène. »

À l'extérieur, tout me semblait aussi beau qu'une peinture de Constable. L'automne marquait de tous ses jaunes les arbres de Central Parc, les lumières du ciel légèrement nuageux jouaient avec la surface de l'eau calme du lac et les familles bourgeoises s'agglutinaient sur les rives du point d'eau pour composer une partie de campagne aussi parfaite que l'aurait souhaitée Maupassant. Admirant Larry manier les rames, je constatais avec bonheur que mon amour pour lui était intact. Je m'apprêtais à lui déclarer ma flamme quand il coupa mon élan.

« Te voilà rassurée ?

— À tous points de vue, en effet.

— J'étais sûr que nous n'avions pas à nous inquiéter au sujet d'Edgar Freney.

— Tu avais raison, en effet.

— Que vas-tu faire de tes millions ?

— Je n'en ai aucune idée.

— Laisse-les chez les Chinois, ils sont en sécurité là-bas.

— On m'a effectivement appelée ce matin pour me

demander ce que je comptais faire des trois millions de dollars déjà gagnés grâce à mes intérêts, tu te rends compte ! Le monde est fou. Je n'ai même pas eu le temps de me remettre de l'événement que je peux m'acheter un immeuble entier à New York !

— Trois millions, dis-tu ? C'est un rendement à six pour cent sur une année. Ce n'est pas mal du tout. Qui peut proposer ça aujourd'hui aux États-Unis, je me le demande.

— Moi je connais un type qui propose des taux intéressants mais depuis que je sais comment il travaille, je ne suis pas prête à lui confier le moindre centime. »

Larry se pencha pour m'asperger d'eau. Notre barque avait eu le temps de s'égarer dans un endroit retiré et suffisamment caché par la végétation pour qu'il se colle à moi en m'imposant quelques mouvements de bassin beaucoup plus indécents que ma tenue.

Nous étions deux enfants, deux êtres amenés à Manhattan par un destin commun et rapprochés grâce aux hasards heureux de l'amour. Et, comme toutes les idiotes qui peuplent le monde, je pensais évidemment que quelque chose de spécial nous liait pour l'éternité, que notre passé modeste et notre réussite arrangée constituaient un point commun de plus pour sceller notre vie commune. Apparemment, la particularité de nos vies avait marqué Larry tout autant que moi, car il me demanda en mariage ce jour-là. Il me sembla que les choses allaient trop vite mais je lui offris ma main.

Épouser Larry lors d'un grand et beau mariage new-yorkais était une idée réjouissante au fond, mais il me fallait encore divorcer d'un mari emprisonné, ce qui n'était pas une mince affaire. Je rendis donc visite à Edgar pour lui faire part de mon nouveau projet. Sa réponse fut très claire.

« Jamais ! Tu m'entends, JA-MAIS !

— Mais, Edgar, mon cher Edgar, il me semble que tu ne comprends pas bien. Je ne te laisse pas le choix. Je demande le divorce pour faute grave.

— Écoute-moi bien, espèce de garce, tu peux toujours faire ta demande, avec la lenteur du système et la connerie de nos juges, il va te falloir des années et je contesterai le moindre de tes reproches ! Je vais te faire baver de regret, tu m'entends ?

— Très bien, mon vieil ange. Je crois que tu ne me connais pas très bien au fond. Nous verrons bien. »

La presse à scandale fit les choux gras de la nouvelle. Madame Freney voulait à présent divorcer pour refaire sa vie avec un autre homme mais son époux incarcéré jouait les fauteurs de troubles. Un enregistrement sonore de notre entretien en prison que j'avais pris grâce à un micro caché dans mon sac à main circula dans toute la presse.

Le divorce fut prononcé avec une rapidité exemplaire et l'on apprit plus tard la disparition tragique d'Edgar Freney. Le pauvre homme, accusé des pires maux et renié par les siens, avait mis fin à ses jours en s'empoisonnant.

Larry et moi avions accueilli cette nouvelle par une interminable levée de coupes de champagne, reclus sur un yacht quelque part au large de Split, en Croatie, une destination alors très à la mode.

Dans un moment de recueillement ultime, je jetai un verre à la mer comme symbole de ma reconnaissance posthume envers celui qui enterrait avec lui la plus grande part de ma culpabilité.

CHAPITRE 9 – Do Brasil

Nous arrivions à notre trente-cinquième et dernière escale amoureuse lorsque Larry parut devant moi avec un air que je ne lui connaissais pas encore. Pour la première fois depuis le début de notre rencontre, il était soucieux. Quelque chose le préoccupait au plus haut point. Il était parfaitement élégant dans son costume gris sombre rayé avec un mojito à la main et le petit duplex qu'il nous avait réservé à Ipanema offrait une terrasse exquise donnant sur l'océan et les montagnes de Rio de Janeiro.

La vue idyllique que nous réservait cet énième petit coin de paradis était contrariée par les allées et venues de Larry qui regardait sans cesse sa montre.

« Mais qu'est-ce qui ne va pas, Larry, enfin ? Peux-tu me le dire ?

— Absolument pas… enfin, je veux dire… tout va pour le mieux ; je ne comprends pas ton inquiétude. Ah ! On frappe à la porte. J'y vais. »

J'entendis un bruit étrange provenant de l'entrée. Quelqu'un s'était mis à jouer des airs de bossa nova dans l'appartement.

Très vite, une foule de jeunes gens aux vêtements multicolores envahit les lieux. Un bar puis une cuisine de fortune s'improvisèrent sur la terrasse et quelques jeunes filles particulièrement dénudées se mirent à danser sans se soucier de moi.

Surprise par ce changement brutal d'atmosphère, je m'offusquai du sans-gêne de ces gens qui accaparaient ainsi l'endroit sans me demander mon avis et j'allai immédiatement retrouver Larry occupé à accueillir les innombrables invités.

« Qui sont ces gens ? lui demandai-je dans le creux de l'oreille.

— Qui ça ? Oh, ce n'est pas grand-chose. Rien qu'une petite fête improvisée. Les Brésiliens sont des gens très spontanés, tu sais.

— Qu'est-ce que c'est que cette plaisanterie, Larry ?

— Monte plutôt vers la terrasse, j'ai quelque chose à te dire. »

À vingt-trois heures précises, la cacophonie s'arrêta brusquement. Tout le monde se tut et les regards se fixèrent sur moi. C'est alors que je compris ce qui se passait. Je courus en direction de la chambre afin de mettre la main sur mon agenda. Nous étions le quatre juillet 1991 et je venais juste d'avoir trente cinq ans. J'étais aux anges. Larry avait organisé cette soirée pour fêter mon anniversaire. Il avait même eu la délicatesse de respecter l'heure exacte de ma naissance ! J'apparus de nouveau sur la terrasse, le regard enchanté à la recherche d'une nouvelle surprise comme un très gros gâteau à la crème duquel sortirait je ne sais quelle danseuse ou tout autre personnage d'un goût douteux. Une fois à l'extérieur, je reculai pourtant, stupéfaite. Un hélicoptère surgit du balcon tirant derrière lui une banderole. Un très joli « Je veux t'épouser maintenant » se dessinait sur le morceau de toile alors qu'un feu d'artifice éclatait plus loin dans la baie.

Larry était agenouillé derrière moi les mains croisées puis il se leva pour me parler à l'oreille.

« Je suis navré d'être à l'origine de ce cliché mais d'habitude c'est à moi que l'on réserve de telles surprises.

— Oh, mais peu m'importe, mon petit amour. Je suis profondément touchée. Le jour de mes trente ans… je crois que je vais me mettre à pleurer !

— Je te propose ma main en guise de cadeau d'anniversaire.

— Tu m'as bien eue avec ton feu d'artifice à un million de dollars. Je ne peux plus dire non, à présent. OK pour le mariage, mais n'oublie pas la jolie bague. »

La fête battait son plein en ce milieu de soirée et je me

mélangeais finalement aux Brésiliens que je trouvais passionnants. La chaleur de leurs sourires, la fraîcheur de leur mentalité qui invitait à relativiser chaque problème ainsi que la sensualité qu'ils dégageaient en faisaient un peuple exemplaire.

Je ne m'étonnais pas que Larry eût acheté l'immeuble dans lequel nous nous situions et que ce pays dégageât un jour un taux de croissance économique à neuf pour cent par an. Je m'approchai du balcon pour observer l'horizon. L'air chaud et nocturne était envoûtant. Je regardais les favelas au loin sur le flanc des montagnes. Leur construction sommaire ressemblait à un château de cartes usé et fragile, mais les lumières et les bruits sourds qui s'en dégageaient donnaient à cette partie de la ville un air magique et mystérieux. J'étais sûre que ces gens-là aussi faisaient la fête et je m'arrêtai un instant sur l'étrangeté de la vie. Nous étions à quelques centaines de mètres les uns des autres et nous aspirions au même bonheur au-delà de tout aspect matériel. J'étais convaincue que les habitants des favelas s'amusaient plus encore et je sombrai dans un bref instant de nostalgie, pensant à la vie de bohème que j'avais laissée derrière moi, à la gentillesse des gens modestes, mais non moins fidèles, que j'avais rencontrés jadis.

Le Brésil, son invitation à la fête et à une certaine nonchalance, contredisait alors chacune de mes aspirations profondes et jetait le doute dans mon esprit. Est-on vraiment plus heureux quand on est riche ?

Quatorze verres de caïpirinha[4], deux kilos de churrasco[5] et quelques milliers de calories plus tard, j'avais oublié mes contradictions philosophiques de la veille et me réveillai avec une immense gueule de bois. Le vacarme assourdissant des aspirateurs et autres remue-ménage m'insupportait. L'organisation impitoyable des femmes de ménage contrastait franchement avec la légèreté de nos hôtes de la veille. Un cachet d'aspirine me fit douloureusement revenir à la raison. Larry m'avait laissé un mot. Il était parti courir le long de la plage pour – disait-il – vider son corps des excès de la veille. J'aurais aimé être dotée d'une nature aussi robuste, mais une chaise longue m'invitait sous une pergola coiffée d'un magnifique bougainvillier et un jeune homme absolument charmant se proposa de me masser.

Angelo, c'était le nom qu'il se donnait, avait passé sa jeunesse à dealer et à réparer les voitures dans la favela de Morro do Alemão – un repaire de quelque six cents narco-trafiquants – pour se reconvertir dans le concept de cuisine,

[4] Cocktail brésilien à base de cachaca, sucre de canne et citron vert.

[5] Grillade de viande rouge, de porc, ou de poulet.

ménage et massage à domicile, plus lucratif encore, surtout chez les veilles dames occidentales en manque d'exotisme.

Il avait la voix douce et son corps galbé et tatoué me fit vite oublier toute idée de migraine.

Larry revint plus tard dans un appartement flambant neuf alors que je l'attendais, fraîche et disponible, sans aucun des stigmates qui auraient d'habitude terni mon visage un lendemain de fête.

Il n'était pas allé courir mais revenait avec un magnifique bijou. J'étais prête à rentrer aux États-Unis avec une bague à vingt-cinq mille dollars au doigt et un Suisse pour époux.

De retour à New York, j'éprouvai un étrange sentiment de solitude. J'avais l'impression que la ville m'ensorcelait en me ramenant chaque fois vers elle. Je fréquentais les mêmes boutiques, j'avais acheté un appartement plus ostentatoire encore que celui d'Edgar et ma vie sociale s'éternisait dans les mêmes mondanités.

Aujourd'hui, l'inauguration d'une sculpture de bois sur le toit du Metropolitan Museum, demain une réception chez tel architecte à la mode, bâtisseur d'hôtels de stars et spécialiste du versement de pots-de-vin et, le surlendemain encore, une remise de médaille de guerre aux Nations Unies.

Je me serais aisément fatiguée de tout ceci si je n'avais pas été profondément amoureuse. Larry me comblait de joie. Il savait me surprendre et me rendre heureuse et j'observais avec contentement que ses bonnes intentions à mon égard ne faiblissaient pas avec le temps. Ma mère m'avait pourtant appris que les hommes mentaient souvent au début et que, s'ils savaient se présenter sous leur meilleur jour lors du premier rendez-vous, leurs belles manières constituaient un trompe-l'œil aux conséquences généralement lamentables. Maître Henri Jacquot, star incontestée du barreau de Paris et roi du divorce international, m'avait même expliqué que la loi française admettait que toute tentative de charme avant le mariage était nécessairement empreinte d'une intention dolosive. Ainsi, le mensonge d'un fiancé qui avait triché sur son passé de prisonnier afin d'épouser une jeune fille de bonne famille n'était pas un motif légitime de divorce. L'avocat était devenu mon conseil et l'un de mes plus fidèles amis.

Mais lorsque Larry me proposa d'emménager chez lui officiellement, cela me gêna. Je sortais d'une relation houleuse et ne m'imaginais pas m'enfermer dans le quotidien d'un autre homme aussi rapidement. Il eut beaucoup de peine à me convaincre.

« Voyons Victoria, nous sommes mariés tout de même !

— Oui, c'est vrai… il y a ce maudit contrat entre nous.

— Je suis sidéré ! Quoi de plus banal que de te demander de venir vivre avec moi ?

— Je suis très indépendante, voilà tout.

— Mais il faut bien donner une dimension réelle à notre union et je t'aime, moi ! J'ai envie de partager mon lit, ma chambre et que sais-je encore avec toi !

— Tes poils sur le rebord de la baignoire ?

— Dieu du ciel ! Je ne m'attendais pas à un tel négationnisme du couple.

— Ça m'ennuie, les couples. J'aime notre romance new-yorkaise, te retrouver chaque soir, aller dîner, ne pas se poser de questions. J'ai l'impression de tomber amoureuse à chacune de nos rencontres et cet état d'esprit me convient. Je n'ai pas envie de consumer notre amour trop vite et finir par me demander si c'est à mon tour de descendre les ordures. Je n'aime pas la routine.

— Je te rappelle qu'il y a quatre employés chez moi, que le vide-ordures est automatique et… et…

Larry exposait les bienfaits de la vie commune avec de grands gestes dirigés vers le ciel.

— … et tous les couples vivent ensemble Victoria, c'est comme ça sur la Terre entière !

— On est à New York ici, Larry. On se fiche de la Terre

entière.

— Mais alors, comment envisages-tu la suite ?

— Je ne sais pas vraiment. Je sors d'une mauvaise relation et je ne veux pas aller trop vite. Ne crois-tu pas que l'absence entretient l'amour ?

— Pas du tout ! Je ne peux pas vivre en te laissant partir tous les soirs. Cela me serait insupportable et je préférerais encore demander le divorce tout de suite.

— Tu ne crois pas un mot de ce que tu viens de dire.

— Non, c'est vrai, mais je t'aime, Victoria, comme je n'ai jamais encore aimé personne. Viens vivre chez moi, je t'en supplie. »

J'entendis un « oui » sortir de ma bouche malgré moi, encore une manifestation amoureuse contradictoire et contrariante.

J'entrai alors dans l'immensité presque grotesque du triplex de Larry Danberg avec un nœud au ventre. L'avenir me montrerait que j'avais eu tort de m'inquiéter car les mois passèrent, heureux, et son affection envers moi ne fléchissait pas.

Son amour semblait plus fervent que jamais et le temps me démontra que j'aurais eu tort de bouder un tel plaisir. Il ne se passait pas un soir sans qu'il revienne avec une petite surprise. Le dernier collier de chez Tiffany, des bouquets de fleurs démesurés accompagnés de mots doux ou des billets pour aller voir les Yankees au Madison Square Garden, j'emmagasinais avec plaisir ces nombreuses marques d'attention et me surprenais à penser que Larry était devenu l'homme de ma vie tant et si bien que deux ans se consumèrent à la vitesse d'un feu de forêt.

L'histoire se répéta pourtant, avec le sentiment d'être de nouveau enfermée, comme mise à l'écart de mon destin de femme affirmée. L'ennui me guetta de nouveau et il fallut réagir sans attendre. Le même instinct qui me commandait de travailler resurgit alors.

J'avais profité d'un déjeuner sous les arbres du jardin de la Winter Garden Tower pour faire part à Larry de mon ennui ainsi que de mon nouveau projet car, cette fois-ci, j'avais bien préparé le terrain.

« N'est-ce pas magnifique, cette vue paisible des voiliers de l'Hudson en plein Wall Street ? commença-t-il.

— Je m'ennuie, Larry.

— Oh, mon cœur va lâcher !

— Arrête ta comédie, Larry. Cette vie de potiche est en totale contradiction avec mon goût pour entreprendre. J'ai envie de faire quelque chose d'utile pour l'économie américaine.

—Je me doutais bien en effet que notre jolie petite romance n'allait pas durer. Qu'as-tu donc en tête ?

— Eh bien, vois-tu, j'aimerais aider à financer les jeunes entreprises au travers d'un fonds d'investissement.

— En voilà une idée bien curieuse.

— J'ai mûrement réfléchi au contraire et je pense que l'opération pourrait être rentable pour tout le monde. L'idée consisterait à trouver un petit capital pour garantir des emprunts octroyés à de jeunes entreprises méritantes.

— Il ne s'agit pas d'une activité philanthropique, alors.

— Crois-tu vraiment que je sois le genre de personne qui aime travailler pour la gloire, Larry ?

— Certes non. Donc, si je comprends bien, tu souhaites créer une micro-banque d'investissement spécialisée.

— Tout à fait. Il me faut un capital de départ d'au moins trente millions. Or, il me paraît impossible d'utiliser l'argent qui est en Chine…

— Hors de question, en effet. Mieux vaut rester prudent de ce côté.

— J'aimerais utiliser ta notoriété et créer une filiale de la Danberg Corporation. L'idée consisterait à surfer sur l'arrivée d'Internet. Je suis sûre que des milliers de projets vont se créer et qu'une nouvelle économie va voir le jour. Ce serait fantastique et rentable d'y prendre part.

— Tu sais que je crois beaucoup moi-même à Internet, mais tu oublies le risque des impayés et des dépôts de bilan.

— J'y ai pensé, figure-toi. Et la solution se situe dans une caution.

— Qui penses-tu pouvoir convaincre en investissant sur des profils aussi risqués ?

— Imaginons que j'ai déjà convaincu quelqu'un, que penserais-tu alors de mon idée ?

— L'idée serait prometteuse et je voudrais bien y participer mais tout dépendrait des reins de la caution.

— Très bien. J'ai une bonne nouvelle à t'annoncer dans ce cas. Je dispose d'un accord auprès de la meilleure société de cautionnement de risques financiers qui soit.

— Laquelle est-ce ?

— L'État fédéral lui-même. J'ai rencontré le sénateur Adams lorsque j'ai eu quelques soucis avec la police. Il m'avait demandé de protéger des fonds personnels en Suisse. Pas grand-chose, quelques millions. Je l'ai sollicité à propos de mon projet en lui expliquant que l'État aurait son plus grand rôle à jouer en permettant aux jeunes entreprises innovantes de voir le jour. L'idée a été soumise au congrès et Adams est revenu avec un accord.

— Mais c'est grandiose ! Victoria mon amour, tu es une femme éblouissante ! Tu m'apportes un projet ficelé et sans aucun risque sur un plateau ! C'est moi qui devrais te supplier de travailler, au contraire ; quand désires-tu commencer ? »

C'est sur ces paroles que la minuscule banque d'affaires Victoria and Partners vit le jour et me permit d'entrer dans le monde feutré de la finance. Malgré quelques difficultés de démarrage et la lenteur des effets des crédits octroyés, le succès fut au rendez-vous. Qu'il s'agisse d'un magasin de vente de CDs et vidéos en ligne ou bien d'un réseau social, ma petite structure ne connaissait en effet aucun répit et le montant des prêts augmenta tout autant que mes frais de gestion.

Le Tout Wall Street n'attendit pas pour saluer mon flair tandis que la presse fit de nous le couple star du monde des affaires.

Femme adulée, femme respectée, femme aimée, j'avais aussi gravi des sommets beaucoup plus hauts que ce que j'avais imaginé : en un an à peine, ma fortune personnelle décupla pour atteindre cent cinquante millions de dollars.

Mais que fait-on avec cent cinquante millions de dollars aux États-Unis ? On s'achète un bel hôtel au risque de tout perdre en cas de crise politique ou climatique ? On spécule dans l'immobilier pour se faire prendre la moitié du revenu en taxes ? Cette somme me déplaisait fortement quant à la faiblesse de son pouvoir réel sur l'économie et j'en tirai une conclusion fort simple : cent cinquante millions étaient définitivement un chiffre creux dans le monde des affaires.

CHAPITRE 10 – Entracte

En admirant Larry sortir du taxi qui nous avait déposés à l'aéroport alors qu'un nouveau voyage surprise m'attendait, je pris soudain conscience de la très grande vie qui s'annonçait enfin à moi. Amour, argent, et bonheur : ces trois mots qui constituent les rêves les plus banals de la condition humaine raisonnaient dans ma tête comme un chant angélique.

Mais lorsque Larry montra son plus beau sourire à l'hôtesse qui nous servait, je me demandai pourtant s'il pouvait y avoir une fin heureuse à cette chanson. C'était bien normal après tout, j'étais amoureuse pour la première fois de ma vie et, naïve jusqu'au fond des yeux, je laissais à d'autres les peines de cœur et autres divorces interminables. Larry était bel et bien à moi. Il y avait cette histoire de détournement de fonds qui nous liait, ce passé qui nous ressemblait et cette même envie de vaincre l'adversité du monde qui nous unissait.

CHAPITRE 11 – Androphobie primaire

Je regardais la télévision depuis mon bain lorsqu'une mauvaise nouvelle vint contrarier une journée qui s'annonçait pourtant fort bien. J'avais l'impression que quelque chose allait assombrir pour la première fois le tableau de ma réussite.

Nous étions le 20 décembre 1994 et CNN rapportait une déflation historique du cours du peso mexicain. Le pays avait reçu trop d'argent d'investisseurs étrangers et la compétitivité stagnait. Les propos du journaliste étaient effroyables. Son regard était glacial, son ton grave et solennel, comme à chaque fois que l'on annonce une mauvaise nouvelle. « Madame, Monsieur. La banque centrale a annoncé ce matin une dépréciation de la balance des paiements du Mexique. Les investisseurs inquiets ont repris en masse leurs fonds, créant ainsi un dévissage du cours du peso mexicain. La situation est dramatique et le Président américain parle de conséquences graves pour l'économie américaine. »

Je n'avais pas même eu le temps de m'habiller que le téléphone sonna. Larry était au bout du fil, excédé.

345

« C'est la fin des haricots, Victoria, tu m'entends, c'est la fin !

— Du calme Larry, il doit bien y avoir une solution quelque part.

— Tu parles ! Quelle solution ? Sais-tu ce que cela veut dire pour moi ? Nous avons fait des investissements au Mexique comme tous les bons spéculateurs et mes épargnants ont peur. Ce matin, ce sont dix pour cent de mes clients qui veulent reprendre leurs billes, les rentrées d'argent sont réduites de quarante pour cent et j'ai un milliard deux à trouver pour le Soudan dans deux semaines ! Je suis fichu, Victoria, fichu !

— Attends un peu, Larry. Je suis sûre que rien n'est irrévocable et je te rappelle que dans le pire des cas, nous disposons de fonds cachés là où tu sais…

— Mais tu ne comprends pas, ma pauvre ! Si trop d'épargnants réclament leur argent en même temps, mon système s'écroule ! Ce que je fais est purement illégal, je risque la prison à vie, tu comprends, à vie !

— Pour l'amour du ciel, je t'en prie, essaie de garder ton calme ! J'arrive. »

Une boule d'angoisse remontait le long de ma gorge alors que je me précipitais dans un taxi, à peine vêtue et les cheveux trempés. Une foule de scénarios défilèrent dans ma tête.

Comment ne pas être personnellement affectée par toute

cette affaire si elle devenait publique ? Pourquoi me retrouvais-je toujours ainsi dans des situations inextricables ? Pourquoi le bonheur était-il toujours aussi fragile ?

La pagaille la plus complète régnait dans les locaux de la Larry Danberg Corporation Bank à mon arrivée. L'ambiance de fin du monde était encore accentuée par les visages moroses des employés. Larry était dans tous ses états.

« Qu'il brûle en enfer, ce Mexique !

— Larry, il faut trouver une solution maintenant. Calme-toi.

— Me calmer ! Tiens, voici les nouvelles statistiques, je suis au bord de la ruine et la cessation des paiements est imminente. Si je la compare aux annulations de rentrées d'argent futures, le mouvement qui m'entraîne vers le fond s'accélère encore. Il me faut pouvoir honorer quatre cent cinquante millions de paiements pour les quatre jours qui viennent ou je suis fait comme un rat.

— Même ta fortune personnelle ne peut pas nous aider ?

— Tu plaisantes, j'espère. Ma fortune personnelle est largement insuffisante. Il faut que l'hémorragie cesse immédiatement et que les épargnants arrêtent de nous appeler pour réclamer leurs sous.

— Mince, mais qu'allons nous faire !

Le désespoir environnant m'envahit à mon tour. Je me laissai choir dans un fauteuil, anéantie. On frappa à la porte. La secrétaire entra.

— C'est à quel sujet, Linda ?

— Monsieur, je suis désolée de vous interrompre, mais Charles Guinzner réclame cent vingt-quatre millions. Il m'a expliqué que s'il ne les avait pas demain matin au plus tard, il lancerait une procédure d'alerte contre la banque.

— Mais c'est impossible ! Pas lui ! Pas mon plus vieux client ! Est-il possible de tomber encore plus bas ? Allez-vous me foutre la paix un jour, vous tous ?

— Mais Monsieur Danberg, ne criez pas comme ça, je vous en prie, je n'y suis pour rien !

— Une bécasse dans votre genre ne peut jamais y être pour quelque chose, c'est vrai. Foutez-moi le camp maintenant !

La secrétaire quitta le bureau les larmes aux yeux. Le téléphone sonna. Robert Turner, le président de la commission sur les opérations de bourse était au bout du fil. Larry alluma le haut-parleur.

— Larry ?

— Oui, Robert. Que me vaut ce coup de fil ?

— Je n'ai pas de très bonnes nouvelles à t'annoncer. Un prélèvement de taxes sur opérations courantes d'un montant de huit millions vient d'être rejeté pour insuffisance de provision sur les comptes de ta banque, mon vieux.

— Je suis au courant. Je suis navré pour ce malheureux contretemps et te demande trois jours francs pour payer. Les marchés sont très malmenés depuis l'annonce de ce matin, comme tu le sais.

— Je sais Larry, mais hélas, je ne suis pas en mesure de t'accorder plus de quarante-huit heures. Tu connais la procédure.

— Oui. Je sais.

— Ce n'est pas tant l'argent qui me préoccupe. Je suis choqué de voir à quel point tes épaules sont fragiles. Cela fait trente ans que l'on bosse ensemble et ton institution est réputée comme l'une des plus fiables au monde et…

— Et quoi encore ?

— Et tu n'as pas huit petits millions de fonds pour nous ? Tu me vois juste un peu mal à l'aise et comme je ne suis pas le seul décisionnaire, nos inspecteurs devront passer pour effectuer des vérifications d'écritures si nous ne sommes pas réglés dans les temps.

— Nous traversons une simple difficulté technique et nous travaillons d'arrache-pied au rétablissement de nos affaires comme beaucoup. Tu seras payé dans les temps, je t'en donne ma parole. »

Larry raccrocha puis s'effondra sur son bureau. Il pleurait la tête entre les mains. Je profitai alors de cet instant pour tenter de le réconforter en lui massant les épaules.

Nous passâmes les quarante-huit heures qui suivirent au bureau, alors qu'une petite cellule de crise s'était installée. Une modeste, quoique bonne nouvelle, vint mettre du baume au cœur à l'équipe présente lorsque le comptable revint avec le bilan des dégâts. Les demandes de retrait de fonds s'étaient arrêtées et après avoir vidé l'ensemble des avoirs, mon propre fonds d'investissement compris, il restait à éponger soixante-quinze millions d'échéances immédiates.

Le lendemain matin, Robert Turner nous rappela. Il nous fallait le payer immédiatement sinon il enverrait ses hommes pour dix-sept heures. Si nous ne parvenions pas à trouver une solution, ceux-ci procéderaient alors à la saisie d'informations financières et à un contrôle approfondi des comptes de la Larry Danberg Corporation Bank, ce qui signifiait la mort de l'entreprise et la prison pour l'élu de mon cœur.

C'est ainsi que les hommes de la commission arrivèrent en fin de journée, peu avant la fermeture. Je sentais mon cœur battre la chamade et Larry était recroquevillé sur le canapé comme un enfant qui allait se faire punir. J'observais les berlines noires arriver jusqu'à l'immeuble comme un défilé morbide.

Comme une étrange communauté soudainement inquiète, l'ensemble des employés cessa de travailler lorsque les contrôleurs, huit hommes au style sévère, pénétrèrent dans l'immeuble. Un silence impalpable monta jusqu'au bureau de celui que tout le monde voyait déjà comme l'ex-patron.

Pourtant, au funeste instant où les gardes de la haute finance entrèrent dans le bureau, je m'approchai de Larry et lui ordonnai de faire un chèque.

« Comment ? Mais tu es folle ! murmura-t-il.

— Fais ce que je te dis. J'ai une idée. »

Larry reprit subitement une posture de grand patron et adressa ses plus plates excuses aux contrôleurs. Il s'exécuta en rédigeant un chèque de huit millions de dollars. À la fois surprise, sceptique et contrariée, la petite garnison fit demi-tour et sortit de l'immeuble comme elle était venue : ordonnée, flegmatique et silencieuse.

« Mais qu'ai-je donc fait ! s'écria Larry au bout d'un moment. Un chèque en blanc à la plus haute autorité des marchés financiers du monde !

— Larry, tes emportements me surprennent et me déçoivent certainement un peu aussi.

— Huit millions ! Huit millions en blanc !

Il était exténué.

— Écoute, un chèque met quarante-huit heures avant d'être encaissé et, crois-moi, je connais bien le mécanisme.

— Et alors ?

— Et alors ? Nous sommes vendredi soir et les chambres de compensation sont déjà fermées. Turner ne pourra donc pas déposer son chèque avant lundi, ce qui nous donne un délai estimatif de quatre jours pour déposer la somme sur ton compte.

— Mais comment faire alors ?

Je file en Chine pour rapatrier les fonds. Je n'ai besoin que de quelques heures. Je m'arrangerai pour que deux cents millions arrivent au plus vite. Tu pourras alors honorer tes dettes et avoir une avance confortable, tes clients seront heureux, tu bénéficieras d'une bonne presse et la machine reprendra son cours comme si rien ne s'était passé.

— Tu ne pourras jamais retirer autant d'argent comme ça.

Ces fonds ne viendront pas de moi mais d'une société fictive. Cette idée m'est venue tout à l'heure. Il ne me reste plus qu'à trouver une activité vraisemblable.

— Dieu du ciel ! Mais comment ai-je fait pour ne pas y penser ! Que ferais-je sans toi, mon enfant ! Tu es la femme de ma vie. Tu es mon père, mon banquier et l'homme de la famille !

— Ne bouge pas de New York et fais le beau devant la presse. Rajoutes-en un maximum comme tu sais si bien le faire. »

Une nouvelle journée dans un avion et de nouvelles pensées confuses m'attendaient. Je suppose que c'est aussi cela que d'aimer. Savoir se sacrifier. J'avais énormément douté du bien-fondé de mon action mais il y avait en Larry beaucoup d'espoir et d'ambition et je savais que je retrouverais mon investissement d'une manière ou d'une autre. Puis, quelque part, effacer l'argent de Chine signifiait aussi faire disparaître un passé douteux, ce qui ne me posait guère problème.

Mon retour au pays des deux milliards de mangeurs de riz me permit de changer d'opinion sur les Chinois. Je découvris la dévotion de mon banquier, un homme que je connaissais à peine et grâce à qui deux cents millions de dollars arriveraient rapidement sur les comptes de la LDCB.

Comment ferait-il ? Il m'aiderait à créer « une marque de vêtements de coton biologique certifié » selon ses propres termes, avec à la clé un programme de compensation unique pour assurer la publicité ; un arbre serait planté pour chaque tee-shirt vendu. « C'est à la mode en Chine, Madame, et cela fera de vous et de votre mari un couple engagé. » Ainsi, la société Tees4Trees[6] était-elle née en quelques heures à peine. Je me délectais d'une telle idée et je fus heureuse de masquer ainsi aux banquiers américains que les fonds virés pour nous sauver ne provenaient pas d'une œuvre aussi légitime.

Le lundi suivant avait un air de fête, bien que très modéré, car nous étions sortis aguerris de cette expérience douloureuse. Beaucoup furent surpris que Danberg et sa femme aient investi dans une société de vêtements en Chine, mais tous étaient unanimes pour reconnaître là une marque supplémentaire du génie des affaires du couple.

Les nouvelles étaient décidément excellentes car le Président américain venait de rassembler cinquante milliards de dollars provenant du FMI pour stabiliser la zone mexicaine. Dans le même temps, la presse financière couvrait la firme Larry Danberg Corporation Bank de lauriers en l'honorant du titre de valeur de référence du moment. On conseilla même aux malchanceux du peso mexicain de rapatrier leurs fonds chez Larry et sa petite entreprise redémarra de plus belle. Pour combien de temps encore, nul ne le savait.

Notre couple se renforça après avoir surmonté un tel événement. Notre relation semblait s'être installée dans la durée et nous vivions enfin heureux et épanouis dans un monde

[6] Des tee-shirts pour des arbres. (N.D.T.)

où l'argent coulait à flots.

La monnaie qui m'avait tant manqué et pour laquelle je m'étais tellement sacrifiée était devenue le simple outil de mon bonheur. C'est effectivement au moment où j'avais cessé de considérer l'argent comme une nécessité absolue dont toute ma vie devait dépendre qu'il se mit à abonder.

Le cours paisible et harmonieux de notre vie de couple se dessinait ainsi comme une rivière que je croyais sans fin, jusqu'au jour où une petite pensée, un petit quelque chose sans grand intérêt a priori, traversa mon esprit et me préoccupa. Un jour chez le coiffeur, un autre jour chez le fleuriste ou dans ma boutique favorite, quelque chose vint spontanément et périodiquement noircir les bons moments que me réservait ma nouvelle existence.

Tout avait commencé alors que nous assistions à une représentation de *Porgy and Bess* au Metropolitan Opera. Les larmes coulèrent sur mon visage lorsque j'entendis le premier refrain de *Summertime*, l'un de mes morceaux favoris qui me replongeait dans mon enfance perturbée.

Je fus subitement sortie de la torpeur envoûtante que connaissent tous les amateurs de musique lorsque je remarquai un minuscule fil de soie rose qui traînait nonchalamment sur la manche du costume de Larry. Il s'agissait certainement d'un morceau de fil provenant d'un châle de l'une des nombreuses sénatrices retraitées qui fréquentaient l'Opéra de New York en semaine et contre lequel Larry se serait frotté, songeai-je alors.

Larry était d'une humeur constante avec moi et rien ne présageait quoi que ce soit de triste sur notre avenir en commun pourtant, j'étais sceptique, trop sceptique.

Les résultats de l'enquête personnelle commandée à une agence de détectives privés furent très clairs ; il s'agissait d'une fausse alerte et mes mauvaises pensées n'étaient pas légitimes. Ma mère n'avait donc pas tout à fait raison. Il existait des hommes honnêtes et c'est sur ces dernières entrefaites que je décidais de ne plus m'en faire quant aux vues présupposées de Larry sur les autres femmes.

C'est ainsi que je me rendis, confiante et ravie, à notre déjeuner désormais hebdomadaire au restaurant The Boathouse de Central Park, ce jour-là. J'avais mis ma plus belle robe, lâché mes cheveux afin de les laisser retomber naturellement sur mes épaules et j'entrai dans la salle de restaurant, resplendissante, laissant derrière moi l'odeur fraîche et légère d'un parfum printanier hors de prix.

« C'est un éternel plaisir que de contempler la plus jolie femme du monde entrer dans un restaurant et la voir s'asseoir à ma table. Comment vas-tu, passion dévorante ? me dit Larry à voix haute afin que toute la salle l'entende.

— Je me suis rarement sentie aussi bien.

— Es-tu heureuse alors ?

— Il me semble que la réponse peut se lire sur mon sourire, non ?

— Très juste. Comment vont tes affaires ou plutôt nos affaires ? Je n'ai pas eu le temps de passer à ton étage ce matin et tu m'en vois désolé. Le Soudan souhaite placer une partie importante de ses avoirs chez nous et c'est beaucoup de travail.

— Oh, mais c'est une nouvelle fantastique !

— Cela ne va pas être simple d'accueillir l'équivalent du budget de fonctionnement des Nations Unies dans notre entreprise.

— Bien entendu, mais je te fais confiance. Je suis moi-même heureuse d'avoir réussi à recapitaliser une partie de ma perte en Chine.

— J'oubliais ! Bien sûr ! Je te dois de l'argent et je peux te le rendre de ce pas.

— Très bien, mais rien ne presse. N'était-ce pas un concours de circonstances heureux que d'avoir réussi à reconstruire sur notre territoire la fortune qui était tellement difficile d'accès chez les Nippons ? demandai-je en baissant la voix et me cachant dans le menu.

— Tu as raison, comme depuis le premier jour où nos paroles se sont croisées. Trinquons donc à l'avenir.

— OK ! Attends un peu. Je vais improviser un petit discours.

J'empruntai un ton solennel un tantinet ridicule.

— Lorsque je t'ai vu, j'ai compris ce que l'amour voulait vraiment dire, commençai-je ravie. Ta tenue, ton élégance, ton regard ont un effet sur moi aussi puissant que le champ d'ouverture de *La Passion selon saint Jean*.

— Arrête ça tout de suite, je t'en prie. Ce genre de bêtise me gêne terriblement.

— La finesse de ton raisonnement dans les affaires, continuai-je encore, bien que mise à rude épreuve parfois, t'a conduit à des succès qui ont marqué l'histoire de la finance comme Aristide Boucicaut celle du commerce de détail. À notre amour ! À notre avenir ! À notre fortu…

— Victoria ? Que se passe-t-il ? Qu'est-ce qui ne va pas ? Mais réponds-moi à la fin !

Un long silence s'installa sans que je puisse finir de prononcer la dernière note de ma composition. J'étais subitement blessée, anéantie alors que Larry scrutait avec inquiétude mes yeux écarquillés par la consternation.

— Je… je… tout va bien, j'ai eu un léger moment d'égarement mais rien de bien grave, rassure-toi.

— Tu es sûre, ma chérie ? Tu sembles si désemparée soudainement.

— Je t'assure qu'il n'y a rien de grave. Où en étions-nous ? Ah oui, c'est vrai, je te congratulais d'un beau discours. Si nous mangions à présent. Je crève de faim.

Je ramenai ma chaise près de la table, le teint assombri et le regard plus sévère.

— Très bien, je vais commander du vin.

— Pas pour moi. Nous buvons assez comme ça. Parle-moi plutôt de tes affaires avec le Soudan. Ce sujet-là au moins est réjouissant.

— Je n'ai pas grand-chose à ajouter. Je pense qu'il va falloir que j'en parle au bureau de contrôle des marchés. Cela fait un sacré paquet d'argent.

— Et tu ne t'inquiètes pas des conséquences par rapport à ton système ? Il va falloir trouver beaucoup d'argent à terme.

— Nous disposons déjà des fonds.

— Des fonds d'autrui, tu veux dire.

— Je... je ne te comprends pas. Peux-tu m'expliquer ce qui me vaut un jugement aussi critique et un changement d'attitude aussi radical ?

— Je ne vois pas de quoi tu parles. Je me souviens simplement des déboires que nous avons endurés et je me pose des questions sur les conséquences de l'encaissement d'une telle somme. »

Je montai dans le taxi le visage sombre et m'effondrai comme cela ne m'était encore jamais arrivé. J'avais observé sur la manche du veston de Larry un morceau de fil de soie du même type que celui trouvé à l'Opéra, mais celui-ci était plus long et déposé à un autre endroit du vêtement. Il avait forcément revu cette personne. Ils s'étaient forcément collés l'un à l'autre pour que ce bout de ficelle traîne encore sur ses vêtements.

Je faisais les cent pas dans notre salon, le lendemain, un verre de bourbon bien rempli à la main. Qui était cette femme ? S'agissait-il vraiment d'une femme, d'ailleurs ? Pourquoi étais-je devenue paranoïaque subitement ? De quoi pourrais-je avoir peur au fond ? Toutes les hypothèses, parfois farfelues, défilaient dans ma tête à vive allure.

Il fallait que je garde mon calme et je m'allongeai en relativisant cette histoire qui, pour l'instant, gisait quelque part dans les recoins de mon imagination.

Ce petit morceau insignifiant de matière fit pourtant ressurgir en moi toutes les pensées les plus sombres de la tromperie masculine que j'avais connue jusque-là. Pour la première fois, la confiance aveugle que j'avais en Larry était remise en cause. Mon mauvais instinct curieux se réveilla alors pour me conduire à une conclusion très grave. Je devais passer au peigne fin la vie de Larry Danberg.

Le soir venu, Larry ne me serra pas dans les bras ainsi qu'il le faisait habituellement et aucun cadeau ne m'attendait. Il préféra m'adresser un ultimatum.

« Je n'ai pas compris ce qui s'est passé lors du déjeuner et je ne dînerai pas avec toi si tu ne m'expliques pas clairement de quoi il s'agit.

— Quelque chose m'a donné l'impression ce midi qu'il y avait une autre femme dans ta vie.

Il n'attendait pas une réponse aussi franche de ma part et son hésitation à me répondre était inhabituelle. Je l'avais déstabilisé.

— À la bonne heure ! Mais qu'est-ce qui te fait penser à une telle monstruosité ?

— J'ai observé à deux reprises un fil de soie sur tes vêtements.

— Comment ça ?

Il partit dans l'entrée et revint quelques instants après avec un sourire béat. Il brandit ensuite l'objet de tous mes tourments et explosa d'un rire grave qui semblait sincère.

— Mais quelle imagination ! Tu es décidément quelqu'un

d'unique, ma très chère. Eh bien ceci, vois-tu, est le modeste démembrement du magnifique fauteuil de plumes rose qui m'est réservé depuis plus de dix ans chez ma cliente et très fidèle amie, Emma Garmont, une septuagénaire retirée à Miami dans un palais de plastique décoré dans les années soixante-dix. Surtout, ne me dis pas que tu ne connais pas les habitants de Floride et leur manque de goût très prononcé pour le mobilier. Et, d'ailleurs, je te propose de nous rendre chez cette dame afin que tu puisses inspecter dans les détails ce fauteuil si mystérieux.

— Oh Larry ! Je me sens tellement idiote ! Mais... mais, tu sais, je vis encore avec tous les préceptes inculqués par ma mère au sujet de l'infidélité masculine et, à chaque fois que j'essaie de savoir ce qui ce passe dans l'intimité de mes amants, les choses tournent mal. Et...

— Et si l'infidélité masculine n'était qu'un mythe ? Et si, à mon âge, on ne cherchait pas plutôt une certaine stabilité ?

Il me prit la joue comme un père réprimandant son enfant et je me sentis encore plus ridicule.

— Pardonne-moi. Allons boire un verre au Stone Wall, c'est un bar homo de Greenwich Village, on aura là une vraie raison de relativiser la fidélité. »

J'aurais effectivement dû me sentir stupide. J'aurais dû

accentuer encore la faiblesse de mes pensées en me confondant en excuses. Pourtant, alors qu'il bénéficiait d'un argument extraordinaire, son attitude incertaine et son regard suspicieux étaient nouveaux pour moi, tout comme cette odeur de parfum féminin bien connue que je découvrais sur ses mains alors qu'il me serrait dans ses bras.

Dès le lendemain matin, je pris rendez-vous avec Ido Breitmann, un détective privé à qui j'avais offert les charmes de ma minorité dans le passé. Il était prêt à tout pour se faire pardonner et je pouvais compter sur sa dévotion ainsi que sur un tarif défiant toute concurrence. Outre la gratuité, il m'offrait sa parfaite fidélité.

Alors que le détective débutait son enquête, je me dévouais à ma tâche favorite. Il ne s'agissait pas cette fois-ci de fouiller notre appartement mais d'éplucher les comptes personnels de Larry, ce qui fut extrêmement simple eu égard à mon droit d'accès illimité à son bureau. Cela faisait bien longtemps que mes allées et venues étaient égales au lot de secrétaires, plus jalouses qu'inquiètes.

Mais alors que je finissais par me lasser de l'analyse des mouvements de compte de mon tendre époux, je tombai sur un curieux intitulé indiquant « Restaurant À la Fleur de Rose, 87 dollars et 28 cents ». Je ne connaissais pas ce lieu ni son nom aux consonances exotiques. Un coup de fil au service des renseignements m'indiqua l'angle de la rue de Bank et de la huitième avenue. Je pris ma parka et sautai dans un taxi sans réfléchir.

Le petit endroit était extrêmement charmant malgré la crasse des rues environnantes. La façade de bois était peinte en vieux rose. Elle était recouverte de pots de fleurs et une grande fenêtre ouverte sur la rue offrait aux passants une terrasse ensoleillée au-dessus de laquelle pendait une carte de menu promettant les meilleurs petits-déjeuners de Greenwich Village. Une vieille dame, à forte carrure et à l'allure d'une Bonnie Tyler défraîchie, était assise au soleil. Elle sirotait un café tout en tirant sur le dernier tabac disponible de sa cigarette. Ses cheveux étaient frisés et colorés d'une horrible teinte blonde aux reflets bleutés. Elle portait une robe moulante couverte de paillettes et jouait avec le talon de sa chaussure tout en me regardant fixement.

Elle s'exprimait avec la grossièreté et la rudesse des tenancières de café de ce quartier.

« Qu'en est-il ma jolie ? On s'assoit ou on ne s'assoit pas ? À moins que vous ne soyez l'un de ces représentants d'assurance qui veulent me soutirer du blé ? Où pire encore, vous êtes peut-être des impôts ou bien travaillez pour les services sociaux ? Je vous préviens tout de suite, tout est clair dans mon business. C'est une maison sérieuse, ici. On n'est pas comme tous ces fainéants mafieux des clubs de jazz du coin.

— Je ne suis pas venue ici pour vous prendre de l'argent mais peut-être pour vous en donner un peu.

— Très bien envoyé, jeune dame. Qu'est-ce qu'on vous sert ?

— Un double express avec un jus d'orange pressé, uniquement s'il est frais, s'il vous plaît.

La maîtresse de maison revint au bout de quelques minutes avec une tasse de café, le jus de fruit commandé ainsi qu'une assiette sur laquelle gisaient deux oranges qu'elle avait probablement broyés de ses mains puissantes.

— Sentez-moi ces oranges et regardez-les bien. C'est le meilleur de la Floride que vous allez boire. La maison n'est pas seulement correctement tenue, mais nous faisons aussi une cuisine de qualité ici, ma chère.

— Justement. À propos de Floride. J'ai une question à vous poser.

— Quoi encore ! Vous voulez la provenance, aussi ?

— Pas du tout. Asseyez-vous, s'il vous plaît. J'ai à vous parler.

— Qu'avez-vous donc de si important à me dire ? demanda-t-elle en s'asseyant à mes côtés, la face toujours au soleil.

— J'ai besoin de savoir si mon mari me trompe.

— En voilà une question !

La femme frappa sur la table et se leva péniblement.

— Pas de ça chez nous, jeune fille.

— Pas même pour cent dollars ?

— Pour qui me prenez-vous ? C'est hors de question.

— Écoutez. Mon mari est un puissant banquier. Il est capable de ruiner les États-Unis en quelques heures et votre commerce en souffrirait aussi. Il faut l'arrêter. Mille dollars et vous acceptez de regarder une photo.

J'espérais que mon regard sévère serait persuasif.

— Bon. OK, OK. Faites-moi voir votre fichue photo. On est des gens honnêtes ici et j'aime pas faire de la délation.

— Ça fait combien de couverts, mille dollars en liquide ?

La grosse dame prit la photo à regret. Ses yeux s'écarquillèrent instantanément et elle se laissa tomber à la renverse sur un petit banc de bois qui se mit à osciller dangereusement.

— Ce type est votre mari ?

— Oui. Depuis peu. Vous le connaissez ? Qu'avez-vous à me dire sur lui ? Voici vos mille dollars. Je vous en donne mille autres si vous parlez.

— J'ai pas besoin de votre fric. C'est vous qui êtes fichue. Pas moi.

— Si je suis fichue, vous l'êtes aussi. Dans le cas contraire, si vous m'aidez, je vous filerai un coup de main en retour.

— Très bien, très bien, j'ai compris. Ça fait dix ans que ce Monsieur vient chez moi. Je ne connais pas son vrai nom car il paie systématiquement avec des cartes de crédit différentes. Il est arrivé que l'une de ses cartes ne passe pas et il s'était engagé à revenir pour solder sa dette mais il ne l'a pas fait dans les temps. Lorsque je l'ai revu quelques semaines plus tard, je lui ai demandé de me régler, alors il est devenu méchant. Pensez donc ! On ne ridiculise pas un homme comme ça devant une femme. Je n'ai pas apprécié son attitude car, chez moi, le respect est une question d'honneur. Vous me donnez une belle occasion de me venger en vidant mon sac !

— Vous le connaissez donc sous des identités différentes ?

— Au moins trois noms ! Non, attendez, quatre noms, oui, c'est ça... quatre noms. Mais ouvrez grand vos oreilles, ma jolie petite pâquerette. À chacun de ces noms correspond une femme.

— Vous voulez dire que... il vient chez vous avec quatre femmes différentes ?

— Je lui connais quatre compagnes en effet. Remarque, avec

vous ça fait cinq, dit-elle en souriant bêtement.

— Vous trouvez ça drôle ?

— Ce n'est pas impensable. Mais, dites-moi, votre homme a du pouvoir et de l'argent. N'est-ce pas ?

— Oui, énormément.

— C'est donc un goujat, voilà tout. On en voit pas mal par ici.

— Merci, mais votre opinion ne m'intéresse pas. Apportez-moi donc un double scotch avec de la glace et prenez-en un sur mon compte si vous voulez.

— Eh bien, en voilà une qui sait parler aux dames ! J'apporte la bouteille.

Les gorgées d'alcool avaient un goût amer à dix heures du matin mais j'attendais avec impatience que la langue de la restauratrice se délie.

— Votre mari, c'est un malpropre. Quand j'ai découvert le jeu auquel il se prêtait, je n'avais plus envie de le voir dans mon établissement. Je me souviens de la première fois où je l'ai vu. Il était très élégant, extrêmement charmant et bien intentionné. Je suis tombée sous le charme immédiatement, imaginez ! Quel fourbe ce type quand on y pense. Il venait souvent avec sa compagne. Elle était très belle. C'était une artiste. Oui… non, attendez. Si, voilà. Celle-là, la numéro un si vous préférez, était violoniste à l'Opéra. Ce petit couple était le plus charmant du monde et je les enviais. Puis vint la deuxième. Une jolie pute, celle-là ! Rien à voir avec la première. Aucune classe. L'air mauvais, tatouée comme une vache. J'ai mis du temps à comprendre pourquoi il venait par intermittence avec chacune de ces deux dames si différentes, mais c'est quand la troisième est arrivée que j'ai compris quel genre de type il était vraiment. Celle-là devait avoir tout juste vingt ans à l'époque.

— Vous le voyez toujours régulièrement ?

— Oh que oui, ma bonne amie ! Il vient chez moi au moins une fois par mois depuis plus de dix ans, comme je vous l'ai déjà dit.

— Je suis bouleversée. Vos paroles me font l'effet d'un couteau planté en plein cœur que l'on remue sans cesse.

— On peut arrêter là si vous le souhaitez.

— Absolument pas. Je veux tout savoir, je dois tout savoir, vous m'entendez !

Je m'effondrai, en larmes. La veille femme, sans doute par solidarité ou par pitié, me tapota sur l'épaule.

— Je vais vous laisser à présent, il faut que je prépare ma cuisine.

— Non ! Attendez. Vient-il toujours avec ces femmes ?

— Oui Madame. Quatre femmes qui se font toutes avoir. Tout comme vous, ma pauvre petite.

— Les choses ne se passeront pas comme ça, vous m'entendez ? Voici ma carte. Appelez-moi dès qu'il pointera son nez.

— Je ne sais pas si je peux faire une chose pareille. Je ne veux pas de grabuge dans mon restaurant.

— Je vous ordonne de croire en ma discrétion. Je dois mettre un visage sur chacune de ces femmes si je veux le piéger. Dites-moi ce qu'il vous faut et vous l'obtiendrez.

— Vous semblez très déterminée.

— Faites-moi confiance. Que voulez-vous en retour ?

— Ben, c'est-à-dire que… il y a bien ce petit entrepôt à vendre au fond de la cour et j'aimerais bien m'agrandir en ouvrant un patio mais pour ça... il me faudrait un crédit et à mon âge…

— Crédit accordé. Vous êtes bien tombée. Je distribue de l'argent aux professionnels toute la journée. Livrez-moi chacune de ces femmes et vous aurez un beau patio tout neuf.

— OK ma petite dame, mais ça fait un peu beaucoup un patio contre quatre coups de téléphone, non ?

— Je suis déterminée à faire payer ce salaud. Il ne va pas le regretter. Croyez-moi. »

L'histoire m'apprendra plus tard que je n'aurais pas dû sous-estimer l'honnêteté de la commerçante. Elle exécuta son contrat sans faillir et me contacta à chaque fois que Larry entrait dans son restaurant. Il suffisait alors que l'agent Breitmann vienne pointer le bout de son nez et le tour était joué, les preuves pouvaient s'accumuler tranquillement, patiemment.

La grande déception devait donc m'arriver à moi aussi. Imaginer que Larry puisse être malhonnête envers les sentiments qu'il me portait était aussi douloureux que la perte de ma mère. Je me demandais combien de coups durs je devrais encore encaisser avant de pouvoir goûter au bonheur véritable. Je réaliserais bientôt que celui-ci serait le dernier.

À ma très grande surprise en effet, je me remis rapidement de mon histoire avec Larry. Je n'avais jamais suffisamment cru, au fond, en l'amour ainsi qu'en aucune relation complice entre deux êtres qui se rencontrent sur le tard. Je me repliai alors sur moi-même en retrouvant finalement une certaine sérénité à être seule.

Un voyage que devait effectuer Larry me sauverait définitivement de tous rapports intimes avec lui et j'en étais ravie. Il devait en effet assister à un séminaire de quelques jours sur la sécurisation des plus-values à Las Vegas. Il était censé partir le lendemain de ma triste découverte sur ses penchants amoureux. J'étais surprise d'apprendre que des banquiers puissent se rendre dans un lieu pareil pour aborder le délicat sujet de la sécurité monétaire mais cela m'arrangeait.

Prétextant à mon tour une envie subite de découvrir les hauts plateaux incas, je lui annonçai que je partirais de mon côté pour visiter le Pérou avec une amie.

Lorsqu'il quitta notre appartement après un discours rempli de regrets à m'abandonner ainsi pour la première fois depuis longtemps, il ne se doutait pas que Breitmann et moi allions le suivre jusqu'à Las Vegas et que ma chambre se situerait juste à côté de la sienne, à l'hôtel Flamingo, établissement plus connu pour ses frasques que pour ses séminaires sur la rigueur bancaire.

Breitmann était un agent secret doué d'une efficacité redoutable. Son vocabulaire extrêmement riche faisait systématiquement bonne impression et lui avait permis de développer un sens inouï pour la communication malgré son physique atypique. D'un style vestimentaire passe-partout accompagné d'un visage de poupon, il embrassait volontiers des causes humanitaires, ce qui lui donnait un faux air de gentil garçon, parade idéale pour mieux tromper ses adversaires.

Véritable caméléon et fin psychologue, il excellait surtout dans l'art de jouer de l'imbécillité opportune. Chaque fois qu'il était à l'origine d'un problème, il savait convaincre son interlocuteur mécontent que ce dernier était en réalité le seul responsable de la situation. J'appréciais sincèrement nos rencontres ainsi que l'idée même de ce voyage.

Il connaissait à Las Vegas une foule innombrable de gens. Le chauffeur de taxi, chacun des membres du personnel de l'hôtel et jusqu'à notre femme de chambre avec laquelle il se montra particulièrement familier.

« Voilà, dit-il alors que sa voix portait dans l'immense volume de la pièce – un salon chambre bar qui me servirait d'habitation pendant notre séjour –, vous êtes chez vous.

— C'est un endroit impressionnant pour quarante-cinq dollars la nuit !

— Oh, mais je pensais que vous connaissiez les règles de Vegas, Madame. Les casinos se moquent éperdument du prix de votre chambre. Ce qu'ils souhaitent au contraire, c'est vous faire économiser sur le coucher et ainsi dépenser plus dans les machines à sous. Je trouve même le tarif un peu exagéré.

— Exagéré ! Soixante-dix mètres carrés avec un magnifique mobilier Art déco et une vue sur le Strip ?

— Tout est faux ici, chère Victoria.

— Qu'importe l'apparence. Ici, les gens ont l'air de se divertir et cela me manque terriblement depuis que je vous connais, Ido.

— Merci pour le compliment, ma chère.

— Vous n'aimez pas Las Vegas ?

— J'ai ce vide plastifié en horreur. Les gens, comme vous dites, ne sont absolument pas heureux, ils sont stupides. J'ai rencontré une femme ici lors de mon dernier séjour. Elle jubilait devant l'Arc de Triomphe et l'Opéra Garnier du Paris Hotel. J'ai eu un mal fou à lui expliquer que la réalité était on ne peut plus belle et indescriptible. La seule objection de la jeune femme consista à répéter de manière idiote "mais qu'importe le vrai Paris, on est à Paris ici". Nous n'avons pas couché ensemble, bien évidemment.

— La superficialité fait du bien parfois, vous savez. Tout comme le plaisir.

— Je n'ai rien contre un bon moment de détente lorsque celui-ci est conscient. Une autre fois encore, un jeune homme se droguait sous mon nez dans l'ascenseur. Séduisant, son charme était pourtant rompu par son manque de retenue. Sa chemise sale et entrouverte bâillait hors de son pantalon et des cernes interminables coulaient le long de son visage comme la cire d'une bougie en fin de vie. Il me fixait droit dans les yeux et se mit rapidement à pleurer. Vous savez ce qu'il m'a dit ? Eh bien, il m'a tenu des propos qui reflètent la vraie nature des touristes de Vegas. "J'ai tout perdu mec. Je suis venu ici pour me refaire et j'y laisserai ma chemise. J'ai joué six mois de salaire et j'ai retiré en liquide le montant disponible sur ma carte de crédit. Je suis foutu, mec. C'est la fin des haricots." Vous appelez ça un bon moment vous ?

— Je ne fais peut-être pas votre effort d'analyse et me contente de la poudre que toutes ces lumières me jettent aux yeux. Cela me fait du bien. La foule, même transcendée par un but stupide, me réconforte, voyez-vous. Mais ne croyez pas pour autant que je ne saisis pas les mauvais côtés de cette ville. Simplement, ces hôtels gigantesques, ces spectacles invraisemblables et gratuits, la candeur des badauds et la joie de cette architecture positive qui se réapproprie les plus beaux endroits du monde, pour moi, c'est ça aussi l'Amérique.

— J'apprécie vivement votre fraîcheur d'esprit, Madame Freney. J'espère que celle-ci ne sera pas affectée par ce que vous risquez de découvrir ici. »

Breitmann continuait la conversation en sortant de ses bagages un ensemble incalculable de sacs et de boîtes en tout genre. Il en déballa ensuite le contenu qu'il étala soigneusement sur le sol dans un ordre que lui seul pouvait reconnaître. On comptait une grande quantité de câbles, un jeu de huit ventouses de forte taille, deux immenses saladiers de métal montés sur des pieds télescopiques qui ressemblaient à des projecteurs pour studio de cinéma ainsi qu'une table de mixage surmontée d'un écran d'ordinateur très sophistiqué. Il m'invita ensuite à aller respirer cet air si frais et si joyeux qui régnait sur le Strip et passa le reste de l'après-midi dans ma chambre afin de monter ce qui ressemblait à une véritable salle d'opération portative.

En rentrant de ma pause shopping avec seulement quelques sacs et trop peu de jolies choses, je commençais moi-même à douter de la qualité de cet eldorado. Les produits de qualité étaient excessivement chers comme si les commerçants pensaient que les riches étaient forcément stupides alors que les gadgets en plastique « Made in China » pullulaient dans une sorte d'orgie consumériste qui me donna finalement la nausée.

Je posai le fruit de mes dépenses sur le seuil de ma chambre et découvris, inquiète, l'assemblage que Breitmann avait monté. Des câbles couraient partout dans la pièce et la série de ventouses était posée à même la fenêtre. L'ensemble ressemblait à une immense statue d'araignée de Louise Bourgeois. Je me demandais en quoi cette chose pouvait nous être utile. Breitmann ne se fit pas attendre pour me faire une petite démonstration.

« Vous voilà enfin. Je vous attendais pour démarrer les tests.

Prenez une chaise et apportez-nous un petit remontant, la séance de vingt heures va bientôt commencer. »

L'homme dégarni se concentra sur le tableau de bord de la machine. Il actionna une série de boutons et entra des codes sur un clavier comme un pilote de ligne préparant son appareil avant le décollage. Il était courbé sur son siège et s'épongeait le front de temps à autre, concentré.

« C'est par ici que ça se passe, me dit-il en montrant la fenêtre. »

J'attendis un long moment mais rien ne se produisit. Je pensais qu'il voulait me cacher quelque chose en me forçant à regarder ailleurs, mais il insista. Soudain, une image un peu floue s'inscrivit au travers de la fenêtre, comme si l'on y projetait un film. Je vis une chambre qui ressemblait étrangement à la mienne mais elle était plus grande et le mobilier plus nombreux était positionné différemment. Je ne comprenais pas ce qui était en train de se produire. Que signifiait cette image ? Dans quel monde parallèle Breitmann voulait-il m'emmener ?

Une bonne demi-heure se déroula ainsi sans un bruit, sans un mouvement et je me lassai.

« Je suis fatiguée, Ido. À quoi jouez-vous à la fin ?

— Mon objectif ne consiste pas à jouer avec vos nerfs,

Madame, mais si vous pouviez ne serait-ce qu'un instant cesser de jouer les épouses trop gâtées, cela servirait certainement mieux notre cause.

— Eh bien, votre film sans paroles et sans acteurs ne m'intéresse pas mon vieux et je ne vous paie pas pour me retrouver dans une chambre d'hôtel à La Vegas avec comme seule perspective nocturne la vue sur une fenêtre à double vitrage. Je vais me coucher.

— Ah ! Le voilà enfin ! »

Ce que je vis ce soir-là me déconcerta. Je tremblais de stupeur. Je vis Larry entrer dans sa chambre. Il ôta son veston et ses chaussures puis s'allongea sur son lit. Je n'en revenais pas. Grâce à la machine du détective privé, je pouvais l'observer depuis ma chambre comme un poisson dans un bocal.

« Ido ! Je suis confuse ! De… de quoi s'agit-il ? lui soufflai-je dans l'oreille de peur d'être entendue.

— Vous pouvez parler sans crainte. Mieux qu'un micro, ceci est un capteur sensoriel muni d'un rétroprojecteur à visionneuse surpuissante. Concrètement, cette machine unique en son genre permet de voir à travers les murs.

— Oh, c'est invraisemblable ! Vous êtes sûr qu'il ne nous voit pas ?

— Comment cela serait-il possible ? Il faudrait qu'il ouvre sa fenêtre pour remarquer notre matériel, mais nous sommes à Las Vegas. Les fenêtres ne s'ouvrent pas afin d'éviter les suicides.

— Ido, vous êtes un génie !

— Il y a pourtant un léger problème.

— Vous me faites peur avec votre allure d'apprenti sorcier.

— Mon micro s'est brisé pendant le transport. Il va falloir nous contenter de l'image. J'espère que cela suffira pour récolter quelques preuves.

— Cette ordure trimbale ses conquêtes dans tout Manhattan, je ne vois pas pourquoi il n'utiliserait pas son lit à Las Vegas. Il est seul après tout.

— Je l'espère. Je souhaite aussi que vous soyez forte. Il va probablement falloir que vous supportiez des images terribles.

— Voir mon mari nu avec une autre femme, voulez-vous dire ? Je ne suis pas une grande émotive, voyez-vous. Cette jolie romance est derrière moi à présent. J'ai la chance de faire partie de ces individus pour qui les mauvais coups sont autant d'opportunités pour se reconstruire. Croyez-moi, mon vieux, la dernière personne qui a joué avec mon cœur s'est empoisonnée en prison.

Je le regardais froidement, avalant mon brandy d'une traite.

Déstabilisé, il toussa légèrement.

— Comme vous voudrez Madame, mais retenez au moins ceci : "What happens in Vegas, stays in Vegas"[7]. Cette machine est une fabrication maison. Je ne veux en aucun cas divulguer son existence, car elle sert énormément les intérêts de mon petit commerce. Ne vous avisez donc pas de raconter autour de vous que vous connaissez un type capable de voir à travers les murs. Je feindrais l'ignorance ou bien encore votre démence.

— Du calme, Monsieur. Je ne dirai rien même s'il m'est difficile de vous comprendre. Vous pourriez être milliardaire avec une invention pareille mais vous laissez votre voyeurisme l'emporter sur votre raison. Les hommes sont vraiment tous des idiots. Passez-moi donc un verre, la soirée va être longue. »

Au lieu d'une soirée, ce fut le week-end tout entier qui s'annonça morne. La nuit du vendredi s'était achevée sans esclandres alors que la fin d'après-midi du samedi s'affichait déjà sur l'horloge. Rien ne se passa qui puisse attirer notre attention. Larry resta tout l'après-midi dans un jacuzzi à siroter une bouteille de vin en jouant aux cartes et en fumant des cigares, puis il passa la soirée entre la télé et un roman. La seule chose dont nous étions certains à ce stade était que le

[7] Ce qui arrive à Las Vegas reste à Las Vegas.

séminaire présupposé n'aurait pas lieu. Je me demandais même, pendant un instant, s'il ne s'agissait pas d'une simple escapade pour être loin du monde et je regrettais la situation. J'aurais supporté sans difficulté toutes ses infidélités, au fond, s'il avait été honnête envers moi. Je n'étais pas comme la majorité des femmes qui pensent que la fidélité d'un homme se gagne pour la vie et qu'elle s'intensifie forcément lorsque naissent les enfants ou bien en contractant un crédit immobilier sur vingt ans. Mes drames familiaux et mes nombreuses rencontres au Blue Moon avaient eu ceci de bénéfique qu'ils me permirent de comprendre les penchants des hommes comme aucune autre femme. Je ne pouvais considérer ces derniers avec autant de haine qu'une épouse découvrant une autre femme en effet, car je savais qu'une maîtresse de passage équivalait à une séance chez le médecin. Cela coûtait un peu plus cher parfois mais ça ne durait guère plus longtemps et avait pour seul objectif de guérir certains maux des couples comme l'ennui au lit. La découverte d'un satellite du couple telle qu'une maîtresse me paraissait tellement insignifiante que j'avais même un mal fou à croire la gent féminine aussi mature que ne le concédait la société.

J'avais adopté une telle philosophie progressiste grâce à mon amie Lilly, une vieille prostituée qui nous servait de seconde

mère au Blue Moon et que j'avais naturellement adoptée jadis.
« Les hommes, me disait-elle, ne sont pas les coupables que
dénoncent nos juges du divorce, ils sont au contraire les
victimes. Leurs besoins sexuels interviennent en contradiction
avec l'amour qu'ils portent à leur femme et celles-ci,
superficielles et égocentriques pour la plupart, ne comprennent
pas cette turpitude. Le plaisir aussi, ma petite, prend des
aspects bien différents. Toi, par exemple, quand tu vas manger
une bonne salade avec tes copines, tu ne vas pas forcément le
dire à ton mari. Le sexe, c'est pareil. Il est sans conséquence et
insignifiant dans la tête d'un homme quand il est marié et
amoureux. »

Il me fallut une grande dose de libéralisme pour écouter de
telles paroles à l'époque mais ma déception avec Larry n'avait
rien à voir avec une relation d'ordre sexuel. J'avais moi-même
mes infidélités passagères. Il avait rompu notre complicité et
m'avait prise pour l'une de ces femmes potentiellement légères
et avait préféré ne rien me dire. Il s'était aussi moqué de moi en
me cachant la vérité et m'avait blessée en sous-estimant mon
intelligence, ce qui m'insupportait par-dessus tout.

J'attendis des heures encore dans ma chambre avant que la
vérité sur cet homme ne surgisse au grand jour.

Désespérée et pathétique, je tentai une ultime fois de me

concentrer pour croire en une force supérieure capable de bousculer les éléments.

L'homme est-il maître de son destin ? Disposons-nous d'une capacité inconsciente pour influer le cours des événements ? Je l'ignorais, mais lorsqu'apparurent trois jeunes femmes dans la chambre de Larry, je fus à la fois soulagée et dévastée.

Le manège funeste qui se dessinait sur ma fenêtre me laissa sans voix. Chacune des jeunes filles devait se déshabiller sous le regard de Larry qui les touchait en observant leurs courbes comme de vulgaires morceaux de viande. Il les jaugeait avec un air pervers et terrifiant.

Le défilé s'acheva par une orgie macabre où Larry dominait les jeunes filles en les forçant à accomplir une série de positions obscènes et dégradantes. Le dégoût se lisait dans les yeux de ces jeunes esclaves et je sentis monter en moi une émotion de plus en plus incontrôlable. Elles me rappelaient les ignobles trafics de chair fraîche auxquels se livrait autrefois mon géniteur.

Ido s'approcha alors de moi. Il me montra les papiers d'identité des jeunes filles et mon sang ne fit qu'un tour. Le choc fut particulièrement violent.

En parcourant les cartes d'identité avec attention, je réalisai en effet que la plus âgée d'entre elles n'avait que treize ans.

Mais comment avais-je pu méconnaître Larry à ce point ?

Cette image frappa violemment les cellules de mon cerveau comme un électrochoc et je me mis à crier de tous mes poumons en jetant mon verre encore plein sur la fenêtre. Breitmann tenta en vain de me contrôler. Toute la haine que j'avais pour ce monde resurgit d'un coup et m'enveloppa d'une fureur incontrôlable. Je quittai la chambre à la hâte et courus dans les couloirs de l'hôtel, des larmes de colère plein les yeux, giflant au passage un pauvre homme préposé au cirage des chaussures puis je trouvai enfin où m'enfermer en entrant dans la chambre de Breitmann. Là, je pus enfin libérer toute la haine que m'inspirait le genre masculin.

Ces jeunes filles, c'était moi. Leur travail, c'était ma condition misérable lorsque j'étais adolescente. Et lui, ce pervers, c'était mon mari et mon premier amour. J'avais mal pour elles, j'aurais voulu l'attraper et le castrer devant la caméra comme témoignage outrancier de ma vengeance envers cet homme, respectable banquier d'apparence mais, en réalité, corrompu et brûlé jusqu'au cerveau.

Breitmann mit plus d'une heure à me retrouver. Il me réveilla en forçant la porte de la chambre à grand coup de pied. J'avais les cheveux ébouriffés, le maquillage abîmé et les bras couverts de bleus. Il balaya du regard l'espace avec des yeux d'enfant ébahi. La pièce était sens dessus dessous. J'avais arraché les rideaux, renversé les bibelots, détruit les bouquets de fleurs et m'étais allongée sur le sol, épuisée par tous les efforts accomplis pour extraire la rage qui s'était accumulée en moi.

« Je vous avais pourtant prévenue. Allez, relevez-vous maintenant.

— Vous... n'avez... encore rien vu. Je... je... vais le tuer... ce salaud...

— Oh, mon Dieu, mais vous avez avalé tous ces somnifères et... le litre de scotch aussi ?

— Qu'est-ce que ça peut bien vous foutre ? On a nos preuves à présent et votre job est terminé. Sortez d'ici. J'ai besoin d'être seule.

— Vous êtes bien certaine que...

— Fichez le camp d'ici tout de suite ! »

*

****

*

Lorsque je sortis de la salle de bain après avoir passé plus d'une heure à macérer dans de l'eau chaude, le lendemain matin, un petit-déjeuner féerique m'attendait. Une douce odeur de café frais se mêlait à quelques parfums de marmelade, de pain grillé et de jus d'orange. Ces mets succulents me confirmaient que Las Vegas était l'un des meilleurs endroits pour manger aux États-Unis et me firent oublier pendant un court instant les événements de la veille. Je fis appeler Breitmann pour nous réconcilier mais on m'indiqua qu'il avait quitté l'hôtel en me laissant un mot sur le plateau du petit déjeuner.

Je trouvai la lettre enfouie dans un jeu de serviettes et la lus calmement.

« Je ne vous facturerai pas les dégâts. C'est un cadeau comme les hommes honnêtes savent encore les faire. Nous ne sommes pas tous les mêmes. Appelez-moi à votre retour. Vous devriez rester encore un peu à Las Vegas et profiter des machines à sous. L'argent n'est-il pas le meilleur des remèdes à vos souffrances, après tout ? »

J'étais apaisée mais certainement pas sereine. Je sentais une haine vicieuse et sournoise se diffuser lentement dans mon cerveau et contre laquelle je ne parvenais pas à lutter. Le plus dur avait été d'assister à cette scène atroce sans pouvoir intervenir.

Après cette mauvaise expérience, c'était toute la société des hommes que je haïssais définitivement, tout ce monde machiste et construit sur une hypothétique égalité des sexes. Plus mon esprit se réveillait et plus j'observais le monde avec une étrange lucidité, du moins le pensais-je à cet instant.

Café après café, cigarette après cigarette, je pestais contre les hommes. Ils jouaient avec la nature, expérimentaient leurs fantasmes sur des animaux et considéraient la Planète comme un terrain de jeu grâce auquel on pouvait gagner toujours plus.

L'argent, la politique, le bâtiment, l'industrie, l'économie, tous ces secteurs étaient gouvernés par des hommes perfides et assoiffés de pouvoir.

Un tel raisonnement avait beau être stupide, je sombrais pourtant dans une androphobie primaire et, à cause de l'événement de la veille, l'Amérique devint pour moi le symbole de la grossièreté, de l'immaturité et de l'inconséquence des hommes.

Mais loin de telles considérations philosophiques, je souhaitais surtout que Larry paie pour ce qu'il avait fait à ces innocentes et pour sa vision biaisée de l'économie mondiale.

Il fallait qu'il disparaisse et qu'il emporte avec lui la spéculation infâme du satané système bancaire qui l'avait tant enrichi. J'avais une petite idée en tête quant à la manière de procéder et lorsque je décollai pour New York, je m'imaginai

Las Vegas comme une grosse machine à sous explosant sous le coup d'une rébellion subite dont j'aurais été la cause.

Lorsque Larry se présenta à moi le soir de son retour, je fis mine d'être très heureuse malgré ma déception : j'étais tombée malade au Pérou à cause de la nourriture. J'étais revenue infectée par un champignon du système digestif non contaminant mais qui empêchait tout rapport sexuel pendant plusieurs semaines, voire quelques mois.

« Quelques mois ? Mais je n'ai plus envie de partager ton appartement, mon trésor !

— Tu n'es vraiment pas drôle, Larry. Tu ne crains rien tant que nous ne nous touchions pas.

— Mais j'ai envie de toi, ma beauté ! Quelle infamie cette Amérique du Sud, décidément. Je ne t'ai pas vue depuis plusieurs jours et nous voilà en quarantaine sexuelle. Comment vais-je survivre ?

— Tu t'en remettras. En attendant, je m'installerai dans une autre chambre, cela me paraît mieux ainsi. Parle-moi plutôt de Las Vegas. Je n'y ai jamais mis les pieds. »

Les bonnes manières furent de bon ton ce soir-là. Plus il parlait, plus je découvrais sa véritable personnalité et moins il se doutait que j'étais déterminée à causer sa perte.

CHAPITRE 12 – Bis repetita

« Regarde, Larry, ce que je viens de découvrir ! La presse économique parle d'une envolée de l'économie américaine ce matin. Notre pays ne s'est jamais mieux porté et la banque centrale rapporte un surplus historique de liquidités ! Pourquoi ne pas grandir, nous aussi ?

— Ce sont des nouvelles fort réjouissantes, en effet. Je réfléchis à une solution efficace pour spéculer sur cette vague. J'ai besoin de donner un petit remontant à mes finances et l'actualité tombe à pic. »

Il était paisible ce jour-là. Installé dans un fauteuil Eams de toile verte, il tirait sur son cigare tout en regardant le trafic de Madison Avenue à travers une grande fenêtre.

« Dans ce cas, cesse de réfléchir. J'ai la solution, lui annonçai-je.

— Que nous prépares-tu donc encore ?

— Une façon de pouvoir capter les liquidités de la banque centrale est bien d'octroyer des crédits, tu es d'accord ?

— Il est vrai que plus nous prêtons, plus nous pouvons

389

emprunter à la banque centrale.

— De la même façon, pour pouvoir emprunter il faut être riche, pas vrai ?

— Il est certain que l'un des avantages de la richesse consiste à pouvoir faire des dettes, c'est évident.

— D'un autre côté, plus nous prêterons, plus nous gagnerons des intérêts, n'est ce pas ?

— C'est le principe élémentaire de tout système bancaire, en effet.

— Eh bien, changeons ce principe. Grâce à la Larry Danberg Corporation Bank, même les pauvres vont pouvoir emprunter.

— Je ne te suis plus du tout.

— Pour l'instant, notre portefeuille de clients ne représente que des grosses fortunes ou des entreprises. L'idée consiste donc à distribuer des crédits au grand public.

— Et comment comptes-tu t'y prendre ?

— En rendant possible le plus grand rêve américain.

— Tes métaphores me font trembler. De quoi s'agit-il à la fin ?

— Mon idée consiste à créer un établissement de crédit qui prête aux familles de quoi acheter leur bien le plus précieux, à savoir leur maison.

— Voilà qui devient intéressant. Je t'écoute.

— Il me semble que le temps est venu pour la LDCB de faire grandir sa banque de détail. Devenir financier de maisons individuelles pourrait nous permettre d'attaquer le fabuleux marché des classes moyennes.

— Le problème reste pourtant le même. Il faut que nos clients remboursent. Je n'aime pas le crédit, vois-tu, il est toujours basé sur un risque.

— Mais ton entreprise est basée sur un énorme risque, Larry !

— Pas vraiment. Je prends aux uns, je donne aux autres et j'interviens au milieu. Tout ceci fonctionne à merveille depuis mes débuts.

— La "merveille" a été fort relative parfois. Il s'agit là de te proposer plus gros encore, beaucoup plus gros même.

— Il y a déjà une très forte concurrence sur ce marché et cela va nous coûter cher en publicité. Il faut encore ajouter le coût de création d'un réseau d'agences bancaires au moins pour les grandes villes, ce qui alourdit encore la facture. La rentabilité d'une telle opération me paraît plus qu'incertaine.

— Eh bien là encore, laisse-moi te démontrer que tu as tort. J'ai une petite idée qui va aider à nous faire connaître très rapidement.

Il se retourna dans ma direction et me regarda fixement.

— Dans ce cas, tu m'expliques. Et maintenant.

— J'ai imaginé un contrat de prêt avec des mensualités modulables. L'idée consiste à demander très peu d'argent à nos clients sur les premières années puis, leurs revenus augmentant avec le temps, les mensualités feront de même. Regarde, voici un tableau de calcul que j'ai élaboré rapidement. En allongeant la durée de nos crédits, nous pourrions envisager des propositions dont les mensualités de départ seraient aussi basses que quatre cent cinquante dollars par mois. Imagine ! Votre maison, Madame, Monsieur, pour quatre cent cinquante dollars par mois ! Avec une telle souplesse, c'est la très grande fortune qui nous attend.

Il m'arracha le document des mains puis se mit à l'observer longuement.

— Là, je dois dire que tu marques un excellent point. J'aime assez cette idée...

— Je pense que tu vas l'adorer avec ce qui va suivre. Si tu acceptes de mettre cent millions au départ, avec l'effet de levier nous pouvons prêter jusqu'à un milliard, et plus les clients seront contents d'acquérir une maison avec un crédit raisonnable, plus nous en gagnerons et plus nous pourrons prêter. C'est la fortune des fortunes qui nous attend alors !

Je voyais les yeux de Larry se resserrer peu à peu comme

lorsqu'il pressentait une bonne affaire. Il se mit à crier sur sa secrétaire, ce qui était bon signe.

— Jessica, faites appeler le directeur des affaires financières, le service juridique et ce branque de comptable, comment s'appelle-t-il déjà, ah oui, Phil ? Apportez-nous du café. Dites-leur qu'une grande réunion se prépare. Dépêchez-vous, sinon je vous vire. Victoria, ma douce, reprit-il plus calmement, je ne sais pas d'où tu tiens ce prénom, mais il te va comme un gant. Tu as toujours été immensément bonne pour moi et je me sens aujourd'hui comme il y a trente ans lorsque j'ai découvert le mécanisme de l'épargne miracle.

— Il n'y a plus qu'à mettre le système en marche !

— Nous en reparlerons avant la fin de la journée. »

Il me fallut en effet patienter le reste de la journée avant qu'une bonne nouvelle ne tombe. J'avais observé Larry démontrer à son personnel et à son conseil d'administration comment ma solution allait permettre à la banque de devenir encore plus riche et je m'en réjouissais.

« Victoria, j'ai une très grande nouvelle à t'annoncer. Nous lançons notre établissement de crédits immobiliers pour les particuliers !

— Tous les honneurs te reviennent alors ?

— Oui, enfin… comment dire… tu connais le machisme de

ce milieu et j'ai pensé qu'il serait plus crédible que je reprenne l'idée à mon compte. Pour autant, je te nomme administrateur général et te rétrocéderai trente pour cent des bénéfices.

— Je n'ai besoin de rien et garde plutôt cette place, pour être crédible, comme tu dis.

— Hors de question. Cette idée t'appartient et je veux te faire participer au projet. Accepte au moins le poste de directrice générale.

— Ça me va très bien.

— Fantastique ! Maintenant, c'est à toi de jouer. Fais exploser la dette ! »

Il n'y aurait jamais aucun bénéfice. Larry s'apprêtait à monter une véritable usine à gaz en offrant des crédits immobiliers sans précaution.

Je ne m'en doutais pas encore, mais je venais de mettre en place une véritable bombe à retardement qui affecterait bientôt l'économie mondiale. La chance n'arrivant jamais seule, Larry serait le principal responsable.

Deux semaines après la création de notre organisme de prêts immobiliers, Bernard Traneau, un modeste employé de cafétéria de la ville de Jersey City qui recherchait un meilleur emploi, n'en revenait toujours pas. Il avait découvert à la page des petites annonces de son journal favori la possibilité de devenir conseiller en crédit immobilier. L'entreprise acceptait tout type de profils, même débutants avec un très bon salaire à la clé. Cette idée lui monta à la tête et il se décida à décrocher son téléphone malgré sa timidité maladive.

La jeune fille avec laquelle il s'entretint lui fit peur car elle lui demanda de patienter un long moment. Il resta ainsi pendu au téléphone pendant près d'une minute sans que personne ne lui réponde. Dépité, il raccrocha et reprit sa modeste vie de labeur. "Succès !" lui annonçait-on pourtant par courrier quelques jours plus tard. Son profil avait été retenu et on l'invitait à une grande soirée de gala présentée par son futur employeur, l'immense talent des finances, Monsieur Larry Danberg.

Conscient de la tenue que devait avoir un employé de banque modèle, il sortit sa précieuse carte de crédit de son tiroir et partit jusqu'à New York pour vider les étagères des magasins chics et branchés du quartier désormais très populaire de Lower East Side afin de se préparer pour son premier entretien.

Le pauvre Traneau mit plusieurs jours à s'en remettre. Il avait réussi à entrer dans un établissement de crédit immobilier qui distribuait de l'argent sans aucun justificatif et on lui offrait trois pour cent de commission sur chaque contrat validé. Il avait dû patienter toutes ces années mais, cette fois, il en était certain, il avait déniché le bon filon qui le rendrait riche. Elle aurait dû l'épouser cette garce de Joyce Gavner au lieu de partir avec son meilleur ami !

Dans le même temps, quelque part dans la vallée de San Bernardino, à une poignée de kilomètres du centre de Los Angeles, Michael Taylor, un jeune financier aux dents longues recevait son nouveau bureau. Jeune, dynamique, absolument assuré de sa réussite, il s'énervait contre Eduardo, son fidèle maître d'œuvre mexicain.

« Mais tu as vu ça ! Ce bureau est bien trop petit ! Où as-tu été chercher une chose pareille ? Je parie que ce sont encore ces truands de Melrose qui t'ont donné un petit bureau pour le prix d'un grand.

Le jeune loup courait partout pour retrouver la facture.

— Tiens, regarde un peu ça. J'ai commandé un bureau de deux mètres zéro cinq et on t'a livré un plateau d'un mètre vingt, pas plus. J'aurai l'air d'un crétin, moi, avec ça !

— Pardon, Monsieur Michael, je vais le changer.

— Non, on va faire mieux que ça. Renvoie la came, je connais un magasin qui vend de très grandes tables moulées dans des troncs de baobab, je vais en commander une, ça ira bien avec le reste. »

Après une propagande publicitaire acharnée et une distribution de plusieurs milliers de tracts, Taylor reçut quelques jours plus tard ses premiers clients, des Boliviens. Le couple avait lu sur un document publicitaire une phrase qui les avait décidés à prendre leur téléphone. Il y était en effet écrit « Votre maison pour quatre cent cinquante dollars par mois, Danberg Corporation, le financier de vos rêves. »

« Bonjour, comment allez-vous par un si bon matin ? demanda Michael Taylor, particulièrement enthousiaste.

Son allégresse ne retomba pas lorsque l'homme lui répondit.

— No English, Sir, nous pas parler anglais.

— Oh ! Pas de problème, vous êtes ici parce que vous recherchez un crédit c'est bien ça ? "Maison pas chère" ? insista-t-il.

— Oui.

— D'accord. J'ai besoin de renseignements pour le montage de votre dossier.

Le couple ne comprenait manifestement pas le jeune prêteur.

— Quels sont vos revenus ? ¿Cuál es su ingreso ?

— Nous travailler de temps en temps pour cousin de moi.

Les explications de l'homme étaient laconiques.

— Ma femme, ménage à droite à gauche, comme ça. Liquide. Pas déclaré.

Le jeune Taylor ne se découragea pas et remplit consciencieusement un document à double volet.

— Bon. Vous avez des revenus et vous travaillez tous les deux, c'est suffisant pour moi. Donnez-moi à présent un justificatif d'identité, s'il vous plaît, passeport ou permis de conduire, précisa-t-il.

Les deux individus s'apprêtèrent à quitter la pièce, découragés.

— No ! Attendez. No papier, n'est-ce pas ?

— Oui Monsieur, nous pas tout à fait américains encore. Il faut maison pour ça.

— Ne désespérez pas Madame, c'est l'Amérique ici ! Tout est possible. Donnez-moi simplement vos noms et prénoms.

— Felipe et Dolores Sanchez.

— Eh bien, vous voyez ! On se comprend finalement. Je vous demande un instant à présent. Il faut que je valide votre demande.

Le jeune roi de la communication envoya les documents par fax et reçut un coup de fil positif quelques instants plus tard.

— Génial ! J'ai le très grand honneur de vous annoncer que votre crédit est accordé ! Deux cent cinquante mille dollars sur trente ans. Signez en bas, s'il vous plaît.

— Quoi ? Nous pas comprendre.

— Il suffit de signer là, en bas, et je vous prête l'argent. »

Il semblerait que le sourire soit l'outil essentiel en matière de communication commerciale car Monsieur Sanchez avait finalement compris.

Une fois sorti du magasin où les rêves se réalisaient, il se lança dans des explications très animées pour sa femme qui ne comprenait toujours pas.

« Magnífico, Dolores ! Ça y est, nous avons notre crédit !

— Mais c'est impossible ! On n'a pas de bulletin de salaire, on ne paie pas d'impôts et on n'a même pas de papiers !

— Mais je te le dis, tonta ! On a notre crédit !

— Ça va coûter combien tout ça ?

— Seulement quatre cent cinquante dollars par mois !

— Seulement ? Mais, mais je… je n'en reviens pas ! ¡Viva los Estados-Unidos ! Vive les États-Unis ! »

Les deux compères repartirent le cœur léger. Il faut dire que le jeune Taylor était rusé. Aux pin-up blondes montées sur rollers qui parcouraient habituellement Rodeo Drive pour distribuer des tracts, il avait préféré donner cette mission à des femmes rondes de quarante ans et plus, toutes employées de service et vivant dans les quartiers hispaniques populaires à l'est de Los Angeles. Taylor avait bien compris qu'il s'agissait avant tout de vendre du rêve à ceux pour qui la vie était difficile.

Après un bouche-à-oreille redoutablement efficace, des files de gens se formèrent peu à peu devant le bureau de Taylor, le contraignant à grandir. Il embaucha près de dix personnes qui passèrent leurs journées à apposer des tampons d'acceptation de crédit, créant ainsi un véritable bureau d'automatisation des rêves pour immigrés en mal d'intégration.

Grâce aux talents prétendus de petites mains comme Michael Taylor et Bernard Traneau, un véritable climat de confiance s'installa ainsi dans tout le pays. Les États-Unis étaient fiers de montrer au reste du monde leurs exploits et vantaient leur modèle économique.

Au siège social du groupe Danberg, l'argent coulait à flots. J'avais monté en un temps record un puissant réseau de collaborateurs et une certaine frénésie flottait dans l'air.

Afin d'encourager nos employés les plus fébriles, nous avions monté un gigantesque panneau indiquant le montant de l'encours de la dette.

Personne, du petit personnel au comptable le plus malicieux n'osa l'avouer, mais nous étions arrivés à un point où nous avions perdu la totale maîtrise de notre activité. Seuls les chiffres grossissaient et grossissaient encore. Nous ne savions plus très bien où nous en étions et la somme des documents administratifs liés aux prêts que nous accordions finit par remplir un étage entier. Les étagères regorgeaient de papiers, plus ou moins triés et, bientôt, des cartons traînèrent dans les couloirs alors qu'une désorganisation générale s'installait peu à peu dans l'immeuble. Combien d'argent était effectivement parti et à qui bénéficiait-il, nul ne pouvait alors le stipuler clairement.

Une idée me vint alors à l'esprit. Elle me permettrait de gagner beaucoup plus d'argent encore. Mon plan consistait à présent à profiter au maximum de la bêtise environnante. Je choisis de créer une sous-activité discrète et particulièrement rentable ; la cession de créances. En d'autres termes, il s'agissait de revendre des prêts que nous accordions à des investisseurs boursiers.

Je me rappelais de cette période où, en formation dans une salle des marchés, j'admirais les traders acheter et vendre des dettes avec une indifférence totale. J'avais alors découvert que l'ensemble des crédits accordés par les banques aux particuliers et aux entreprises faisaient l'objet d'un véritable marché organisé. C'était Bob, mon supérieur de l'époque, qui m'avait enseigné les règles d'une telle manipulation obscure. Il se montrait très désinvolte sur le sujet.

« Tu vois, Victoria, ici tu as le taux d'intérêt, m'expliquait-il avec nonchalance en pointant son écran d'ordinateur avec un stylo. Et là, tu as les montants empruntés. Il suffit que je me mette sur la ligne qui m'intéresse, que je valide en tapant simplement sur la touche entrée et hop, voilà, j'ai acheté le prêt que la banque du Mozambique a consenti à un riche homme d'affaires turc pour créer son réseau de chaînes de télévision.

— Tu deviens donc propriétaire de sa dette comme ça, sans rien faire de plus, grâce à la touche "Entrée".

— Tout à fait et si ce vieux roublard ne paie pas, c'est à moi qu'il aura à faire désormais.

— Mais le sait-il ?

— Il n'a pas besoin de le savoir. L'important est qu'il paie.

— Justement, je suis un peu troublée. Racheter la dette de quelqu'un que l'on ne connaît pas, cela implique un risque, n'est-ce pas ?

— Oui, mais un risque théorique seulement et pendant ce temps, c'est nous qui encaissons les intérêts. Il faut comprendre que de mon côté, j'ai l'argent des épargnants à placer avec les contraintes de rentabilité que tu connais. Or, et c'est là où le risque est minoré, tant que les crédits sont remboursés, cela génère pour nous des intérêts garantis. Racheter un crédit représente donc un investissement stable aux rentrées certaines.

— Tant que les crédits sont remboursés.

— Oui, mais là encore, on constate que quatre-vingt-quinze pour cent des sommes sont remboursés. Cinq pour cent de perte, crois-moi, ce n'est pas grand-chose. »

Suivant les consignes de Bob que j'avais recontacté pour l'occasion en montant mon activité de rachats de créances, la boucle pouvait alors être bouclée. L'afflux de liquidités de la banque centrale américaine me permettait d'offrir à des nécessiteux leur maison pour revendre ensuite leur dette à d'autres institutions financières en récupérant une jolie somme à chaque opération. Le plus invraisemblable dans ce schéma fut sans doute que, contrairement à mes espérances les plus lointaines, mes acheteurs revendaient eux-mêmes les crédits à d'autres banques, créant ainsi une chaîne opaque de porteurs de dettes à tel point qu'il devenait impossible de savoir qui possédait quoi et d'où venait la dette.

Bien mieux encore, je compris vite que la meilleure façon d'encaisser des commissions dans ce genre de transactions sans jamais craindre une quelconque responsabilisation consistait à disparaître dans la nature. Je créai puis liquidai ainsi une quinzaine de sociétés du commerce de la dette en deux ans.

Le plus outrancier demeurait. Les milliers de sociétés qui, comme la mienne, s'étaient créées uniquement sur ce juteux créneau agissaient avec la bénédiction de l'administration américaine. C'est elle qui avait offert des liquidités plus importantes aux banques. Mais cet argent venait lui-même d'un système extrêmement plus complexe encore car les États-Unis, comme bon nombre de pays, avaient pris la fâcheuse habitude de s'endetter auprès de la Chine qui aspergeait en retour le marché américain de ses produits.

Une question restait alors en suspens. Jusqu'à quand la Chine prêterait-elle aux États-Unis ?

Ce que penserait le petit couple du fin fond de l'Oregon s'il savait comment les banques jouaient avec son crédit immobilier, nous nous en moquions éperdument. C'était une des raisons pour lesquelles je déconsidérais profondément l'homme, capable de jouer de manière inconséquente avec l'argent d'autrui. Mais ces jeunes gens joliment cravatés de Wall Street allaient bientôt connaître des nuits difficiles.

CHAPITRE 13 – Subprime d prime

Jane Fooltrop était une décoratrice d'intérieur au sommet de son art. Je l'avais rencontrée lors d'un gala de charité au profit des enfants des quartiers pauvres de New York et elle venait me voir régulièrement car je faisais partie des rares personnes capables de l'écouter pendant des heures. Elle était fière de sa réussite et aimait le montrer.

Après avoir dessiné les appartements de quelques grands artistes new-yorkais, cette bourgeoise au faux air détendu avait récolté les plus beaux chantiers de la ville. Comme des millions d'Américains, elle vivait bien au-dessus de ses moyens et la décoration d'intérieur avait beau être grandiose, elle n'en restait pas moins un métier artisanal.

C'est ainsi, à grand renfort de cartes de crédit, que Jane Fooltrop finança ses robes de soirée, sa berline Lincoln et, bien entendu, son toit.

L'ampleur de sa mégalomanie étant proportionnel à la superficialité du milieu professionnel dans lequel elle évoluait ; elle avait acheté une magnifique maison ancienne dans le cœur

405

de Greenwich Village en utilisant un crédit immobilier d'un nouveau genre, avec des mensualités modestes et sur les conseils de son ami Bernard Traneau, conseiller financier indépendant depuis plus de trente ans, disait-il.

Grande princesse, elle insistait chaque fois pour m'inviter à déjeuner au restaurant de l'hôtel Marriott Marquis, un endroit à la démesure hollywoodienne où il était possible de déguster un hamburger moyennant quatre-vingt-quinze dollars, sans le vin.

Notre tête-à-tête me fut néanmoins tout à fait insupportable ce jour-là. Elle trouvait mon appartement terne et s'évertuait à me vendre les nouveaux tons gris à la « Christian Dior » en me garantissant un prix spécial.

Sa mine changea de son côté en un gris profond lorsque le serveur, gêné, s'approcha de notre table en lui glissant à l'oreille que le paiement de sa carte bleue avait été refusé.

« Mais c'est impossible, Monsieur, vous plaisantez ? Vous avez bien vu ma carte, c'est une American Infinite, je peux m'acheter un yacht de trente mètres avec, si j'en ai envie !

— Tout à fait, Madame. Je regrette, nous avons pourtant insisté à plusieurs reprises mais elle ne passe pas.

— J'ai dû dépasser le plafond autorisé avec toutes ces antiquités que j'achète ces derniers temps. Il faudrait que je fasse mes comptes un peu plus souvent !

Son rire était crispé et, afin d'en ajouter encore à son inconfort, je la regardais fixement avec l'air le plus étonné qui soit.

— Ce n'est pas grave. Tenez, essayez donc celle-ci », insista-t-elle alors en sortant de son sac à main une seconde carte.

La grande décoratrice passa un long moment à se confondre en excuses et en explications, mais je m'arrangeai pour qu'elle comprenne que je n'étais pas dupe.

Je pouffai dans ma serviette lorsque le serveur revint avec une seconde mauvaise nouvelle.

« Votre appareil doit déconner, mon petit vieux ! Ça suffit à la fin ! Et vous m'humiliez en public en plus ! J'exige de voir le directeur immédiatement.

— Très bien, Madame. Je l'appelle tout de suite.

Un homme classe rejoignit notre table après un court instant.

— Écoutez, Monsieur, je ne comprends pas à quel jeu vous jouez, mais j'exige des explications. On ne donne pas des cartes bleues comme les miennes à tout le monde, voyez-vous. Votre système doit être en panne.

— Je regrette Madame, mais vos cartes sont toutes les deux refusées pour le même motif. Regardez plutôt le ticket. Il n'y a pas assez de fonds sur votre compte bancaire. »

Le rouge de la honte la plus infâme éclata sur le visage de la pauvre femme dévastée.

Christina Davis, une illustre chroniqueuse présente lors de l'incident, se joignit à moi pour manifester son étonnement. Chacun pouvait lire dans ses yeux l'article qu'elle allait pouvoir rédiger et qui mettrait un terme définitif à la carrière de la décoratrice prétentieuse.

Je réglai finalement l'addition sans discuter et plus jamais je ne revis Jane Fooltrop. J'apprendrais plus tard que, indirectement peut-être, j'avais été la cause de ses soucis financiers.

*

****

*

Loin dans les montagnes de la Napa Valley, Manuela Vazquez fit irruption dans l'obscur atelier de mise en bouteilles dans lequel travaillait son mari. Elle brandissait un morceau de papier qui, après maintes relectures, laissa le couple sans voix. La banque leur annonçait que, conformément à leurs engagements, la mensualité de leur crédit immobilier doublerait dans le mois qui suivrait. Manuela et Diego Vazquez, un couple foncièrement honnête et travailleur qui élevait dans la plus grande dignité ses trois enfants, ne savaient pas comment ils allaient faire pour payer mille dollars par mois pour garder leur maison.

Grâce aux heures supplémentaires qu'effectuait désormais Diego ainsi qu'au troisième emploi que Manuela cumulait, la famille s'en sortit et leur situation semblait stabilisée. Mais quand Manuela reçut un second mot empoisonné qui lui annonça que le chèque de cent dollars qu'elle avait rédigé pour payer les courses de la semaine avait été rejeté faute de provision sur son compte, elle s'effondra.

Diego Vazquez se rendit alors à la banque où on lui expliqua la cause de ses soucis. Cela le rassura immédiatement. Il devait y avoir eu une erreur, car mille six cents dollars avaient été prélevés sur son compte par un organisme inconnu.

Pourtant, après quelques recherches supplémentaires, on lui indiqua qu'il s'agissait de la nouvelle firme qui détenait son prêt immobilier et qu'il allait devoir payer cette somme tous les mois. La déconfiture fut complète pour le père de famille, pourtant véhément et optimiste.

La société qui détenait son prêt n'ayant pas de bureaux en Californie, Diego Vazquez frappa de toutes ses forces sur le guichet de l'agence bancaire pour qu'on les contacte. La directrice de l'agence revint vers lui au bout d'une heure, désappointée, avec pour seule consolation un avis d'échéances. Ce n'était pas le double, mais le quadruple que la famille Vazquez devrait bientôt payer si elle voulait conserver son toit.

« Je suis désolée, Monsieur Vazquez. Je dois dire que je n'ai encore jamais vu un contrat de prêt immobilier comme celui-ci. Vos mensualités vont évoluer à la hausse. Elles ne sont pas fixes. Faites bien attention, car votre maison va vous coûter à terme jusqu'à trois mille dollars par mois. »

Miranda Woolnicht, la directrice de l'agence, était beaucoup plus préoccupée qu'elle ne le montrait et attendit que Monsieur Vazquez quitte les lieux pour passer un coup de téléphone à la direction de la banque. Elle ne comprenait pas ce qui se passait.

« Allô ? Miranda Woolnicht à l'appareil, je suis directrice de l'agence de Fairfield en Californie et j'ai une question importante à poser au service des crédits immobiliers, s'il vous plaît.

— Ah oui, je vous transfère, il faudra patienter, je vous préviens, vous n'êtes pas la seule aujourd'hui.

— Qu'est-ce qu'il y a encore ? s'écria une voix après dix bonnes minutes d'attente.

— Je... je suis Miranda Woolnicht de l'agence de Fairfield et l'un de mes clients a un souci avec son prêt immobilier...

— Écoutez bien, Miranda, ici c'est l'hécatombe. On vient d'enregistrer plusieurs millions d'impayés rien qu'aujourd'hui. Je ne sais pas ce que ces cons de traders ont encore foutu, mais ils auraient découvert il y a deux ans une formule de prêt idéale à mensualités décalées. Du coup, certains de nos clients doivent payer jusqu'à cinq mille dollars par mois s'ils veulent garder leur tas de pierres ! Je vous garantis l'apocalypse financière de tous les temps. Un bon conseil. Fermez boutique et foutez le camp. »

Comment un tel canular était-il possible ? Qu'allaient devenir tous ces millions de propriétaires accédants ? Pour Diego et Manuela Vazquez, c'en était fini du rêve américain. Lui et ses trois frères, tous dans la même situation, avaient vite compris qu'ils étaient les premières victimes de la plus grande arnaque immobilière de tous les temps. Déterminés à montrer au système toute leur haine, ils brûlèrent l'agence bancaire ainsi que leurs maisons et partirent en pleine nuit vers le sud, près de la frontière.

En plein cœur de New York, un feu d'un autre genre commençait à prendre. Certains cœurs commençaient à lâcher comme celui de Jane Fooltrop lorsqu'elle réalisa que sa bicoque ultra-chic lui coûterait désormais vingt-sept mille dollars par mois. Les tours de New York elles-mêmes pouvaient commencer à trembler car les nouvelles n'étaient pas bonnes, vraiment pas bonnes.

Partout dans la presse, les journalistes décrivaient des scènes de désespoir qui conduisaient certains à quitter leur maison et parfois même à choisir des solutions plus ultimes.

Ma joie fut immense, lorsque je pénétrai ce jour-là dans les bureaux de la Larry Danberg Corporation Bank. Elle était égale à la consternation et au désespoir environnants. Mon piège commençait à se refermer et je ne pus m'empêcher de sourire lorsque je vis les premiers jeunes blancs-becs quitter la salle des marchés avec leurs cartons.

C'était ainsi, l'Amérique devait payer ses excès d'immaturité et je ne me souciais guère de ces jeunes, ni même de mon mari que j'entendis hurler dès que les portes de l'ascenseur s'ouvrirent.

« Ah ! Victoria, te voilà enfin ! Mais où étais-tu passée à la fin ! Je n'ai pas vu ton visage depuis plusieurs jours maintenant que nous faisons chambre à part.

— J'ai séjourné à l'hôpital pour mes examens. Je suis guérie à présent, le microbe est parti de mon estomac.

— Je sais où il est ton microbe ! Regarde autour de toi ! Manhattan n'est plus que misère et consternation ! Et tout ça à cause de toi !

— Je te demande pardon ?

— C'était ton idée, Victoria, ton idée ! Comment allons-nous sortir de ce merdier à présent ? »

Je n'avais aucune idée du dénouement de cette nouvelle crise, mais je ne voulais surtout pas faire partie de ceux qui réfléchiraient aux solutions de sauvetage. Je m'assis calmement devant lui et préparai une réponse qui lui ferait comprendre que je savais désormais quel individu il était.

« Écoute, Larry. Comment cette crise va se terminer, je ne le sais pas et cela m'indiffère totalement. Je n'ai fait qu'agir selon tes ordres et au sein d'une compagnie que tu as créée de toutes pièces. Par ailleurs, je ne suis pas responsable de ta cupidité.

— Quoi ? Mais je rêve ! Qu'est-ce qui te prend ? C'est toi qui trouves les solutions pour nous sortir du pétrin habituellement, alors au travail !

— "Pour nous sortir du pétrin ?" Mais quel pétrin ? Tout va bien pour moi, je suis à l'abri.

— Tu es… tu es… à l'abri ? Mais Victoria, voyons, que se passe-t-il ? Aide-moi à trouver une solution à la fin !

— Il se passe que je n'ai pas de solution miracle et qu'il va bien falloir te débrouiller seul.

— Seul ? Mais j'ai tout mis dans cette boîte ! Tout,

m'entends-tu ? Peux-tu m'expliquer ce qui ne va pas, s'il te plaît ?

Larry criait, ses yeux injectés de sang, lançaient des flammes. Il s'adressa à moi en pointant son doigt maigre dans ma direction.

— C'est déjà fait.

— Comment, mais… comment cela "c'est déjà fait" ?

— J'ai envoyé un communiqué à l'ensemble des salariés, ce matin. Mes explications sont limpides. Tu ne l'as pas vu ?

— Non, je n'ai rien vu. Qu'est-ce que c'est que ce canular, Victoria ?

— Mon message était pourtant on ne peut plus clair, lis plutôt ça.

Je lui jetai le papier au visage. Il se rua dessus et découvrit le message suivant :

"Je me désole de notre situation actuelle. Comme vous, je regrette les approximations et les prises de décision parfois trop rapides de Monsieur Danberg, seul véritable décisionnaire dans cette maison.

Je démissionne. Faites-en de même si vous êtes sensés."

— J'ai remis ma démission ce matin même. Je n'ai donc plus aucun compte à te rendre. Tu m'excuseras, mais j'ai du shopping à faire, il est grand temps d'aider l'économie américaine. »

Je retrouvai mon ancien appartement quelques emplettes plus tard. Je m'installai dans mon canapé avec un thé de Ceylan et j'allumai la télévision afin de savourer seule le goût exquis de la revanche. J'observai le Président américain monter sur son estrade. Son visage était aussi terne que son veston et ses paupières aussi lourdes que le majordome de la famille Adams. Il n'avait manifestement pas dormi depuis longtemps. Il entama son discours d'un ton hésitant. L'heure était grave, il lui fallait annoncer l'entrée du pays dans une crise que l'on appellerait « crise des subprimes ». Nous étions au début de l'été 2007.

« Mesdames et messieurs, chers concitoyens. Personne n'aimerait être à ma place aujourd'hui. Pourtant, ainsi est faite la fonction de président. Si elle réserve de bons moments, il nous faut aussi savoir assumer les mauvais. Ce que j'ai à vous dire est grave. Il y a quelques heures à peine la banque Stermain & Douglas, une prestigieuse institution financière installée à New York depuis plus de cent ans, a fait faillite, entraînant avec elle l'épargne de dizaines de milliers d'Américains. Aujourd'hui, c'est notre système bancaire tout entier qui est menacé. Il semblerait que certains crédits immobiliers octroyés trop facilement soient à l'origine du problème. Ils sont dorénavant considérés comme des prêts toxiques mais leur éparpillement est tel que le système bancaire mondial menace de s'effondrer. Il est de mon devoir d'agir rapidement avec efficacité et fermeté, c'est pourquoi j'ai décidé que l'État fédéral viendrait au secours des banques à la hauteur de six cents milliards de dollars que nous leur prêterons. Dans le même temps, nous mettrons tout en œuvre pour tirer cette affaire au clair. Nous trouverons les coupables et ils seront punis. Je suis d'ores et déjà certain d'une chose : la loi va encadrer plus strictement l'activité des banques. Que Dieu bénisse l'Amérique. »

*

****

*

Mildred Wooldorf aimait les pâtisseries. Elle raffolait des éclairs au chocolat ou des religieuses, mais ce qu'elle aimait par-dessus tout, c'était le Paris-Brest. La richesse de la crème fouettée et la forme arrondie du dessert lui rappelaient ses pièces d'or, car Mildred Wooldorf avait de l'argent, beaucoup d'argent.

Pourtant, lorsqu'elle se rendit à la banque ce lundi pour

chercher le liquide qui lui servait habituellement à faire ses courses dans sa boulangerie française favorite, on ne lui donna pas un sou. On lui demanda d'appeler son fils afin de régler un léger problème.

Très contrariée, la vieille dame marcha à pas rapides en tirant sur la laisse de son chien Sinop jusqu'à ce qu'elle parvienne à un téléphone. Elle était outrée car c'était la première fois en quatre-vingt-dix-sept ans qu'on refusait de lui donner de l'argent.

Elle ne se souciait guère d'un éventuel revers de fortune car ceci était impensable. Son ami et plus fidèle conseiller Larry Danberg gérait brillamment les trente millions de dollars qu'elle avait à la banque. L'absence de sucre dans sa bouche la contrariait encore davantage.

Elle appela immédiatement son fils en jouant nerveusement avec le câble du combiné. Après une conversation lente et passionnée sur la fumisterie bancaire, elle attendit patiemment qu'il aille prendre connaissance du problème puis qu'il la rappelle. Il n'en fit rien, préférant venir lui rendre visite.

Éternel silencieux et discret, le fils de Madame Wooldorf était grand et maigre. Le haut de son corps penchait lourdement en avant et il se déplaçait avec lenteur. Il mit un long moment pour arriver devant le perron de la grande demeure de style néo-grec et hésita plusieurs fois avant de se décider à sonner. Son visage était marqué par des traits tirés vers le bas, signe des mauvais jours. Il adopta une attitude de circonstance.

« Ah ! Te voilà enfin ! annonça sa mère, petite femme rondelette mais très vive, lorsqu'elle vit son fils sur le pas de la porte. J'ai attendu ton appel toute la journée, tu sais, mais où sont Hélène et les filles ? Tu es venu seul ?

La vieille dame qui marchait en traînant des pieds dans l'immense hall s'arrêta subitement et se retourna en fixant son fils droit dans les yeux. Une lueur brillait dans ses yeux. Elle comprit que quelque chose n'allait pas.

— Maman, as-tu regardé les nouvelles à la télévision, ces temps-ci ?

— Oui, bien entendu. On ne parle que de la crise mais, tu sais, elle ne peut pas venir jusqu'ici.

La vieille dame rit fortement en touchant les perles de son collier.

— Maman, l'argent de tes rentes n'est pas arrivé sur ton compte, ce mois-ci.

— Comment, mais de quoi parles-tu ?

— Il y a un problème avec tes revenus. Tu n'as rien perçu depuis plus de trente jours et ton compte présente un découvert abyssal de quinze mille dollars.

— Quinze mille ? interrogea-t-elle paisiblement en caressant son lévrier afghan. Ce n'est pas bien grave. Laisse-moi régler ça, je vais appeler Danberg. « Allô, cria-t-elle au téléphone. Allô ! Ici Madame Wooldorf, vous m'entendez ? Est-ce que quelqu'un m'entend ? » insista-t-elle en vain. Je ne comprends pas, dit-elle en raccrochant, ça ne répond pas chez Danberg.

— Passe-moi le combiné. Je vais essayer. C'est étrange, déclara-t-il après un moment, il n'y a même plus de tonalité. »

L'homme rappela à maintes reprises. Le numéro avait peut-être changé et il fit quelques recherches sur les pages jaunes, elles-mêmes infructueuses.

« Inutile de s'inquiéter, répondit-il à sa mère, sans conviction. Tu devrais te reposer. Je reviendrai demain matin très tôt et si le téléphone ne fonctionne toujours pas, nous irons à New York. Voici un Paris-Brest au beurre salé, ton préféré. »

Rien ne me surprenait plus concernant la crise lorsque je croisai Madame Wooldorf et son fils le lendemain, alors que je quittais l'immeuble pour la dernière fois. J'avais accepté d'écouter patiemment leur histoire devant un café parce qu'ils m'avaient reconnue mais je leur expliquai qu'il n'y avait pas de solution et qu'ils feraient mieux de vendre leur manoir avant la chute vertigineuse des prix de l'immobilier.

J'avais lu et entendu des dizaines d'histoires comme la leur et j'en étais profondément émue. Mon sentiment de vengeance envers Larry restait le plus fort, malgré tout.

À l'image de Madame Wooldorf, nombre de clients étaient venus réclamer leur argent suite à l'annonce de notre Président alors que la méfiance contre les banques grandissait dans le pays.

Mais les Wooldorf, comme tant d'autres clients de la Danberg Corporation Bank, ne retrouveraient jamais leur argent car Larry Danberg était dans l'incapacité de les rembourser.

L'affaire fit grand bruit lorsque la brigade criminelle découvrit les malfaçons du système Danberg. On entendit dans les rues de New York les vendeurs de journaux crier que la police avait découvert combien l'illustre banquier cachait une arnaque monstrueuse, qu'il donnait aux uns l'argent que les autres lui confiaient depuis près de trente ans sans que les autorités ne s'en aperçoivent.

« Votre mari a été écroué ce matin, m'annonça un vendeur de journaux de mon quartier. Il sera jugé demain. On parle de cent vingt-cinq années de prison. »

Comme dans l'affaire qui concernait mon premier mari, je fus moi-même entendue par la police, mais comme simple témoin et n'eus aucun mal à démontrer mon honnêteté. J'avais agi sous l'autorité de Monsieur Danberg au sein d'une entreprise que lui seul avait créée. Je n'y étais pour rien, après tout. Je n'avais fait que suivre un mouvement général comme des milliers d'autres spéculateurs et si les autorités voulaient relever une faute, il faudrait alors qu'elles enferment quatre-vingt-quinze pour cent des banquiers américains.

J'attendis un long moment avant de rendre visite à Larry en prison. Je n'avais pas assisté à son procès express ni à son incarcération mais lorsque je le revis, il était aux abois. Très amaigri et négligé, la lassitude semblait avoir eu raison de son visage jadis si soyeux. Ses yeux étaient à moitié fermés et de la bave avait séché sur son menton. On l'avait probablement drogué pour calmer ses nerfs.

Il manifesta une immense joie lorsqu'il m'aperçut.

« Tu vas me sortir de là, n'est-ce pas ? Dis-moi que tu sais ce qui se trame contre moi et que tu as la solution, Victoria, je t'en supplie.

— J'ai effectivement pensé à quelque chose.

— Oh ! Quelle joie de t'écouter ! Je me réjouis de t'entendre après tant de jours passés sans toi ! Pourquoi ne m'as-tu pas appelé, d'ailleurs ? Où étais-tu ? J'ai eu beaucoup de peine à supporter ton absence mais je te pardonne. Je te pardonnerai toujours.

— J'aimerais en faire de même, mais c'est impossible, hélas.

— Que dis-tu là ?

— C'est moi qui ai monté ce stratagème, moi qui t'ai parlé du crédit miracle et tu as été assez stupide pour me croire. Je voulais que tu sois puni et je suis fière de moi. Les citoyens de tous les États-Unis te vouent une haine sans pareil et tu es considéré comme l'acteur principal de la crise.

— Que je sois puni ? Mais… mais tu es devenue folle ? Qu'est-ce qui t'a pris ?

— Il m'a pris ceci.

Je sortis patiemment de mon sac un lecteur vidéo de poche comme en commercialisait désormais une marque à la pomme croquée et lui montrai la séquence la plus scandaleuse de ses excès de libido. J'ajoutai à cela quatre clichés de ses maîtresses comme autant de preuves de ses vies cachées.

— Je vais rendre cette vidéo publique dès aujourd'hui. Quant à toi, lui dis-je en le regardant droit dans les yeux, je t'ai réservé le même destin qu'Edgar. Il ne te reste plus qu'à crever. »

Je l'entendis pousser des cris de rage alors que je m'éloignais du parloir. Puis, soudain, les hurlements s'arrêtèrent et je retournai devant la vitre blindée, inquiète. Je croisais une dernière fois son regard meurtri par les coups que les gardes lui avaient infligés puis je lui souris, satisfaite.

*

****

*

Épuisée moralement par les aléas trépidants de la ville de New York, je décidai finalement de suivre mon nouvel amant jusqu'à Los Angeles quelques mois après la fermeture de la banque de Larry. Miguel était un jeune acteur d'origine cubaine de vingt ans mon cadet et chacune de ses apparitions en public provoquait une hystérie collective incontrôlable.

J'avais mis beaucoup d'espoirs en lui et je l'aiderai à lancer sa carrière à Hollywood. Les choses seraient plus faciles car j'avais tiré de cette crise un profit scandaleux. Mes avoirs avaient atteint en effet la somme astronomique et incompréhensible d'un trillion sept cents milliards et une poignée d'immeubles à New York. Je pourrais même financer son premier film s'il le fallait, car enfin je pouvais dire que je n'étais plus à trois cents millions près.

Épilogue

Personne ne peut acheter un château pour quatre cents dollars par mois et personne ne peut emprunter sans limites. Quiconque signe un document l'engageant auprès d'une banque devrait d'abord le lire patiemment, fastidieusement, quitte à demander de l'aide. La méfiance vis-à-vis des banques devrait toujours l'emporter sur le joli sourire du guichetier ou de la conseillère bien habillée.

Pourtant, intrépides et impatients, nous agissons de manière impulsive et faisons confiance au premier sourire qui se présente à nous dès lors que celui-ci se situe à l'intérieur d'une sacro-sainte agence bancaire.

C'est ainsi que va le monde, peuplé de grands enfants dont la naïveté sert les intérêts des plus rusés, et ce depuis la nuit des temps.

Je ne déteste pas la banque autant que la bêtise et je tirerai de ma vie une double expérience. Il y a d'un côté les doux révoltés aux démarches souvent pathétiques et illusoires et de l'autre ceux qui acceptent le système pour mieux en profiter. Mon choix a vite été dicté par mon destin.

À propos de l'illusion esthétique enfin, tout comme le pensait Marcel Proust, les publicités bancaires peuvent bien déclarer que la beauté est une promesse de bonheur, le fleuve tumultueux de ma vie m'a conduit à une conclusion ultime : la véritable liberté n'est pas tant d'être beau que d'être riche.

Rémy Giemza

Remerciements

À Stéphane et à Evelyne.

À mes banquiers, que je ne parviens pas à détester.

Note

L'histoire que vous venez de lire est une pure fiction. L'auteur a entièrement imaginé les événements et les personnages en s'inspirant des modes de vie du passé et du présent. Si des faits ou des personnes avaient une similitude avec la réalité, cela ne serait que pure coïncidence.

À propos de l'auteur

Rémy Giemza est né à Nevers le 30 juillet 1976. Il quitte très tôt sa Bourgogne natale pour suivre des études de droit à Paris. C'est lorsqu'il entre dans un cabinet d'avocats parisien spécialisé en propriété littéraire et artistique qu'il se sensibilise pour l'écriture.

Voyageur et insouciant, il engloutit ses premiers revenus dans un périple américain qui le conduira jusqu'à Los Angeles où il passera plusieurs nuits dehors, sur la plage, en compagnie de marginaux, faute d'avoir pensé à emporter sa carte bleue avec lui.

Rémy Giemza a aujourd'hui 36 ans, il a visité plus de dix pays et a vécu trois ans entre la France et les États-Unis où il a créé une marque de vêtements.

Il écrit souvent dans les avions ou dans les trains et aime manier les mots comme un jeu lui permettant de dénoncer certaines injustices tout en se situant toujours au centre des questionnements sociaux les plus contemporains.

Avec « La Trillionnaire », il signe son second roman et prépare actuellement un troisième ouvrage retraçant la vie d'une journaliste débutante qui tombera par accident sur le sujet du siècle.

Actualité de l'auteur :

https://www.facebook.com/auteur.remygiemza

https://www.facebook.com/LaTrillionnaire

Et pour tous ceux qui écrivent :

www.remygiemza.com

ISBN : 978-2-9542172-0-8

www.ingramcontent.com/pod-product-compliance
Lightning Source LLC
Chambersburg PA
CBHW031052260626
47172CB00001B/38